W0357761

ANNE ICART

Ariégeoise de cœur, parisienne depuis toujours, Anne Icart est née en 1968. Elle exerce la profession de rédactrice juridique. Prix 2010 des Lycéens de la Fondation Prince Pierre de Monaco, *Les Lits en diagonale*, son premier livre, fait le récit de sa relation avec son frère handicapé et a été traduit dans cinq pays. Son deuxième ouvrage, *Ce que je peux te dire d'elles*, a obtenu le Prix du premier roman Méo Camuzet en 2013 et le Prix du premier roman de la ville de Saint-Lys. Cette saga familiale se poursuit avec *Si j'ai bonne mémoire* (2015) et *Le Temps de Lilas* (2017), Prix Pierre Benoît de l'Académie des Arts, Lettres et Sciences du Languedoc. *Lettres de Washington Square* (2020) a été finaliste du Prix Maison de la Presse et a reçu le Prix du Livre Cogedim Club. Tous ses livres sont publiés chez Robert Laffont et repris chez Pocket.

LETTRES DE WASHINGTON SQUARE

DU MÊME AUTEUR
CHEZ POCKET

LES LITS EN DIAGONALE
CE QUE JE PEUX TE DIRE D'ELLES
SI J'AI BONNE MÉMOIRE
LE TEMPS DE LILAS
LETTRES DE WASHINGTON SQUARE

ANNE ICART

LETTRES DE WASHINGTON SQUARE

Robert
Laffont

MIXTE
Papier issu de sources responsables
FSC® C003309

L'éditeur de cet ouvrage s'engage dans une démarche de certification FSC® qui contribue à la préservation des forêts pour les générations futures.

Pour en savoir plus :
www.editis.com/engagement-rse/

ISBN 978-2-266-31379-7
Dépôt légal : février 2021

À mon grand-père, Baptiste.
À mon père, Jean.
À Alain, Philippe, Grégoire,
Loïs et Clément.

En mémoire de Patrick.

« Il y a quelque chose dans l'air de New York qui rend le sommeil inutile. »

Simone de Beauvoir,
L'Amérique au jour le jour

« Car tout fils tient de son père tout ce qu'il est, et il ne peut cesser d'être son fils. »

Saint Augustin,
De la trinité, livre II

Zélie

Ercé, juillet 1989

Zélie avait approché la chaise du lit médicalisé. Elle regardait Tine, qu'elle avait dû faire hospitaliser trois jours auparavant. Insuffisance cardiaque. Le médecin ne leur avait guère laissé le choix. À son âge, avait-il dit, c'est plus prudent. Zélie pensait que la prudence n'avait pas grand-chose à voir là-dedans. L'âge, par contre… Tine avait quatre-vingt-cinq ans et le cœur fatigué. Alors, Zélie l'avait emmenée à l'hôpital Jean-Ibanès de Saint-Girons. Non sans avoir téléphoné à son père, avant de partir, pour le prévenir. Depuis quelques mois, l'état de santé de Tine s'était détérioré, personne ne se l'était caché, elle la première. Malgré la batterie de médicaments que le docteur Galey lui avait prescrits, son cœur s'affaiblissait. La dernière fois que Michel était venu à Ercé, Tine avait observé son neveu décrypter attentivement les ordonnances et les bilans sanguins. Elle lui faisait totalement confiance. Il était peut-être gynécologue-obstétricien – rien à voir avec la mécanique chaotique de son cœur –, il n'en était pas moins médecin. Elle avait bien vu ses sourcils froncés et sa bouche crispée. Et si elle ne l'avait pas mis au monde, elle le connaissait pourtant comme s'il était sorti de ses entrailles. Pas une de ses expressions ne lui était étrangère. Ce jour-là, Tine avait compris que rien de bon ne l'attendait.

Elle paraissait calme. Dormait-elle ? Grâce aux deux petits tuyaux dans ses narines, elle respirait normalement. Le moniteur qui suivait son rythme cardiaque était régulier lui aussi.

Zélie posa sa main sur celle de Tine, qu'elle avait toujours considérée comme sa grand-mère. En réalité, Léontine, dont on avait toujours contracté le prénom, était sa grand-tante, la sœur jumelle de sa grand-mère Zélie (oui, comme elle), qui était morte d'une septicémie trois jours après la naissance de Michel.

Les doigts de Tine s'accrochèrent aux siens. Non, elle ne dormait pas. Mais elle n'avait pas la force d'ouvrir les yeux. Zélie s'approcha plus près, posa sa tête sur le bras décharné. Elle voulait que Tine sente sa présence, sente qu'elle n'était pas toute seule et que, non, ce n'était pas la fin. Elle allait s'en sortir, guérir, et d'ici quelques jours elle rentrerait à Ercé. Michel les rejoindrait et il resterait un peu avec elles, le temps que tout s'arrange. Quand Michel était là, rien de mal ne pouvait arriver.

Zélie avait beau essayer de se préparer au pire, elle n'arrivait pas à se faire à l'idée que Tine puisse mourir. C'était bien trop tôt. Elle n'était pas prête à perdre ceux qu'elle aimait le plus au monde. Elle n'était pas prête à voir le sol se dérober sous ses pieds, à sentir le socle de son univers vaciller. Tine était ce socle, cette muraille. Avec Michel. Les deux seules personnes auprès desquelles elle se sentait encore en parfaite sécurité, aujourd'hui, à vingt-trois ans, comme lorsqu'elle était enfant. Quand ses parents avaient divorcé, huit ans plus tôt, les murs avaient un peu tremblé. Mais Zélie était allée se réfugier dans les bras de Tine, qui l'avait cajolée, dorlotée, consolée. Tine et ses histoires d'avant. Tine, ses confitures et ses croustades[1]. Tine et ses longues promenades vers les granges de Cominac. Tine qui connaissait le nom de tous les monts des Pyrénées. Le Valier. Le pic des Trois Seigneurs. Le Crabère. Le Maubermé. La Mail de Bulard. Tine et sa tendresse. Tine qui avait des solutions à tout. Des pansements pour tous les maux, tous les bobos. Ceux des enfants et même ceux des grands.

Que Tine puisse disparaître était inimaginable. Dieu, ou qui que ce soit qui veille là-haut, la flopée d'ascendants déjà partis, forcément embusqués quelque part, toute cette armée de fantômes, de fées, peu importe leur nom, ne pouvait pas permettre ça. Pas encore.

« Ne pleure pas, ma chérie. Je suis encore là et, tu le sais, je suis une coriace ! »

Zélie a relevé la tête. Tine avait ouvert les yeux et lui souriait. L'armada de fantômes l'avait entendue. Tout irait bien.

À 7 h 10 le lendemain matin, le téléphone a sonné dans la maison d'Ercé. C'était l'hôpital. Michel, arrivé

1. Spécialité locale, la croustade est une tarte feuilletée aux poires, aux pommes ou aux pruneaux, les fruits étant recouverts d'une fine couche de pâte, à la façon des tourtes. (*Toutes les notes en bas de page sont de l'auteur.*)

de Paris dans la soirée, a répondu. Il a juste dit : « Merci. Nous serons là dans vingt minutes. »

Tine était finalement moins coriace qu'elle ne le pensait. Et les fantômes, une belle bande de menteurs.

Tine a été enterrée dans le petit cimetière d'Ercé. Le regard tourné vers le lever du soleil. Avec ses parents, Mado et Émile. Et avec Zélie, sa sœur chérie. C'est ce qu'elle voulait. Elle qui ne s'était jamais mariée et n'avait pas eu d'enfant – pas d'enfant à elle en tout cas – disait qu'elle n'aurait pas d'autre demeure pour vivre l'éternité. Se savoir avec eux, ça la rassurait un peu.

Zélie regardait son père tourner en rond, en silence, les bras ballants, les traits tirés. De temps à autre, il se passait la main dans les cheveux, son geste, toujours, quand il était préoccupé. Michel qui posait ses yeux partout comme s'il espérait encore que Tine surgisse de quelque coin de la maison. Du cellier, avec une bouteille de liqueur d'estragon. De la cuisine, son grand tablier bleu fané taché de farine, en s'essuyant les mains dans un immense torchon qu'elle repliait soigneusement et glissait ensuite dans la grande poche de devant. Michel encore plus triste que Zélie. Michel que l'enfance avait fui depuis bien longtemps déjà mais dont des effluves se promenaient encore dans chaque pièce de cette grande maison où il avait grandi et qui, désormais, lui appartenait. Qu'allait-il en faire, d'ailleurs ?

« Mais comment peux-tu te poser cette question ? a presque hurlé Zélie. C'est notre maison, depuis toujours. Tu y as grandi, c'était la maison de Mado et puis celle de Tine. C'était aussi la maison de ta mère, tu t'en souviens quand même ! Comment peux-tu penser une seconde t'en séparer ? »

Michel a regardé sa fille. Il l'avait appelée du même prénom que sa propre mère. Amélie, sa femme, n'avait pas eu le choix. Non, ce ne serait pas Juliette. Ou Jeanne. Ou Angèle. Ce serait Zélie. Point. Leurs désaccords, par la suite très nombreux, avaient peut-être commencé là : avec le choix du prénom de leur fille. Et, comme pour en rajouter, Zélie ressemblait à Zélie. Du moins, c'est ce que tout le monde disait. Tine la première. Mado aussi, qui avait noté cette ressemblance dès que Michel et Amélie étaient venus à Ercé avec leur bébé de quelques semaines. Mado en avait presque pleuré. Elle n'était pourtant pas connue pour sa sensibilité. Au contraire. On ne rigolait pas avec Mado. On marchait à la baguette. Mari, enfants, saisonniers, tous ceux qui avaient affaire à elle, de près ou de loin. Michel l'a compris très tôt. Il s'était d'ailleurs souvent demandé s'il aimait sa grand-mère. Quand il disait ça à Tine, à qui il disait tout, elle souriait avec une expression de miséricorde totale. De toute façon, Tine acceptait tout de Michel, y compris qu'il lui balance que sa mère n'était pas un cadeau !

Zélie le fusillait du regard. Comme les jours de grande tempête. Ça amusait Michel. Qui se demandait d'où elle tenait ce côté soupe au lait. Pas de lui en tout cas ! Pas d'Amélie non plus. Alors peut-être de sa grand-mère, celle dont elle portait le prénom, celle à qui elle ressemblait tant ?

Tine ne lui avait jamais dit que sa mère était tempétueuse. Si elle l'avait été, elle lui en aurait parlé, c'est certain. Elle lui avait si souvent parlé d'elle. Sa sœur jumelle. Qui avait emporté avec elle une moitié d'elle-même. Cette mère morte si jeune en lui donnant la vie à lui. Cette mère qui lui avait tant manqué, malgré Tine, et à qui il avait donné sa vie en retour en faisant en sorte que les femmes ne meurent plus en mettant leurs enfants au monde. Professeur Michel Cathala, gynécologue-obstétricien au DHU Cochin-Port-Royal à Paris.

Tine se serait contentée qu'il entre dans l'administration. À Ercé, ça faisait bien d'être fonctionnaire. D'ailleurs, tous ceux qui réussissaient le devenaient. Michel était un très bon élève. L'instituteur, M. Dedieu, avait expliqué que ce serait vraiment dommage qu'il n'aille pas au collège. Alors il était allé au collège. Pensionnaire. Le premier déchirement de Tine concernant Michel. Mais Saint-Girons, c'était trop loin à vélo pour rentrer à la maison tous les soirs.

Elle n'avait jamais véritablement compris ses motivations à devenir médecin. Surtout quand il lui avait annoncé qu'après son bac, il partirait faire médecine à Paris. Pourquoi Paris ? Elle n'était pas assez bien pour lui, la faculté de Toulouse ? Si, bien sûr, mais vu son classement au concours d'entrée, il pouvait tenter Paris. Et Paris, quand on veut devenir un grand professeur, c'est mieux. « Mais mieux pour quoi, Seigneur-Marie-Joseph ? » Mieux pour sauver des vies. Mieux pour sauver les femmes enceintes. Mieux pour éviter les orphelins.

Tine avait soupiré en pensant : « Ça ne fera pas revenir ta mère, tu le sais, ça, mon garçon… »

Justement.

Seule Mado, curieusement, avait semblé comprendre ce qui poussait Michel à s'en aller. Elle ne l'en avait pas soutenu pour autant. Elle aussi estimait que facteur, instituteur ou même inspecteur des impôts, c'était bien payé pour un enfant bon à l'école. Mais ce départ, cette envie d'ailleurs lui en rappelaient d'autres. Indissociables d'elle, Mado, indissociables de Zélie, indissociables de Michel. Car Michel n'était pas que l'enfant d'une mère. Il avait également eu un père. Un père vagabond qui un jour, lui aussi, était parti.

Zélie s'est calmée très vite. Son père avait l'air si malheureux. « Pardon », a-t-elle murmuré en se serrant contre lui. « Pardon, papa. » Michel a accueilli sa fille contre lui. Il l'a entourée de ses bras. Il a respiré son odeur, presque la même que lorsqu'elle était enfant. Il s'y mélangeait désormais le parfum fruité qu'elle portait depuis ses dix-huit ans, celui qu'Amélie lui avait offert pour son anniversaire et que Zélie avait définitivement adopté. Amélie avait toujours eu un goût très sûr.

« On reparlera de tout ça une autre fois », a dit Michel en embrassant sa fille. Oui, on en reparlera. Mais Zélie savait bien au fond que jamais son père ne vendrait la maison. Il y avait trop de souvenirs. Alors, même s'il n'était pas un grand nostalgique, même s'il prétendait que le passé ne servait à rien, sinon à se faire du mal, Zélie savait qu'il ne se séparerait pas de La Maïzoun[1]. Ne serait-ce que pour elle. C'était aussi un peu sa maison maintenant.

1. La « maison » en gascon.

Michel est rentré à Paris le lendemain matin. Ses consultations ne pouvaient pas attendre. Le reste, si. Zélie avait depuis longtemps perdu l'habitude de demander à son père de passer plus de temps avec elle. Elle avait depuis longtemps intégré que rien ni personne ne passait avant son métier. Quand Amélie avait compris qu'elle ne gagnerait jamais cette compétition-là, elle était partie. Zélie avait quinze ans. Elle avait été un peu triste, évidemment. Un peu déboussolée aussi. Son quotidien s'en était trouvé perturbé, même si ses parents ne faisaient plus que se croiser depuis des années et qu'elle avait l'impression de ne les voir qu'à tour de rôle. Leur divorce n'avait pas changé grand-chose de ce côté. Elle avait juste décidé de vivre avec son père plutôt qu'avec sa mère, ce qu'Amélie n'avait pas très bien pris. Mais Amélie était aussi partie pour un autre homme, plus présent, plus attentif. Rencontré au lycée Racine où elle enseignait le français. Non seulement Zélie ne voulait pas d'un beau-père, mais encore moins d'un beau-père prof de philo. Deux profs à la maison quand on a quinze ans, ça n'était même pas envisageable. Avec son père, au moins, elle aurait une paix royale. Comme elle était en âge de choisir avec qui elle voulait vivre et que le juge avait été convaincu par ses arguments (elle s'était cependant bien gardé de lui parler de la paix royale), Zélie avait eu gain de cause. Elle voyait sa mère (et son beau-père, donc) tous les week-ends et la moitié des vacances et elles ne s'étaient jamais aussi bien entendues. Depuis huit ans que cette situation durait (quoique avec moins de week-ends et moins de vacances au fil du temps), leur complicité n'avait jamais faibli. Sa mère était, de loin, sa meilleure amie. D'ailleurs, quand Amélie avait appris la mort de Tine, et même si, pour le coup, ces deux-là n'avaient jamais été les meilleures amies du monde, elle avait promis à Zélie de venir passer quelques jours à Ercé. Seule. Oui, oui, promis, seule. Zélie avait été inflexible. Bertrand était peut-être son beau-père, mais il y a des situations dans la vie qui ne se vivent qu'en famille. Mettant ce raisonnement pas très sympathique à l'égard de son second mari sur le compte du chagrin d'avoir perdu sa quasi-grand-mère, Amélie n'avait rien rétorqué et elle avait promis. Elle viendrait seule mardi de la semaine prochaine et elle resterait jusqu'au vendredi.

Zélie buvait son café, assise sur le banc en bois du jardin, face aux Pyrénées. Jamais elle ne se lassait de ce paysage. On avait beau être en juillet, le glacier du Valier était toujours enneigé. Le contraste avec tout le vert qui l'entourait était saisissant. La chaîne dégageait une force et une énergie brutales, pourtant d'un calme absolu que rien ne semblait devoir perturber. Sa majesté, sa beauté demeuraient imperturbables, quel que soit le temps, clair ou orageux. Les saisons s'y inscrivaient, défilé incessant de couleurs. Plus elle contemplait « ses » montagnes, plus Zélie s'apaisait. C'était toujours la même chose. Finirait-elle par les apprivoiser vraiment ? Elle savait qu'elle n'avait pas fini d'apprendre d'elles.

Le clocher de la petite église d'Ercé a sonné dix heures. Comme chaque fois, c'est-à-dire toutes les heures, Cybèle, le chien Patou des voisins, s'est mis à aboyer. Un gros aboiement de baryton basse qui enchantait Zélie.

Par quoi allait-elle commencer ? La chambre de Tine, peut-être. Il fallait bien ranger ses affaires. Plier ses robes, ses tabliers, ses foulards, ses mouchoirs. Donner ses manteaux, ses chaussures aussi. Elle pourrait s'adresser au maire ou à la maison de retraite. Ce serait dommage que ça ne profite plus à personne. Elle ne garderait que quelques bricoles. Une écharpe de laine qu'elle avait faite pour Tine quand l'envie de se mettre au tricot l'avait prise. « Tine, tu pourrais m'apprendre ? » Et Tine lui avait appris. Le point mousse d'abord. Puis, quand elle avait su se débrouiller avec le point jersey, Zélie lui avait tricoté cette écharpe. Rayée multicolore. Pas très en harmonie avec le noir et le parme dont Tine s'habillait invariablement. Peu importe. Tine la portait tous les hivers, toute fière de dire à la boulangère, qui l'avait regardée de biais la première fois, que c'était un cadeau fait main de sa petite-fille.

Zélie a retrouvé l'écharpe bien pliée dans la grande armoire en chêne massif de la chambre. Avec les vêtements d'hiver. Les gilets, eux aussi tricotés main. Les collants de laine qui grattent les jambes. Les gants. Les sous-vêtements en gros coton.

Elle a plongé son nez dedans. Respiré l'odeur de Tine, ce mélange bizarre de renfermé et d'eau de Cologne. Et les larmes lui sont montées aux yeux. Évidemment. Ah, merci, les fantômes. Je vous retiens.

Entre les deux étagères de l'armoire, il y avait un tiroir que, visiblement, personne n'avait ouvert depuis longtemps tant Zélie a eu du mal à l'extraire de son compartiment. Dans ce tiroir, elle a trouvé une boîte en fer complètement rouillée, qui elle non plus n'avait pas dû être ouverte souvent. Zélie s'est assise sur le lit de Tine, la boîte en fer rouillée sur les genoux.

Le couvercle aussi lui a donné du mal. À l'intérieur, il y avait une médaille en or représentant la Vierge Marie tenant l'Enfant Jésus. Le dos de la médaille était gravé : *Zélie, 5 mai 1904*. Il y avait aussi une fine alliance en or jaune que Zélie comprit être celle de sa grand-mère, et une paire de petites créoles, également en or. Ces quelques bijoux étaient soigneusement enveloppés dans du coton un peu jauni. Ils n'avaient sans doute pas été manipulés depuis la mort de leur propriétaire, en 1924. Zélie ne s'attendait pas à cette trouvaille. Pourtant, elle savait à quel point Tine avait été attachée à sa sœur. Elle aurait pu se douter qu'elle avait conservé des souvenirs d'elle quelque part. Bien cachés. Comme pour ne plus rien remuer de ce passé douloureux. Elles étaient nées le même jour, à quelques minutes d'intervalle, Tine la première. Elle n'avait jamais compris que cela signifiait qu'elle n'était pas l'aînée des deux et disait toujours qu'au mieux elle aurait dû mourir d'abord, qu'au pire elles auraient dû mourir ensemble. Zélie trouvait bizarre qu'il y ait aussi l'alliance de sa grand-mère. L'idée qu'on ait pu la lui enlever sur son lit de mort lui paraissait presque indécente. Et soudain, elle a pensé à Baptiste. Le mari de Zélie. Le père de Michel. Son grand-père. Celui dont on ne parlait jamais. Ou seulement à voix basse. Pour dire qu'il était parti peu de temps après la mort de sa femme. Parti tellement loin, de l'autre côté de l'Atlantique, en Amérique, qu'on n'avait plus jamais entendu parler de lui. Ce « vagabond de Baptiste » comme l'appelait Tine les rares fois où elle prononçait son nom.

Zélie est redescendue dans la cuisine. Elle a ouvert le frigo, attrapé deux œufs, une poêle, un peu d'huile, battu les œufs dans un saladier avec un demi-verre de crème fraîche. Une omelette irait très bien pour le déjeuner.

Face à elle, sur le buffet, il y avait une dizaine de photos encadrées, bien alignées. Elle les connaissait par cœur. Jamais elles n'avaient changé de place. Sauf à les pousser un peu pour ajouter les plus récentes, les siennes. La plus grande partie représentait Michel, bien sûr, à presque tous les âges. Et puis elle, à tous les âges aussi. Elle avait toujours adoré celle où elle posait avec Flic, le chien de Mado, un bâtard tout moche presque aussi haut qu'elle. Qu'elle avait aimé ce chien et qu'elle avait été malheureuse à sa mort ! Légèrement en retrait, il y avait Mado et Émile, ses arrière-grands-parents ; Mado assise bien droite, un peu rigide dans sa robe du dimanche, et Émile derrière elle, souriant timidement, peu habitué à poser pour un photographe, la main sur l'épaule de sa femme. Zélie ne pouvait se souvenir d'eux. Émile était mort bien avant sa naissance, et Mado quand elle avait trois ans. Ses yeux se sont alors arrêtés sur l'unique photo de sa grand-mère. Prise sans doute peu de temps avant sa mort. Les ombres projetées autour d'elle indiquaient qu'on était probablement en été. Cette photo aussi, Zélie la connaissait par cœur. Sa grand-mère devait avoir une vingtaine d'années. Elle souriait. À qui ? À tout sans doute. À vingt ans, on a la vie devant soi et on espère. Ses cheveux, longs et bouclés, étaient détachés. Ils formaient autour de son visage une épaisse crinière claire et brillante. Les avait-elle lâchés spécialement pour la photo ? On ne détachait pas ses cheveux à cette époque à la campagne. Ça ne faisait pas sérieux.

Ça faisait dévergondée. On les serrait bien fort dans un chignon. Vu la tignasse de sa grand-mère, exactement la même que la sienne, ils devaient lui donner du fil à retordre. Zélie en savait quelque chose ! C'est pour ça qu'elle préférait les natter. Elle a regardé longtemps sa grand-mère, assise sur un petit muret de pierres sèches. Les mains posées sur les genoux. Une fausse docilité se dégageait de cette photo. Rien dans l'attitude de la jeune femme ne semblait obéissant. Comme si elle allait soudain bondir et sortir, s'enfuir de ce cadre trop sage.

C'est vrai qu'elles se ressemblaient. Sans doute davantage maintenant qu'elles avaient sensiblement le même âge. C'était une photo en noir et blanc, mais Zélie savait que les cheveux de sa grand-mère étaient blond vénitien, comme les siens – Tine le lui avait tellement répété ; Tine, un autre double de Zélie. Elles avaient aussi les mêmes taches de rousseur sur les joues et sur le nez, et un paquet sur les bras nus. Michel avait hérité des taches de rousseur. Mais pas de la couleur des cheveux, qu'il avait d'un châtain profond, aujourd'hui parsemé de blanc. Et pas des yeux non plus.

Qu'était devenu Baptiste, l'aventurier qui avait abandonné son fils ? Avait-il réussi à traverser l'océan ? Avait-il fait naufrage ? Mado l'espérait. Elle ne s'en cachait pas. Même devant Michel qui, chaque fois, baissait les yeux. Il ne voulait pas qu'on y voie le ressentiment qui le saisissait quand on évoquait cet étranger, même rarement. Ce père qui l'avait laissé seul. Ce père qui avait préféré s'en aller au bout du monde. Oublier qu'il avait un fils. Vivre une autre vie sitôt sa femme enterrée. Quel homme pouvait bien se comporter ainsi ? La question n'avait jamais trouvé de réponse. Une fois sa rancœur passée, Mado regardait Michel en songeant qu'elle en avait peut-être trop dit. Qu'après tout, ce petit n'avait pas l'air malheureux, même orphelin. Qu'elle faisait bien son devoir en l'élevant, qu'elle avait eu raison de le garder et qu'il n'avait pas besoin d'en savoir davantage. Tine, comme d'habitude, se taisait.

On a fini par ne plus parler de Baptiste. Ni à Michel ni à personne. Et Zélie n'en savait pas plus que ce que Tine lâchait parfois. C'est-à-dire presque rien. Elle aussi s'était finalement faite à l'idée que son grand-père n'existait pas.

Mais en regardant l'alliance de Zélie, elle ne put s'empêcher de penser que c'était lui qui la lui avait passée au doigt. Et certainement pas lui qui la lui avait enlevée.

Zélie raccrocha le téléphone. Finalement, sa mère ne viendrait pas la rejoindre. Bertrand avait attrapé une sale bronchite et elle préférait ne pas le laisser seul. Pauvre Bertrand ! Une bronchite ! Autant dire la mort ! Et sa mère qui marchait ! Peu importe. Zélie avait encore trop à faire dans la maison. Et l'idée d'être seule lui convenait plutôt. C'est ce qu'elle dit à Amélie : « Ne t'inquiète pas, maman, j'ai largement de quoi m'occuper ! On se verra quand je rentrerai à Paris. »

Elle regarda les deux malles dans lesquelles elle avait soigneusement plié les vêtements de Tine. La maison de retraite devait envoyer quelqu'un dans la journée pour les récupérer. Tant mieux. Zélie n'aurait pas eu le cœur de les jeter. Elle n'avait pour le moment touché à rien d'autre. Il faut dire qu'il n'y avait pas grand-chose, ni dans la salle de bains ni ailleurs. Le flacon d'eau de Cologne, une vieille brosse à dents et une antique brosse à cheveux. Quelques épingles pour le chignon toujours bien serré. Un savon de Marseille strié par le temps. Zélie sourit. Tine n'avait jamais voulu passer au savon liquide. Rien pour elle ne valait l'efficacité du savon de Marseille. Pour tout. Tout juste si elle ne s'en servait pas pour se laver les dents. Que Zélie avait pu rire avec ça !

Dans quoi allait-elle ranger toutes ces affaires ? Les jeter ? Elle devrait mais elle ne s'y résolvait pas. Rien de ce qui avait appartenu à Tine ne méritait un tel sort. Plus tard peut-être. Quand le temps aurait un peu passé. Mais pas tout de suite. Zélie ne pouvait pas. Il lui fallait donc une boîte ou un carton. Quelque chose de suffisamment profond pour que rien ne se renverse. Elle trouverait ça au grenier, sanctuaire dédié aux reliques dont, là encore, on se débarrasserait plus tard. Une manie de famille, en somme. Chez les Bergès, on ne jetait pas.

Zélie grimpa l'escalier en colimaçon qui menait tout en haut de la maison, au troisième étage, le dernier après celui des chambres. Elle tourna la grosse clé dans la serrure, cette clé que, enfant, elle ne pouvait pas manipuler toute seule tant elle était lourde. La porte grinça un peu. Michel avait promis qu'il graisserait les gonds avant de repartir mais sans doute avait-il oublié. Zélie baissa la tête pour éviter les toiles d'araignées. Un vrai paradis pour ces bestioles, le grenier. Elles y coulaient une vie remarquablement paisible. Et ce n'est pas elle qui allait les déranger. Elle n'appréciait pas particulièrement les araignées mais elle ne voyait pas non plus pourquoi elle irait mettre le bazar dans leurs toiles, surtout quand on sait avec quelle maestria elles les tissent. Il devait bien y avoir quelques souris aussi, à en croire les minuscules crottes parsemées un peu partout sur le vieux plancher. Mais là encore, quand on a été élevée aux films de Walt Disney, on ne dérange pas les souris. Mieux, on n'en a pas peur.

Le grenier était éclairé par deux petites lucarnes qui donnaient sur le jardin. Le soleil les traversait et Zélie n'avait pas eu besoin d'allumer la lumière. En plus des araignées et des souris, la poussière était reine. Le propre d'un grenier. Depuis combien de temps personne n'était venu ici ? Longtemps sûrement. À cause de son arthrose du genou, Tine avait du mal à monter l'escalier jusqu'à sa chambre, alors elle n'allait pas s'aventurer encore plus haut. Michel, à part pour consulter sa collection du journal *Le Monde*, conservée dans une armoire années cinquante depuis ses études de médecine, n'avait rien à y faire non plus. Quant à Zélie, elle avait terminé de se raconter des histoires de princesse. Alors cette pièce, mystérieuse et silencieuse, le repaire pourtant de ses dix ans et de ses vacances d'été, n'avait aujourd'hui plus vraiment d'intérêt pour elle. Tous les objets avaient conservé la même place. Le rocking-chair tout déglingué que Zélie avait fini d'achever en montant dessus comme sur un étalon arabe. La vieille Singer de Tine. Le vélo de course de Michel. Le tub où il se lavait quand il était petit. Une antique armoire à deux portes dont on se demandait comment elle avait réussi à atterrir ici tant elle était immense. Zélie s'est approchée de la commode en merisier qu'elle savait avoir appartenu à Mado autrefois. Un petit coup de Pliz ne lui ferait pas de mal. Elle se dit aussi qu'elle était bien jolie pour croupir au grenier et qu'elle serait bien mieux dans sa chambre. Si Michel n'était pas (encore) reparti et si Amélie n'avait pas décidé de jouer (encore) les garde-malades, ensemble ils auraient pu la descendre tout de suite. Zélie tourna la clé du premier tiroir. Elle tira. Le savon de Marseille de Tine, qui servait décidément à tout, ne serait pas inutile pour améliorer le glissement. Ce tiroir était vide. Dans le deuxième, elle trouva deux grandes boîtes en carton rouge un peu délavé. Dans le troisième, deux autres boîtes, identiques aux deux premières. Zélie attrapa la première, qu'elle posa par terre dans un tourbillon de particules de poussière. Heureusement qu'elle n'était pas allergique. Elle souleva le couvercle. Dans la boîte, des lettres éparpillées. Dans celle du dessous, encore des lettres. Zélie rouvrit le deuxième tiroir, sortit les deux autres boîtes. Des lettres toujours. Des dizaines et des dizaines de lettres. Peut-être plus. Zélie en prit une. Puis une autre. Et une autre encore. Son visage avait pâli. Elle remua chacune des boîtes, fouilla, souleva, sortit de nouvelles lettres. Toutes étaient adressées à son père. Toutes venaient de New York. Aucune n'était décachetée.

Washington Square, NYC, 14 janvier 1925

Mon cher fils,

Je t'écris cette lettre, la première, en ne cessant de me demander si quelqu'un te la lira.

Tu es si petit encore.

Mais je te l'écris quand même.

Il m'arrive de me dire que je n'aurais jamais dû te laisser à Ercé. Sans doute que je n'ai pas fini de le regretter. Mais ta grand-mère et ta tante ne m'ont pas vraiment laissé le choix. Peut-être ont-elles eu raison en affirmant que je serais incapable de m'occuper de toi. Un si petit bébé. Que tu serais mieux avec elles. Et puis, sans ta mère... Dieu m'est témoin que je n'étais pas préparé à ça. Sans ta mère, c'est vrai que je n'étais plus grand-chose.

Je n'aurais pas dû, je le sais, je le sens. Mais ce qui est fait est fait, n'est-ce pas ? Je suis reparti. Sans toi. Et tu m'en voudras, c'est certain. Mais je te promets une chose, Michel. Quand je serai mieux installé ici, quand j'aurai un travail stable, je reviendrai te chercher. Je te le jure.

En attendant, je vais te raconter un peu ma vie ici. Ça nous fera patienter !

C'est mon frère Jean qui m'a convaincu de venir le rejoindre à New York. Il était parti là-bas en 1913. Et il y est resté. Il n'est même pas rentré pour la guerre. Alors, tu comprends bien qu'ensuite, il ne pouvait pas revenir en France. On l'aurait jugé comme déserteur. Peut-être même qu'on l'aurait fusillé !

Il était pâtissier. D'abord à Chicago, puis à New York. Toujours dans de grands hôtels chics. Après la guerre, il m'a écrit pour me dire de le rejoindre. Qu'il y avait beaucoup de travail là-bas et que si on se débrouillait un peu en cuisine, on n'avait aucun problème pour trouver une bonne place.

Ma mère, ta grand-mère Anna, cuisinait très bien et moi, ça m'avait toujours plu de l'aider. Ça n'était d'ailleurs pas trop du goût de mon père parce que je préférais être à la cuisine avec ma mère qu'aux champs avec lui, à faucher les blés.

Il n'empêche que ça m'a servi pendant la guerre.

J'ai été mobilisé à dix-huit ans, en 1916, enrôlé dans le 11e régiment d'infanterie et envoyé à Verdun. Autant te dire que je ne savais pas où ça se trouvait. Je ne connaissais même pas Montauban, où était notre caserne. Pourtant, c'était moins loin que Verdun. Et les gars de Montauban, ils avaient presque le même accent que nous. Michel, parfois encore, je fais des cauchemars. Je revois cet enfer... et même, le mot est trop faible. Une apocalypse. Comme celle du Nouveau Testament. Je me suis souvent demandé pourquoi je n'étais pas mort. Comment j'avais réussi à passer entre les balles ennemies, entre les bombes, alors qu'autour de moi, mes camarades tombaient les uns après les autres, éclaboussés de boue et de sang, dans un fracas assourdissant, au milieu d'un brouillard de fantômes. Je me suis retrouvé si souvent recouvert des tripes de mes copains... Je finis par croire qu'elles ont protégé les miennes. Et on a repris du terrain. Comme si ça ne suffisait pas, comme s'il n'y avait pas eu encore assez de morts, on nous a envoyés dans la Marne[1]*. Cette bataille épouvantable, dantesque, m'a valu la croix de guerre, pour « belle conduite au feu, en particulier du 18 au 29 juillet 1918 où Baptiste Cathala a fait preuve de courage et d'endurance ». Tu parles ! Je ne voulais pas mourir sans doute. Et je ne suis pas mort.*

Les derniers mois de la guerre, je les ai passés derrière les lignes de front. À Villers-lès-Guise. Une récompense ? Peut-être qu'on s'est dit que ce serait bête que je meure maintenant. Enfin, moi, je me le suis dit et j'étais bien content. C'est là que j'ai commencé à cuisiner. Au début, j'aidais juste les cantiniers. Et puis, ils ont vu que j'étais plutôt habile pour agrémenter cette espèce de jus de chaussette qu'on appelait soupe. Je faisais avec les moyens du bord. Parfois juste avec quelques herbes que je trouvais autour de notre campement. J'avais appris à les reconnaître très jeune, en gardant les vaches aux estives. J'ai fini par faire la cuisine tout seul. Les gars la trouvaient meilleure

1. Il s'agit ici de la seconde bataille de la Marne, aussi appelée bataille de Reims, qui a eu lieu du 27 mai au 6 août 1918 et qui s'est soldée par une victoire décisive des Alliés.

qu'avant. Je n'y mettais pourtant rien d'extraordinaire. On n'avait rien. Mais un peu de vin et quelques croûtons dans la soupe, un peu de thym sauvage, ça n'avait tout de suite plus le même goût.

Je n'ai pas appris la cuisine à la guerre. J'ai appris à aimer l'idée de la faire. Je l'ai imaginée. Imaginé ce que je pourrais préparer si j'avais de la viande, des légumes frais, du poisson, de la volaille. Ça m'est venu là. Au milieu de la boue, de l'odeur pestilentielle des blessures purulentes et de la mort. Manger, c'était vivre. Survivre plutôt.

Je dois te laisser, mon fils. Je te raconterai la suite la prochaine fois.

Je t'embrasse,

Ton père affectionné

Washington Square, NYC, 13 février 1925

Mon cher fils,

Je reprends mon histoire là où je l'ai interrompue dans ma dernière lettre.

Quand j'ai été démobilisé et que Jean m'a écrit de le rejoindre à New York, qu'un travail m'attendait dans les cuisines du Waldorf Astoria, un des plus grands hôtels de Manhattan, j'ai vraiment hésité.

Mais ma mère comptait sur moi pour l'aider à la ferme. Je ne pouvais pas la laisser seule. Rose, ta tante, non plus.

Mon père était mort depuis longtemps déjà. Quand j'avais quatorze ans. Une crise cardiaque, à seulement quarante et un ans…

Alors je suis resté à Ercé. À la ferme. On avait encore quelques bêtes. Je retrouvais ma vie d'avant. Le bonheur d'être à l'air libre, de pouvoir contempler les Pyrénées tous les jours. De sentir les odeurs du foin, du soleil, de la pluie. Tellement loin de celles de Verdun. Je continuais à faire la cuisine. Ma mère et ma sœur étaient ravies ! Ça faisait moderne, disait Rose ! Grâce à la ferme, on pouvait bien améliorer le quotidien. Pas comme à la guerre.

Puis ma mère est morte. En 1922. L'hiver avait été très froid et elle a attrapé une pneumonie. On s'est retrouvés seuls avec Rose. Comme deux pauvres hères. Six mois plus tard, Rose a rencontré Marcel, un ouvrier de l'usine de Saint-Girons. Un gentil garçon. Ils se sont fiancés assez vite puis ils se sont mariés. À Ercé. Rose y tenait beaucoup. Elle était si jolie ce jour-là, si heureuse. J'étais heureux pour elle moi aussi mais je songeais surtout que j'allais me retrouver seul pour de bon cette fois. Ce n'est pourtant pas ce que me réservait le destin. Parce que, au mariage de Rose, j'ai rencontré ta mère... Nous nous sommes rencontrés, plutôt. En même temps. On appelle ça un coup de foudre, tu sais ! Un vrai, un magnifique, un pur, un stupéfiant ! C'était le 1er mai 1923. Je n'oublierai jamais ce jour-là. Ni aucun des jours qui ont suivi. Ils restent ce que j'ai de plus précieux. Avec toi. On s'est mariés six mois plus tard, le 14 novembre, par un froid de gueux. On aurait pu attendre, se marier au printemps, mais ça nous paraissait vraiment trop loin. Alors on n'a pas attendu ! On était tellement amoureux, tellement heureux. Mais ce n'était rien à côté du bonheur qui a été le nôtre quand Zélie est tombée enceinte de toi. Ça m'a presque fait peur. Je me suis dit qu'on provoquait le ciel et qu'il allait nous arriver quelque chose... Je ne suis pas superstitieux, pourtant. Mais tu vois, Michel, je devais sentir que le vent tournerait. Parce que je le connais, le vent. Je sais qu'il peut virer d'un coup et qu'immédiatement après, l'orage s'abat. Et c'est ce qui s'est passé. Un terrible orage. Ta mère est morte trois jours après ta naissance. D'une septicémie foudroyante. Et le monde s'est écroulé pour moi. Même toi, tu n'as pas réussi à me relever. Je l'avoue, pendant quelques semaines, je t'en ai terriblement voulu. Tu étais vivant et je trouvais ça profondément injuste. Tu n'avais pas demandé à vivre alors que ta mère, elle, ne demandait que ça... Elle avait vingt ans. Nous avions la vie devant nous. Quand je me suis retrouvé seul avec toi, j'ai été si désemparé. Qu'est-ce qu'on allait devenir tous les deux ? Est-ce que j'allais réussir à t'élever, seul ? Ce n'était pas comme ça que les choses devaient se passer. Alors, quand Mado et Tine sont venues me voir pour me dire que si je voulais, elles pourraient s'occuper de toi, le temps que je refasse surface, j'ai accepté. C'est la première grosse erreur que j'ai commise. Parce que plus le temps passait, plus il devenait compliqué de t'enlever à elles.

Puis Jean m'a écrit à nouveau. Il insistait. Affirmait que plus rien ne me retenait à Ercé. Que Marie, sa femme, s'occuperait de toi. Alors, je me suis décidé. Je te jure, Michel, que je voulais t'emmener avec moi. Ce que je n'avais pas prévu, c'est que Mado s'y opposerait férocement. On aurait dit une lionne enragée. Tine s'y est mise aussi, et ça ne m'a pas aidé. Elles m'ont dit que j'étais irresponsable, dangereux, qu'emmener un enfant aussi petit de l'autre côté de l'océan, avec un voyage aussi périlleux, relevait de la pure folie. Tu les aurais vues... Mais elles avaient raison. Et quand je repense à mon voyage, je me demande même si tu y aurais survécu. Alors j'ai renoncé. J'ai vendu la ferme et je suis parti. L'argent de la vente m'a payé mon billet. Paris, puis Le Havre. La traversée vers New York a duré douze jours. En troisième classe, tu imagines bien. Avec les rats et les pauvres comme moi. Des hommes, des femmes, beaucoup d'enfants dont certains n'étaient pas plus grands que toi. J'ai passé mon temps à les observer en regrettant de ne pas t'avoir pris avec moi. Et puis, j'essayais de me raisonner, de me consoler. Non, décidément, ce pont de troisième classe n'était pas un endroit pour un bébé.

Il y avait un paquet d'Ariégeois comme moi. On fuyait tous la même misère. Vraiment, mon fils, pas sûr que seul avec moi tu aurais survécu à ça... Alors pendant douze jours, je me suis convaincu que j'avais eu raison de te laisser avec Mado et Tine. Ce qui m'aidait, c'était surtout de me dire que ce ne serait pas pour toujours et qu'un jour, je reviendrais te chercher.

Dans ma prochaine lettre, je te raconterai mon arrivée à New York. Je te raconterai Ellis Island, ce terrible endroit par lequel passent tous les migrants.

Je dois te laisser. Il fait vraiment très froid à présent, la nuit tombe et je dois aller prendre mon service au Waldorf.

Je t'embrasse, mon cher fils,

Ton père affectionné

Zélie décacheta une nouvelle lettre. Ses doigts tremblaient.

Washington Square, NYC, 18 décembre 1930

Mon fils,

J'ai pris mon courage à deux mains pour m'installer à ma place habituelle. Me croiras-tu si je te dis qu'il doit faire trois degrés au-dessous de zéro ? J'ai beau avoir mis mes mitaines, mes doigts sont engourdis et j'ai du mal à tenir mon crayon. Ce n'est pas très grave. Tu sais que je me suis juré de toujours t'écrire du même endroit, qu'il pleuve, qu'il neige ou qu'il vente. Et les hivers à Ercé n'étaient pas moins froids. Je suis habitué.

Si tu voyais comme la ville est belle pourtant ! C'est pareil chaque année à l'approche de Noël. Depuis que je vis ici, je suis chaque fois émerveillé par l'allure que prend New York. Il fait froid c'est vrai et la neige est tombée aussi ! Mais c'est magnifique. Toutes ces lumières, tu ne peux pas imaginer ! C'est une illumination permanente. Les gens circulent par milliers, en tirant de gigantesques arbres de Noël ! Tout le monde a l'air heureux. Pourtant, la vie est dure ici depuis le krach boursier. Dans certains quartiers, c'est même la misère noire. Comme quoi, tu la fuis d'un côté de l'océan, tu la retrouves de l'autre. Mais ne soyons pas pessimistes ! Ce n'est pas pour te faire pleurer que je t'écris. D'ailleurs, on ne s'en sort pas trop mal, avec Jean. Notre projet avance (celui dont je t'ai parlé il y a deux semaines). On va bientôt signer la vente du magasin à côté du restaurant. On va pouvoir s'agrandir ! Depuis qu'on s'est spécialisés dans la cuisine française, je te jure, ça marche de mieux en mieux. À croire que les Américains raffolent du foie gras et du confit de canard ! Et des croustades et des babas au rhum de Jean.

C'est ça aussi l'Amérique, Michel ! Avec de la volonté et de l'idée, tu peux réussir. Rien n'est impossible. Ici on tombe, c'est vrai, mais on se relève toujours. Il y a de la place pour tout le monde. Y compris pour un petit Ariégeois comme moi.

Cette ville grouille de vie. Elle ne s'arrête jamais. Tu ne peux pas imaginer non plus combien elle se construit. Les tours poussent comme des champignons à Cominac ! Toujours plus belles et toujours plus hautes ! Tiens, il y en a une qui a été inaugurée en mai dernier, la tour Chrysler. Elle fait 319 mètres ! Presque autant que la tour Eiffel à Paris ! Tu te rends compte, Michel ? Non, tu ne peux pas imaginer ! Quand je viendrai te chercher, et je pense que c'est pour bientôt, je te les montrerai toutes. Peut-être même qu'on ira voir l'inauguration de l'Empire State Building ensemble. C'est mon vœu de Noël.

Mais parfois, les Pyrénées me manquent. La France me manque. Tu me manques. Ta mère me manque. Elle me manque tant, si tu savais. On s'est tellement aimés. Elle était belle, j'espère qu'on te le dit. J'espère aussi qu'on te montre cette photo d'elle, assise sur un petit muret de pierres sèches, celle où elle avait détaché ses cheveux. Jamais je n'ai rien senti de plus doux que ses cheveux. Ils flamboyaient autour de son visage comme un étendard. On était mariés depuis un peu plus de six mois quand cette photo a été prise. Elle était déjà enceinte de toi. C'est pour ça qu'elle était si heureuse. Que nous étions si heureux.

J'ai voulu emporter cette photo avec moi quand je suis parti. Mais ta tante Tine a refusé de me la donner. Au fond, je crois que je n'ai pas besoin d'avoir de photo de ta mère. Pas besoin d'un bout de papier pour me souvenir d'elle.

Je te laisse, mon garçon. Je ne sens plus mes doigts du tout ! Je te souhaite de passer un beau Noël. J'ai mis au courrier un cadeau pour toi. J'espère que tu le recevras.

À bientôt,

Ton père affectionné

Assise par terre, jambes repliées, le dos appuyé contre la commode en merisier, Zélie ne bougeait pas, les yeux rivés sur la feuille qu'elle tenait dans sa main tremblante. Elle déplaça son regard sur les quatre boîtes qui l'entouraient, sur les dizaines et les dizaines de lettres de Baptiste qu'elles contenaient. Toutes ces lettres qu'il avait envoyées à Michel et que Michel n'avait jamais lues.

Pourquoi ? Pourquoi personne ne les lui avait données ? Savait-il seulement qu'elles existaient ? Non, forcément non. Zélie ne pouvait pas croire un instant que si son père avait connu leur existence, elles prendraient la poussière au grenier, dans ces boîtes, encore cachetées. Aucune n'avait été ouverte. Aucune. Ni Mado ni Tine n'avaient eu la curiosité d'en lire ne serait-ce qu'une seule. Comment était-ce possible ? Comment avaient-elles pu faire ça ? Comment avaient-elles pu faire ça à un enfant ? Quelle colère, quelle rancune les avaient poussées à taire à un fils que son père lui écrivait et, à en croire le nombre d'enveloppes, qu'il écrivait souvent ? Il semblait à Zélie que même son cerveau était à l'arrêt. Incapable de construire le moindre raisonnement cohérent. Rien en elle ne pouvait trouver d'explication à ce qu'elle venait de découvrir. Et plus personne maintenant n'était là pour lui en donner.

Zélie rassembla les lettres qu'elle avait éparpillées autour d'elle et les renferma dans les boîtes. À genoux, les mains posées sur l'un des couvercles, elle respira à pleins poumons. Elle aurait pu hurler, parce que ce qu'elle devinait lui paraissait terrible. Elle avait besoin d'air. Elle laissa les boîtes au grenier, dévala l'escalier en colimaçon, manqua de tomber et sortit de la maison à toute allure. Marcher vite. Ne pas réfléchir pour ne pas se laisser envahir par la colère qui montait déjà. Presque en courant, elle arriva devant la grande porte en fer forgé du cimetière. Elle la poussa sans prêter attention au grincement sinistre. Remonta l'allée centrale en deux minutes, les bras allant et venant comme si elle avait tenu des bâtons de ski. Comme si elle disait déjà à Tine : « Je te préviens, me voilà, et tu vas m'expliquer un peu tout ça, toi ! »

Parvenue à la tombe, sa colère retomba aussi sec. Les fleurs si fraîches encore lui rappelèrent qu'à peine huit jours plus tôt, Tine était encore en vie, qu'elle souriait, qu'elle lui disait : « Ne pleure pas, ma chérie, je suis une coriace. » Non, Tine n'était pas coriace, en tout cas son cœur n'avait eu que faire de cette affirmation. Mais qui était-elle vraiment, Tine, pour n'avoir jamais rien dit de ça ? Comment avait-elle pu garder pour elle un secret aussi gros ? D'ailleurs, ce n'était même pas un secret. Il y a parfois de la magie dans le secret, on le tait pour ne pas en gâcher le mystère. Tous ne font pas souffrir. Parfois, ils protègent. Mais là ! Là, c'était une ignominie ! Et la colère de Zélie réapparut. Assise sur la dalle de pierre glacée, elle fondit en larmes. Voilà ! Il fallait bien que ça sorte. Elle regarda le Valier, tout flou, et si calme. Sa majesté, sa grandeur. Que savait-elle de cette histoire ? En fait, rien. Rien du tout. On ne parlait pas de Baptiste. Et quand son nom surgissait, furtivement, pour l'évacuer aussi vite, on ne disait de lui que du mal. Tout juste si on ne l'accusait pas d'avoir tué sa femme en l'ayant mise enceinte. Même Michel n'évoquait jamais son père, encore moins devant sa fille. Et ça, ça lui paraissait tellement fou, à Zélie, qu'un homme ne parle jamais de son père. Elle, si attachée au sien, si admirative, si orpheline de lui quand il était loin d'elle trop longtemps. Comment pouvait-on ne jamais parler de son père ? Quels mots, quelle histoire avaient muré Michel dans ce déni absolu ? Ça ne pouvait être que moche. Zélie ne voyait que ça. Moche au point de lui avoir caché que ce père lui avait écrit de son départ à… À quand justement ? Jusqu'à quand Baptiste avait-il écrit à Michel ? Zélie réfléchit. Son père était né en 1924 et Baptiste était parti à New York peu de temps après. Elle savait (et ne se souvenait plus par quel miracle) que Baptiste était un peu plus âgé que sa grand-mère, de quatre ou cinq ans peut-être. Ce qui lui ferait, aujourd'hui, dans les quatre-vingt-dix ans. « Donc, il doit être mort lui aussi », conclut-elle.

Zélie quitta le cimetière presque aussi vite qu'elle y était entrée. Le cœur et le cerveau bouillonnants. Partagée, coupée en deux. Tine, Tine, ma Tine… Qu'as-tu fait ? Ou que n'as-tu pas fait ? Et pourquoi me fais-tu ce coup-là à moi, maintenant que tu n'es plus là ?

Elle regagna la maison, remonta deux par deux les marches jusqu'au grenier. Ficha le bazar dans les toiles d'araignées, secoua les souris, entraînant dans son sillage des tourbillons de poussière. L'une après l'autre, elle descendit les boîtes en carton rouge décoloré dans sa chambre. Un long travail l'attendait. Classer les lettres dans l'ordre chronologique et les lire une à une, comme si le facteur venait de les distribuer.

Washington Square, NYC, 1er mars 1925

Mon cher fils,

Dans ma dernière lettre, je te disais que j'avais été mobilisé en 1916, quand j'ai eu dix-huit ans. J'aurais dû être appelé plus tard, mais on manquait d'hommes et le ministère de la Guerre a décidé de faire partir les soldats plus tôt que prévu, parfois même plus d'un an avant. Ce fut mon cas.

Il ne restait déjà plus beaucoup d'hommes au village, ni dans les hameaux, mais avec l'appel des plus jeunes, il n'en est plus resté aucun. À part les anciens, bien sûr. Ma mère était veuve. Oui, ça je te l'ai déjà dit. Sans moi, elle s'est demandé comment elle allait bien pouvoir se débrouiller toute seule à la ferme, avec juste Rose pour l'aider. Oh ! Ce n'est pas que l'exploitation était grande mais il y avait quand même trois vaches, quelques poules et puis surtout le champ. En montagne, tu sais, ce n'est pas simple à labourer. Les pentes sont raides ; ce n'était pas un travail pour des femmes. On vivait à Goulos[1]*, un petit hameau à la sortie d'Ercé. Quand tu seras plus grand, il faudra que tu ailles te promener par là-bas. C'est un bel endroit. Si tu savais comme j'ai aimé cette montagne. Quand je n'allais pas à l'école, c'est moi qui montais les vaches vers le bois de Guzet. Je passais la journée là-haut. J'y étais chez moi. Aucun arbre ne m'était inconnu. Aucune terre. Aucune plante, aucune herbe, aucun nuage, aucune étoile. Si j'avais su qu'un jour je partirais...*

Après Montauban, on nous a envoyés à Verdun. Il nous a fallu presque trois jours pour arriver. Ça chantait fort dans les rangs, ça respirait la bonne humeur. Les hommes étaient pleins d'entrain, comme s'ils avaient déjà envie d'en découdre ! C'étaient tous des gars de mon âge, paysans comme moi, ou des domestiques. On était des dizaines. Presque tous ont eu leur nom gravé sur les monuments aux morts... Belle récompense...

Je t'ai déjà raconté la guerre. Je pense que ça suffit. Je n'aime pas reparler de ça. Me souvenir.

Je n'en avais pas tout à fait fini encore avec la misère. Je suis arrivé à New York après douze jours de traversée, en novembre 1924. Mon Dieu que c'était long. Et froid. Et cette odeur sur les ponts inférieurs. D'urine, de sueur. Ce n'était pas l'odeur du sang de Verdun, mais ce n'était guère mieux. Heureusement, je n'avais pas le mal de mer. Si tu avais vu le nombre de pauvres malheureux qui se penchaient par-dessus le bastingage pour vomir...

1. Prononcer « Goulosse ».

Mais j'aurais enduré n'importe quoi pour ces minutes où, entrant dans le port de New York, j'ai vu la statue de la Liberté pour la première fois. Jean m'en avait parlé dans ses lettres, il me l'avait décrite comme le monument le plus incroyable que je verrais jamais. Mais ce qu'il m'en avait dit était loin de la réalité. Je suis resté figé des minutes entières, longues comme des heures, les yeux fixés sur cette immense femme de cuivre. Je n'ai pas de mots assez forts pour te décrire ce que j'ai ressenti (et que je ressens encore chaque fois que je pose les yeux sur elle). On l'aurait dite sortie des eaux, déesse vengeresse, prête à défendre la ville contre ces bateaux qui arrivaient par centaines. C'est comme ça que je l'ai vue la première fois et j'étais presque terrorisé. Je me suis dit que j'avais eu tort de venir, que j'aurais dû rester à Ercé, travailler aux champs. J'aurais bien fini par trouver un vrai travail, forcément, un médaillé de guerre ; j'aurais été bien plus tranquille. Qu'est-ce qui m'avait pris d'écouter Jean et de me lancer dans cette aventure ? Puis un jeune homme s'est approché de moi et a murmuré : « Lady Liberty, Madame Liberté, bienvenue à New York, la ville qui ne dort jamais, la ville où tous les rêves sont permis... » Je me suis tourné vers lui. Il souriait. Son regard pétillait de joie et d'espoir. Alors j'ai compris. Ce bras levé, cette torche en étendard, ce n'était pas la guerre, la vengeance, le combat. Tout ça, je l'avais laissé derrière moi, en Europe. J'entrais dans la « ville debout », la ville merveilleuse, où tous, dans ce bateau, arrivaient remplis d'enthousiasme et d'une énergie nouvelle. Avec dans la tête, le cœur et les tripes la volonté féroce de trouver ici un eldorado, la chance de vivre mieux. La statue nous tendait les bras, elle nous disait : « Soyez les bienvenus, autant que vous êtes ! Venez construire un monde nouveau, il est à vous ! Je vous y aiderai ! »

Jean m'avait prévenu. Je ne pouvais pas prévoir à quel point il disait vrai avant d'avoir vu ça de mes yeux !

On n'y entrait pourtant pas comme dans un moulin, tu sais, en Amérique... Avant de pouvoir accéder à New York, tous les paquebots passaient par le centre d'immigration d'Ellis Island, situé à l'embouchure de l'Hudson, à un kilomètre au nord de la statue de la Liberté.

Le France a accosté à Ellis Island le 12 novembre. Il faisait un froid polaire. Ça m'a rappelé les hivers à Ercé, quand la température descendait bien en dessous de zéro. Mais il y avait ici quelque chose qui n'existait pas dans les Pyrénées. Une atmosphère humide, presque visqueuse, que j'ai trouvée extrêmement désagréable.

Je n'avais pas grand-chose sur le dos, ni beaucoup de bagages. Un petit baluchon avec quelques affaires, un gros chandail que ma mère m'avait tricoté, un pantalon de laine, deux chemises en coton épais, un béret. Et sur moi, la même chose, les godillots en plus. Je n'avais que cette paire. Et un foulard en soie que Rose m'avait donné avant mon départ. Elle avait trouvé un travail de couturière dans une bonne maison à Saint-Girons et elle avait récupéré une chute de tissu qui avait servi à faire des rideaux. Rouge ! Ça me donnait un petit côté chouan ! Elle était si heureuse, ma Rose, quand elle me l'a offert. On aurait dit qu'elle *me donnait un talisman. Je l'ai toujours et je le mets souvent.*

On a mis des heures à débarquer. Forcément, on était plusieurs centaines sur ce bateau. On est d'abord restés dehors. Dans le froid. Peut-être deux heures, ou trois. On finissait par se serrer les uns contre les autres pour se réchauffer. Même si on n'en pouvait plus de cette promiscuité dans laquelle on vivait depuis douze jours. Sans doute qu'on se disait aussi que, bientôt, on serait délivrés de tout ça. Libres.

Mais je vois qu'il est presque 16 heures ! Il faut que j'aille prendre mon poste ! Je ne vois décidément pas le temps passer quand je t'écris.

À bientôt dans une autre lettre, mon cher fils,

Ton père affectionné

Il ne devait pas être loin de 2 heures du matin quand Zélie se décida à dormir, un tas de lettres de Baptiste éparpillées autour d'elle sur le lit.

Elle ne les avait pas encore classées par ordre chronologique, mais elle parvenait à peu près à suivre le cheminement de la vie de son grand-père. La guerre, son départ d'Ercé, le voyage sur le *France*, l'arrivée à New York. Il lui manquait bien sûr des éléments. Mais elle était sûre de les trouver dans les lettres de Washington Square. Washington Square, d'où Baptiste avait choisi d'écrire à son fils.

Fallait-il qu'elle parle des lettres à son père ? Comment pourrait-elle ne pas le faire ? Elle ne se voyait vraiment pas perpétuer cette maudite tradition du secret, que Mado d'abord, Tine ensuite avaient si bien su préserver. Mais pourquoi, bon Dieu ! Pourquoi avaient-elles privé Michel de son père ? Pourquoi lui avoir fait croire qu'il l'avait rejeté ? Aucune explication ne tenait la route. Les quelques lettres de Baptiste que Zélie venait de lire n'étaient pas celles d'un vagabond qui a abandonné son fils. Certainement pas. Si elle en jugeait par le nombre et par le contenu, cet homme souhaitait réellement maintenir le fil entre lui et son enfant. En attendant qu'ils se retrouvent, puisque c'est ce que Baptiste avait promis.

La nuit porte conseil.

Le lendemain, Zélie n'était pas plus avancée. Pourtant, elle n'avait quasiment pas fermé l'œil, bousculée par un tas de sentiments contradictoires et par toujours davantage de questions. Ce qui la perturbait le plus, c'était de devoir admettre que Tine, sa Tine, sa grand-mère de cœur, celle qui avait toujours su faire preuve de bienveillance et de tendresse, cette Tine-là était aussi celle qui avait tu à celui qu'elle avait aimé et élevé comme son fils la partie la plus importante de sa vie.

Et ça ne lui plaisait pas, à Zélie. Elle n'avait pas envie de reprocher quoi que ce soit à Tine. Elle l'aimait trop pour ça. Peut-être Tine avait-elle eu d'excellentes raisons. C'était forcément quelque chose de ce genre, sinon elle n'aurait jamais menti à Michel. Et quel rôle Mado avait-elle joué dans cette histoire ? Mado, qui menait son monde à la baguette, était sans doute à l'origine du secret, l'imposant à tous, Tine en tête. Mais qui pouvait éclairer Zélie aujourd'hui ? Elles n'étaient plus là ni l'une ni l'autre pour s'expliquer. Seules les lettres de Baptiste pourraient peut-être lui en apprendre davantage. Incroyable, non, de découvrir l'histoire de leurs vies par la voix de celui qu'on avait considéré comme mort ? Qu'on avait enterré depuis plus de soixante ans !

Zélie se remit donc à la tâche. Il fallait vraiment classer ces lettres, s'empêcher de les lire dans le désordre, comme elle le faisait depuis la veille. Si elle voulait avoir une vue d'ensemble à peu près claire, c'était la priorité. Il y avait quatre boîtes. Connaissant la maniaquerie maladive de Mado, Zélie pensa, à juste titre, que les lettres de Baptiste suivaient déjà une chronologie à l'intérieur de chaque boîte. Il fallait juste commencer par la première. Baptiste était parti à New York après la mort de sa femme et la naissance de leur fils, en 1924. C'était donc par cette boîte-là que Zélie devait commencer son classement.

Ça lui prit presque une journée entière. Sa chambre étant trop petite pour permettre un rangement efficace, elle s'était installée dans le salon, devant la grande cheminée en brique, elle au centre, les boîtes rouges autour d'elle, deux de chaque côté. La première lettre de la première boîte était datée du 14 janvier 1925. Soit quatre mois après la naissance de Michel. Premier indice : Baptiste n'était pas parti immédiatement après la mort de Zélie. Mais, ça elle l'avait déjà lu, Michel avait été enlevé à son père dès les premières semaines de sa vie.

Washington Square, NYC, 14 mars 1925

Mon cher fils,

Je t'ai laissé à Ellis Island... Dans la peur et la misère. Je croyais pourtant qu'une fois en Amérique, j'en aurais fini avec tout ça. Mais New York se mérite. On ne bâtit pas un monde nouveau sans souffrance. L'inconnu sur le pont du France *n'avait sans doute pas pensé à ça non plus. Je l'ai retrouvé, des heures plus tard, devant les portes, transi de froid lui aussi.*

On a fini par tous s'asseoir. Les plus chanceux sur des bancs. Par terre pour la plupart. J'avais remarqué que les « gardiens » faisaient entrer des groupes d'environ cinquante personnes. À ce train-là, je n'étais pas rendu ! C'est ce que je me suis dit. On nous a quand même distribué du café. Enfin, un breuvage que les Américains appellent café ! Plutôt de l'eau marron qui en a vaguement le goût. Ça importait peu. C'était chaud. C'est tout ce qui comptait. Il faisait nuit depuis longtemps quand je suis enfin entré dans le bâtiment. Je n'aurais pas eu aussi froid, je n'aurais pas été aussi fatigué, je serais sans doute resté des heures à regarder cet endroit. Michel, tu ne peux pas savoir comme j'étais impressionné. Pas seulement parce que j'avais peur. Pas seulement parce que je ne savais pas ce qui allait m'arriver à partir de maintenant. Mais tous ces gens, Michel, tous ces gens ! Tout ce bruit ! Qui résonnait dans ce gigantesque hall. Il devait y avoir au moins dix mètres de hauteur de plafond ! Des centaines et des centaines de gens ! Peut-être même des milliers ! Qui arrivaient en masse et que les gardiens encadraient ensuite pour les diriger dans des files d'une longueur qui m'a donné la nausée. La plupart d'entre nous ne comprenaient pas ce qu'on leur disait. Tu penses, pas grand monde ne devait parler anglais ici ! À part les Irlandais bien sûr. On entendait parler espagnol, italien, français, et des tas d'autres langues. Au bout de chaque file, il y avait un homme assis derrière un bureau qui enregistrait le nom des gens. Lui parlait anglais, évidemment. On m'a dirigé vers une file. Il devait y avoir au moins cent personnes devant moi. J'ai cru que je n'en verrais jamais le bout. J'étais épuisé. Je mourais de faim. Le jus de café n'avait presque pas étanché ma soif. Et ce froid...

Il m'a fallu des heures pour me retrouver devant l'homme en noir derrière son bureau. Parce que, avant, on passait une sorte d'examen médical rapide avec un médecin. J'ai vu des gens être refoulés immédiatement et ramenés dehors. Malades sans doute. Sur d'autres, le médecin inscrivait une lettre à la craie.

E, F, H, L, N, ou X[1]*. Je me suis demandé ce que ça pouvait bien signifier. Je me suis dit aussi qu'il faudrait que je me renseigne là-dessus. Mais j'espérais surtout qu'on ne me reconduirait pas à l'extérieur. La craie, apparemment, c'était moins grave : on restait dans la file.*

Mais je n'ai eu ni craie ni retour à l'envoyeur. Peut-être parce que Jean m'attendait dehors ? Je suis enfin arrivé devant l'homme en noir. Je n'ai pas compris qu'il me demandait mon nom, je l'ai supposé. Un autre homme s'est alors approché, qui parlait français. Lui m'a souri. Alors j'ai tendu mon passeport. L'homme derrière le bureau a tout noté sur un immense cahier à lignes. Tranquillement. Aucune émotion sur son visage. Aucun agacement de passer sa vie face à des gens qui ne comprenaient rien à ce qu'il leur disait, des gens inquiets, parfois même terrorisés. Impassible, il m'a posé un nombre incalculable de questions que l'interprète me traduisait. Avant de traduire dans l'autre sens à l'homme du bureau qui notait scrupuleusement mes réponses, nom, prénom, âge, lieu de naissance. On m'a même demandé si j'étais polygame, anarchiste, si j'avais déjà été emprisonné !

Puis on m'a laissé passer et je suis arrivé à New York.

---

1. Un premier diagnostic consistait, pour les médecins, à signaler les migrants qui méritaient un contrôle en inscrivant à la craie sur leurs vêtements la lettre E (*Eyes*) pour les maladies des yeux, F (*Face*) pour le visage, H (*Heart*) pour les maladies cardiaques, L (*Lungs*) pour les maladies affectant les poumons, N (*Neck*) pour les goitreux et X pour les déficiences mentales. Ceux qui échappaient à une visite approfondie pouvaient directement accomplir les formalités d'entrée sur le territoire.

Tu sais, je n'ai jamais oublié cette arrivée. Jamais. Avec la guerre et la mort de ta mère, c'est mon pire souvenir. Mais c'était le prix de la liberté !

Je te laisse, mon fils. Il est l'heure de retourner travailler. J'espère que ta grand-mère et ta tante te lisent mes lettres, même si tu es trop petit encore pour les comprendre. Je leur ai écrit pour qu'elles m'envoient une photo de toi. Je n'ai encore rien reçu. Mais ça ne fait pas longtemps, et le courrier est lent pour aller aussi loin.

Je t'embrasse,

Ton père affectionné

Zélie s'était endormie dans le salon. Entourée de lettres. Il ne restait plus du feu dans la cheminée qu'un tas de cendres et une odeur douceâtre de bois brûlé. Elle se réveilla aux neuf coups du clocher de l'église. Cybèle aboya. Zélie avait le corps endolori. La bouche sèche. Elle se dirigea vers la cuisine en traînant les pieds. Il lui fallait absolument un café. Après, elle essaierait de remettre ses idées en place. Le téléphone sonna. C'était son père. La dernière personne à qui elle avait envie de parler. La dernière personne avec qui elle avait envie de composer. Même s'il le fallait. En tout cas pendant un certain temps encore.

« Tu es sûre que ça va, ma chérie ? Tu as une de ces voix… »

Zélie toussa et prétexta une mauvaise nuit (un demi-mensonge en vrai). La mort de Tine aussi, encore si présente.

« Pourquoi restes-tu là-bas ? Ce n'est pas une bonne idée, tu sais. Tu devrais rentrer à Paris !

— Papa, on est en plein mois de juillet, il n'y a personne à Paris, tout le monde est en vacances ! Non, je t'assure, je suis très bien ici… J'en ai besoin… »

Michel soupira. Zélie ferait bien ce qu'elle voulait de toute façon.

« Je ne suis pas en vacances, moi. Et ça me ferait plaisir d'avoir ma fille chérie avec moi !

— C'est bien ce que je dis ! rit Zélie. Tu n'es pas en vacances, donc, même si je rentre, on ne se verra pas. Papa, ne t'inquiète pas pour moi, tout va bien, je t'assure. Tu sais combien j'aime être ici…

— Oui je sais, mon ange. Mais bon, je me disais que ce devait être un peu triste en ce moment… »

La voix de Michel se cassa. Même à soixante-cinq ans, on peut se sentir orphelin. Et il l'était maintenant. Définitivement.

Zélie ferma les yeux. Elle tira sur le fil du téléphone qui arrivait à peine jusqu'à la fenêtre. Elle regarda le ciel pur, les Pyrénées, magnifiques sous le soleil.

« Je vais me balader vers Goulos aujourd'hui…

— …

— Papa ? Tu es là ?

— Oui, oui, je suis là. Très bien, Goulos. Tu verras, c'est très mignon…

— Tu connais ? Tu ne m'y as jamais emmenée, je crois ?

— Oui, je connais Goulos, c'est à la sortie du village ! Toi aussi, tu connais parce que si, je t'y ai emmenée, mais tu ne t'en souviens pas. Il faut dire que tu devais avoir trois ou quatre ans. On y avait même trouvé des cèpes ! »

Zélie sourit.

« Pourquoi Goulos au fait ? » demanda Michel.

Zélie ne répondit pas immédiatement. Elle souffla dans sa tasse pour refroidir le café brûlant.

« Je ne sais pas… Comme ça.

— Comme ça ?

— Oui, comme ça. Pourquoi ?

— Pour rien, pour rien… Bon, ma chérie, je dois te laisser. Je t'embrasse fort, fort, fort. Et… rentre à Paris, fais-moi plaisir.

— Câlin, papa. Je t'aime.

— Moi aussi je t'aime, ma chérie. »

Zélie reposa le combiné et souffla un bon coup. Elle avait horreur de mentir à son père. Enfin, elle ne lui mentait pas vraiment mais elle lui taisait quand même quelque chose. Quelque chose d'énorme dont elle-même ne savait pas quoi faire.

La veille, elle avait lu une dizaine de lettres. Toutes datées de 1925. Baptiste écrivait à Michel presque chaque semaine et toujours de Washington Square. Elle commençait à se faire une idée de ce qu'avait été la vie de son grand-père à son arrivée à New York. Visiblement, ça n'avait pas été simple. Sa description d'Ellis Island l'avait bouleversée. Mais elle sourit en repensant à ce qu'il disait des cuisines du Waldorf Astoria. Que personne n'y parlait l'anglais, bien sûr, et même pas le français, mais le patois d'Ercé ! Parce que presque tous les gars étaient de là-bas ! Il habitait à St Marks Place (pas très loin de Washington Square) avec son frère, sa belle-sœur et leurs deux jeunes enfants, Jeannette et Paul. L'appartement n'était pas grand mais il était confortable. C'est ce qu'écrivait Baptiste, en tout cas. Il avait même sa chambre.

Il n'avait pas l'intention de s'imposer aussi longtemps dans la famille de son frère, mais ce n'était pas facile de se loger à New York. Les loyers étaient élevés et Jean l'avait convaincu de rester chez eux. Dans une autre de ses lettres, Baptiste disait que lorsqu'il viendrait chercher Michel pour le ramener à New York avec lui, il lui faudrait trouver un appartement. Ça lui laissait un peu de temps. Le Waldorf payait plutôt bien et, malgré sa maigre contribution au loyer et l'argent qu'il envoyait à Mado, ça lui permettait de faire quelques économies. « *Encore quelques mois, Michel, et je pourrai venir te chercher ! Tu verras, je suis sûr que tu vas adorer ! Et que tu t'entendras à merveille avec Jeannette et Paul. Ils sont si énergiques et vifs d'esprit. Comme toi, j'en suis certain !* »

Zélie ne savait pas encore si Baptiste avait tenu sa promesse. Ce qu'elle savait, en revanche, c'est que Michel n'avait mis les pieds à New York qu'une seule fois, et pas quand il était enfant.

Goulos était un des onze hameaux rattachés au village d'Ercé. Il n'y avait presque plus d'habitants aujourd'hui mais Zélie savait par Baptiste qu'au moment de son départ, en 1924, au moins trois mille personnes vivaient sur la commune. Trois mille personnes ! Zélie leva les sourcils. Ça lui paraissait presque inimaginable autant de monde ici. Pourtant, si on se fiait au nombre de tombes dans le cimetière et de noms sur le monument aux morts, ce n'était pas absurde.

Baptiste ne décrivait que peu le hameau dans les lettres qu'elle avait lues, et il ne disait rien sur la ferme où il avait grandi. Elle avait sans doute disparu aujourd'hui. Évidemment, pas une âme à l'horizon pour la renseigner. Elle devrait peut-être demander au maire ? Âgé d'une quarantaine d'années, il ne savait sans doute pas grand-chose. Mais il connaîtrait peut-être quelqu'un qui pourrait la renseigner.

Zélie s'arrêta sur le bord de la route. Goulos était un peu en contrebas. Il y avait encore quelques maisons, d'anciennes granges bien retapées, une ferme un peu plus loin. Celle de Baptiste ? Il faisait chaud. Zélie songeait qu'elle ferait mieux de rentrer se mettre à l'ombre quand elle aperçut une femme qui sortait de la ferme. Elle n'aurait pas su dire si cette dernière était jeune ou âgée mais elle poursuivit son chemin, bifurqua vers la droite et s'engagea sur le petit chemin qui descendait jusqu'à la ferme. C'était une jolie bâtisse en pierres apparentes, comme celles des granges de Cominac, sur le versant opposé d'Ercé. Elle n'était pas très grande mais tout y semblait à sa place. La femme aperçue depuis la route n'était plus toute jeune. Zélie lui donnait un peu plus de soixante-dix ans. Elle s'avança vers elle en souriant. La femme se retourna en entendant des pas derrière elle. Elle mit sa main en visière pour cacher le soleil qui l'empêchait de voir qui arrivait, sourit à son tour puis se frotta les mains sur son tablier en s'avançant. Zélie s'arrêta. Tine faisait ça si souvent, se frotter les mains sur son tablier. Pour enlever la poussière imaginaire, un reste de farine ou simplement par habitude. Elle aurait pu fondre en larmes, là, tout de suite, si la femme ne s'était pas adressée à elle.

« Ah ! Mais vous êtes la petite-fille de Tine, n'est-ce pas ? Je vous reconnais ! Oh, vous devez être bien triste, té. Venez, venez, ne restez pas au soleil comme ça, vous allez attraper mal, entrez ! Il y a de la citronnade à la cuisine, vous en prendrez bien un peu ? Allez, petite, venez ! »

Joignant le geste à la parole, la femme prit Zélie par le bras et l'entraîna à l'intérieur de la ferme où, vrai, une fraîcheur bienvenue régnait.

La cuisine était immense, comme souvent dans les fermes. Une table en bois d'au moins cinq mètres de long trônait au centre, entourée de deux bancs en chêne. Et posé dessus, le pichet de citronnade qui n'attendait qu'elles.

« Asseyez-vous, asseyez-vous, petite ! Tenez, buvez, ça va vous faire du bien, vous êtes un peu pâlotte, non ? Ça va ? »

Zélie la regarda en esquissant un sourire. Depuis qu'elle l'avait hélée, la femme ne lui avait pas laissé en placer une. Elle lui tendit la main.

« Je m'appelle Zélie ! Et oui, je suis bien la petite-fille de Tine. Enfin, sa petite-nièce, en fait, mais elle était comme ma grand-mère, vous savez ! »

La femme parut surprise par la main tendue. Encore des manières de Parisiens. Mais elle la serra quand même et sourit à son tour.

« Moi, c'est Suzanne ! Enchantée, mademoiselle Zélie !

— Zélie suffira, Suzanne ! Et votre citronnade est un véritable miracle ! C'est vrai que j'avais un peu chaud. »

Zélie regarda autour d'elle. Le buffet du même chêne que la table, la multitude de photos posées dessus. Comme chez Tine. Les larmes recommencèrent à lui piquer les yeux.

Suzanne s'était assise en face d'elle et l'observait. Elle tendit son bras et posa sa main sur celui de Zélie.

« Je vois bien que vous êtes triste, petite, et c'est bien normal quand on perd sa grand-mère… Je me souviens encore du jour où j'ai perdu la mienne, vous savez. Ç'a été mon premier vrai chagrin. »

Zélie essuya les larmes qui avaient bien fini par couler.

« Vous la connaissiez ?

— Tine ? Pardi, bien sûr que je la connaissais ! On n'est pas nombreux au village, vous savez ! Alors, forcément, on se connaît tous ! J'ai même connu votre arrière-grand-mère, Mado. Un sacré tempérament celle-ci ! »

Suzanne devait être plus âgée que prévu...

« Oui, c'est ce qu'on dit ! Enfin, mon père. Je ne suis pas sûre qu'il en garde un très bon souvenir, d'ailleurs !

— Votre père aussi, je le connais. Même si on ne le voit plus beaucoup maintenant. Il doit préférer Paris ! »

Zélie sourit. Oui, son père préférait sans doute Paris, et son hôpital et tous les bébés qu'il mettait au monde depuis trente ans et toutes les mères qu'il sauvait. Ses recherches, ses conférences, sa frénésie de réussir là où il y a encore soixante-cinq ans, la nature échouait souvent : faire en sorte que les femmes ne meurent plus en couches. Parfois, Zélie se demandait si son père ne préférait pas aussi tout ça à elle, sa fille.

« C'est un grand médecin, vous savez ! dit-elle fièrement.

— Je sais. D'ailleurs, Tine racontait toujours qu'il voulait déjà le devenir quand il était enfant.

— Quand il a su que sa mère était morte en le mettant au monde... C'est de là que vient sa vocation. Il ne voulait plus que ça se produise et c'est pour ça qu'il est devenu obstétricien.

— Zélie... Vous portez le même prénom qu'elle.

— C'est mon père qui l'a voulu et ma mère n'a pas eu voix au chapitre.

— C'était une très belle jeune fille, votre grand-mère... Vous lui ressemblez beaucoup. Et à Tine aussi, du coup ! Vous avez les mêmes cheveux qu'elle, la même couleur, les mêmes boucles. Mais vous n'avez pas ses yeux. Ils n'étaient pas aussi bleus que les vôtres…

— Alors, vous l'avez connue ? Ma grand-mère ?

— Oui, je l'ai connue. Elle était plus âgée que moi, de dix ans au moins, mais je la trouvais tellement jolie ! Tellement énergique, tellement vivante ! Quelle misère qu'elle soit morte si jeune… Vraiment, quelle misère. En laissant deux êtres si malheureux.

— Deux êtres ?

— Eh oui, deux ! Votre père et Baptiste, votre grand-père. Celui-là, on a cru qu'il ne s'en remettrait jamais. Je n'ai jamais vu d'homme plus malheureux que lui sur cette terre, Dieu m'en est témoin. Et puis un jour, il est parti et on ne l'a plus revu. Mais… Si, si, on l'a revu… Il est revenu quelques années plus tard, chercher son fils. Enfin, c'est ce qu'on disait au village, moi je ne l'ai pas vu. Votre père devait avoir six ou sept ans. Mais il faut croire qu'on n'a pas voulu le lui rendre… Alors, il est reparti. Seul. Et cette fois, c'était pour de bon. »

Ainsi, Baptiste était bien revenu chercher Michel. Il avait tenu sa promesse de l'emmener à New York avec lui. Comme il le disait dans ses lettres, il attendait juste d'être mieux installé, d'avoir suffisamment d'argent pour lui offrir une vie correcte. Depuis les cuisines du Waldorf Astoria, il avait donc fait son chemin. Grâce à Jean, qui était à New York depuis bien plus longtemps et qui avait eu le temps de faire des économies, ils avaient pu acheter un ancien restaurant qu'ils avaient transformé en bistrot français. Ils allaient même pouvoir s'agrandir. Baptiste avait sans doute trouvé un appartement, Zélie le découvrirait bientôt dans une autre de ses lettres, et il s'était dit que le moment était venu d'aller chercher son fils.

Pourtant, Michel n'était pas reparti avec lui. D'après Suzanne, il devait avoir six ou sept ans. Michel se souvenait-il de ce retour ? Ou avait-il rayé ce jour de sa mémoire, comme tout ce qui concernait son père ? Zélie crevait d'envie de l'appeler et de lui poser la question. Mais non. Elle ne pouvait pas. Pas comme ça, en tout cas. D'abord, il fallait qu'elle en apprenne davantage, qu'elle retrace la chronologie des événements. Ça n'allait pas être simple, mais elle comptait sur les lettres de Baptiste pour l'aider.

Rentrée à La Maïzoun, elle ouvrit la deuxième boîte. Elle attrapa les paquets de lettres et regarda les dates. À partir de 1931, Baptiste n'avait plus écrit chaque semaine. Avait-il compris que Mado et Tine ne lisaient pas ses lettres à Michel ? Pourtant, il avait continué d'écrire. Moins souvent, c'est vrai, mais il n'avait visiblement jamais complètement arrêté. La dernière, trouvée dans la quatrième boîte, datait même de 1988. Il y avait à peine un an. Le cœur de Zélie joua soudain au yo-yo. Un coup en bas, un coup en haut. Jusqu'au bout, Tine avait donc caché les lettres de Baptiste. « Bon sang, mais c'est dingue ça ! » jura Zélie. Et Baptiste était mort sans que jamais aucune d'entre elles ne soit parvenue jusqu'à son destinataire. Parce qu'il était mort, forcément ; sinon, pourquoi aurait-il arrêté d'écrire, lui qui durant soixante ans n'avait jamais cessé de le faire ?

Zélie est restée immobile un long moment, le regard perdu sur les quatre boîtes. Elle pensait à Tine. Comme elle lui manquait. Comme elle lui en voulait, aussi. Jamais Zélie n'avait éprouvé une telle colère, surtout vis-à-vis de sa grand-mère de cœur. Pourquoi était-elle partie maintenant, quand tant de questions se posaient ? Mais si Tine n'était pas morte, jamais Zélie n'aurait trouvé les lettres. Et le secret serait resté un secret. C'était bien sa mort qui avait permis à Baptiste de ressusciter. Lui que Mado et Tine s'étaient évertuées à enterrer pendant des décennies, le laissant pour mort dans le cœur et les souvenirs de son fils. Privant du même coup Zélie d'un grand-père qui, si elle en croyait ce qu'elle avait déjà lu, était un sacré bonhomme.

Que devait-elle faire à présent ? Continuer à dérouler le fil de la vie de Baptiste, bien sûr. Et une fois qu'elle aurait tout reconstitué ? Que faire de cette histoire ? Comment ne pas en parler à son père, comment lui cacher qu'il avait vécu toute sa vie sur un mensonge ? Que Baptiste l'avait profondément aimé. Mado et Tine aussi, évidemment. C'est au nom de cet amour féroce qu'elles avaient agi ainsi, Zélie en était certaine. Mais pouvait-elle leur pardonner pour autant ? Sans doute pas. Le poison de la rancune avait commencé à couler dans ses veines. Plus elle réfléchissait, plus elle aimait Baptiste et plus elle en voulait à Tine. Elle n'aurait pas cru ça possible, en vouloir à Tine. Se sentir déçue par elle. Trahie. Et pourtant.

« Allô, maman ? C'est moi… »

Amélie sentit tout de suite que quelque chose n'allait pas. Elle avait beau ne plus vivre avec sa fille depuis huit ans, la voir en pointillé, elle devinait toujours tout de ce qui la touchait. Elle demeurait sa mère, envers et contre tout.

« Il faut que je te parle de quelque chose… Mais pas au téléphone. Je voudrais que tu viennes me rejoindre. Maman, c'est très important… »

Voilà. Amélie avait bien deviné. Quelque chose de grave était survenu. Et c'était elle que sa fille appelait. Pas son père.

« J'arrive, ma chérie. Le temps de prendre un billet de train et je suis là. Au plus tard demain. Ça va aller jusque-là ?

— Oui, ça va aller… Merci maman.

— Je t'aime, mon petit chat. »

Amélie avait senti l'urgence dans la voix de Zélie. Alors, elle n'a pas attendu pour se mettre en route. Elle a pris le train de nuit qui partait à 22 h 53 de la gare d'Austerlitz et arrivait à Toulouse à 6 h 30 le lendemain matin. Elle n'a pas pu expliquer ce départ précipité à Bertrand, guéri de sa bronchite, vu qu'elle ne savait rien. Juste qu'elle devait rejoindre Zélie à Ercé absolument. « Je t'appellerai de là-bas quand j'y serai », a-t-elle promis en l'embrassant sur le pas de la porte.

Zélie attendait sa mère à la gare routière de Saint-Girons. On ne pouvait accéder à Ercé qu'en voiture. Elle laissa Amélie pester contre l'interminable voyage qu'elle venait de faire, la nuit sans sommeil malgré la couchette de la Compagnie des Wagons-Lits, le train encore jusqu'à Boussens, puis le car jusqu'à Saint-Girons. « Je suis épuisée », soupira-t-elle pour la dixième fois au moins. Zélie savait que sa mère n'avait jamais vraiment aimé venir en Ariège. Sans doute à cause de Tine, avec qui elle ne s'entendait pas. Amélie ne supportait pas de la voir toujours agrippée à Michel, se comportant avec lui comme s'il avait cinq ans, lui mâchant tout, devinant tout, précédant tout. Et Michel qui se laissait faire, ça l'exaspérait encore plus. De toute façon, Tine n'aimait pas beaucoup Amélie non plus. Elle la trouvait trop parisienne, trop nonchalante, trop « moderne ». Et quand Amélie avait demandé le divorce, Tine s'était totalement lâchée. Devant Zélie. C'est peut-être la seule fois où elle avait entendu son père s'énerver contre celle qui l'avait élevé. « Stop ! Je ne veux plus t'entendre dire un seul mot sur la mère de ma fille ! » lui avait-il lancé d'un ton sans réplique. Tine s'était tue. Puis elle était repartie dans la cuisine en bougonnant. Elle n'avait plus jamais rien dit sur Amélie, en tout cas pas en présence de Zélie.

Après environ quarante minutes de route, elles arrivèrent à Ercé. Zélie n'avait presque pas ouvert la bouche de tout le trajet. Elle avait laissé sa mère râler, puis lui donner des nouvelles de Bertrand et du chat Hercule Poirot, de leur séjour en Bretagne chez des amis, de l'été étouffant à Paris, du programme de la rentrée qu'il allait bien falloir qu'elle organise…

C'est toujours en écoutant sa mère que Zélie posa la valise dans l'entrée de la maison, Amélie sur les talons, qui réclama un café. Zélie en avait fait avant de descendre à Saint-Girons. Il suffisait de le réchauffer. Pendant qu'elle s'affairait dans la cuisine, Amélie était entrée dans le salon.

« Qu'est-ce que c'est que ce foutoir ?! » cria-t-elle à sa fille en découvrant les boîtes en carton rouge passé et la multitude de lettres éparpillées autour.

Zélie apparut sur le pas de la porte, une tasse de café brûlant entre les mains. Elle s'avança dans la pièce et la tendit à sa mère.

« C'est de ça dont je voulais te parler… », dit-elle en s'asseyant sur le canapé.

Et elle raconta tout à sa mère. La mort de Tine, ses obsèques, Michel qui envisageait de vendre La Maïzoun, sa colère quand elle avait entendu ça. Comment elle avait commencé à ranger la chambre de Tine, ses affaires, et comment elle était tombée sur la petite boîte qui renfermait l'alliance de l'autre Zélie, sa grand-mère, la mère de Michel. Une alliance qui prouvait qu'elle avait été mariée (les silences de la famille au sujet de son mari avaient presque fait douter Zélie de cette vérité-là). Mais qui était cet homme ? Qui avait été le mari de Zélie, le père de Michel ? Pourquoi personne n'en parlait jamais ? C'était quand même curieux, non ?

« Tu n'as jamais questionné papa sur son père, toi ? »

Amélie ferma les yeux. Elle reposa sa tasse sur la table basse.

« Si, une fois. La première fois que ton père m'a emmenée ici. La première fois que j'ai vu Tine et Mado. J'en ai encore la chair de poule, fit-elle en souriant. Émile était mort quelques mois plus tôt. Ton père en avait été bouleversé. Il était très attaché à son grand-père. Il n'avait pas pu assister à son enterrement à cause d'une conférence qu'il donnait à ce moment-là à Londres. On ne se connaissait pas depuis très longtemps mais j'avais senti qu'il tenait à ce que je l'accompagne. On est allés au cimetière ensemble. Ton père s'est recueilli sur la tombe d'Émile. Longtemps. C'était aussi la tombe de sa mère. En rentrant, je lui ai demandé de m'en parler. Il m'a répondu qu'il n'y avait rien à dire, elle était morte en le mettant au monde, on en parlait peu à la maison, Mado jamais, Tine rarement. Il a ajouté que Tine ne s'était jamais vraiment remise de la mort de sa sœur jumelle. Qu'il avait gardé longtemps une photo de sa mère dans sa chambre, mais que lorsqu'il était parti faire médecine à Paris, il ne l'avait pas emportée avec lui. Il l'avait reposée sur le buffet de la cuisine, et j'ai vu tout à l'heure qu'elle y était toujours. Ça m'a toujours troublée cette ressemblance entre vous, les deux Zélie… Et puis je lui ai posé la question qu'il ne fallait pas : *Et ton père ?* Je m'en souviendrai toujours. Il s'est retourné brusquement, m'a regardée droit dans les yeux et il m'a répondu : *Je n'ai pas de père. Je n'ai pas de parents. Mes parents, c'étaient Émile et Mado. Et Tine. C'est tout.* Je n'avais jamais vu ton père dans cet état, rempli d'une colère froide et peut-être plus encore d'un chagrin indicible. Lui si calme, toujours, dans n'importe quelle circonstance. D'ailleurs, c'est la seule et unique fois où je l'ai vu comme ça. Peut-être parce que je n'ai jamais plus posé de questions. Nous n'avons jamais reparlé de ses parents. »

Zélie regardait sa mère fixement, concentrée, immobile, les sourcils froncés, le regard bleu tempête. Elle soupira, se pencha vers les lettres et les tendit à Amélie.

« New York ? Et elles sont adressées à Michel ?

— Toutes, oui ! Et il y en a des centaines. Aucune n'était décachetée… J'ai commencé à les lire. Tu comprends ce que ça veut dire, maman ? Ça veut dire que le père de papa lui a écrit pendant des années et que papa n'a jamais lu ces lettres ! Ça veut dire que Mado et Tine ne les lui ont jamais données ! Au mieux, elles lui ont laissé croire qu'il était mort, au pire, qu'il l'avait abandonné. Non mais tu te rends compte ? Papa a sans doute cru toute sa vie que son père était un salaud qui ne s'était jamais préoccupé de lui. Qu'il l'avait oublié, rayé de sa vie. Mais comment ont-elles pu faire un truc pareil, maman ? Parce que je t'assure que ce n'est pas la vérité. Baptiste n'a pas oublié papa, pas un instant. Il est même revenu le chercher en France, quand papa avait sept ans. Apparemment, Mado n'a pas voulu qu'il le reprenne. Je me demande ce qu'elle a bien pu inventer pour que Baptiste rentre à New York sans son fils. Un mensonge ignoble encore. »

Amélie essayait de suivre le flot discontinu de paroles. Elle essayait aussi de comprendre ce que lui racontait sa fille, dont l'état oscillait entre hystérie et désespoir. Baptiste était le père de Michel. Il avait écrit à son fils pendant des années mais Michel n'avait jamais eu ses lettres. Mado et Tine les lui avaient cachées (« ça ne m'étonne pas de ces deux pestes, tiens ! »). Baptiste vivait à New York et quand Michel avait eu sept ans, son père était revenu le chercher mais il était reparti seul. C'est ça ?

« Mais oui, c'est ça ! » hurla Zélie.

Amélie vint s'asseoir à côté de sa fille et la prit dans ses bras. « Calme-toi, ma chérie, ça va aller, ça va aller…, lui murmurait-elle doucement. Vas-y, recommence depuis le début. Ça m'a tout l'air d'être une belle histoire, même si elle est un peu triste… »

Et Zélie a raconté une nouvelle fois. Puis mère et fille se sont installées chacune sur un canapé, un paquet de lettres sur les genoux, et elles ont continué à lire les lettres de Baptiste. À voix haute ou pas. Ensemble, elles ont continué à faire défiler la vie de cet homme banni de chez lui, de son village, de sa vie, de celle de son fils. Zélie l'aimait à chaque lettre un peu plus. Elle était certaine que Michel l'aimerait aussi quand il saurait.

« Tu comptes lui en parler quand ? » questionna Amélie, tard dans la nuit.

Zélie soupira.

« Pas encore. D'abord parce que je ne sais pas comment m'y prendre. Ça va être terrible pour lui. Tu imagines ? Apprendre que son père n'était pas une ordure, qu'il ne l'a pas abandonné, contrairement à ce qu'on lui a fait croire toute sa vie. Qu'il l'a infiniment aimé, comme il avait infiniment aimé sa mère. Que Mado et Tine l'ont trahi… Ça fait beaucoup, quand même. Déjà, ça fait beaucoup pour moi… »

Zélie sentit les larmes monter à nouveau. Amélie lui caressa la joue. Elle savait à quel point sa fille aimait Tine. Elle en avait même été jalouse parfois. Elle savait qu'elle lui racontait bien plus de choses qu'à elle, elle connaissait leur complicité, leur tendresse réciproque. Oui, ça devait faire beaucoup pour Zélie d'apprendre que Tine n'était pas aussi bienveillante qu'il y paraissait et que, d'une certaine manière, elle était complice d'un beau gâchis. Après ce fameux jour où elle avait questionné Michel sur ses parents, Amélie s'était interrogée elle aussi. Elle avait trouvé la réaction de son presque mari tellement fiévreuse. Il s'était forcément passé quelque chose pour qu'il se soit emporté ainsi. Mais Michel ne voulait pas parler et, à part lui, elle ne voyait pas à qui s'adresser. Curieusement, elle avait immédiatement senti que ce n'était pas Tine qui l'éclairerait.

À la lumière de ce qu'elle venait d'apprendre, elle se dit que son instinct ne l'avait pas trompée.

Ce qu'elle comprenait mieux, c'était certaines humeurs de Michel. Son côté taciturne. Cette façon qu'il avait parfois de se murer dans le silence, de disparaître, pas physiquement, mais en mettant son regard et son esprit en retrait. Une ombre. Un vide. Une grande absence. Que seule Zélie était parvenue à combler. Il n'avait pas eu de père. Et même si Émile avait longtemps incarné son repère masculin, il lui avait sans doute été difficile de le devenir à son tour. Ou d'être un père à l'opposé de ce qu'il imaginait qu'avait été le sien. Amélie comprenait aussi pourquoi Michel avait été aussi présent pour Zélie. Bien sûr, son métier passait avant tout, en premier lieu avant sa femme. Mais jamais il ne s'était éloigné de sa fille. À l'adolescence, Zélie lui reprochait même d'être un peu trop collant. Ce qui attristait profondément Michel. Comme s'il pensait qu'on n'était jamais trop collant avec ses enfants et que lui, il aurait aimé que ses parents le soient. Mais il n'avait jamais rien confié de tout ça, jamais expliqué. Ils avaient fini par divorcer, séparés par ces montagnes de malentendus et d'incompréhension. Zélie avait choisi de rester avec lui. Sans doute le geste le plus généreux qu'elle ait accompli pour son père, Amélie en était maintenant persuadée. Peut-être ce geste l'avait-il sauvé de la rancune éternelle, lui prouvant ouvertement qu'il était un bon père, qui méritait qu'elle ne l'abandonne pas à son tour. Qu'il n'avait échoué en rien. Peut-être même que, grâce à ce geste, il saurait entendre, le moment venu, ce qu'elle avait à lui raconter. Bien des choses ne se rattraperaient jamais, et il y aurait des regrets. Mais vieillir en sachant que son père était finalement un homme bien, ça ne pouvait que les rendre moins amers, non ?

En quelques jours, Amélie et Zélie avaient bien avancé dans leur lecture. Même s'il restait des dizaines de lettres à lire, elles avaient appris pas mal de choses sur la vie de Baptiste. À son arrivée à New York, il avait exercé plusieurs mois comme légumier au Waldorf Astoria. Puis il avait été promu chef de brigade. Jean, lui, était devenu chef pâtissier. Ils étaient mieux payés. Ils se sentaient un peu les rois de la cuisine du Waldorf et commençaient à rêver à leur propre restaurant. Elles apprirent aussi que Rose et Marcel, la sœur et le beau-frère de Baptiste, avaient fini par les rejoindre et que leur fils Raymond était né à Manhattan, en 1932. Qu'il était devenu un véritable Américain. Tout comme Jeannette et Paul, les enfants de Jean. Michel avait donc plusieurs cousins outre-Atlantique. Cousins qu'évidemment, grâce à Mado et Tine, il ne connaissait pas non plus.

Zélie avait fait remarquer à Amélie qu'à partir de 1931, les lettres de Baptiste s'étaient espacées. Et que ça devait correspondre au moment où il était reparti en Amérique sans Michel. Alors elles ont renoncé à la lecture chronologique pour se concentrer sur les lettres de cette année-là. L'une d'entre elles devait bien expliquer ce qui s'était passé à Ercé pour que Baptiste renonce définitivement à emmener son fils avec lui. Puisqu'il lui racontait tout. Pourtant, la première des lettres qui semblait suivre celle où Baptiste annonçait son arrivée, si plein d'entrain, d'impatience à l'idée de retrouver son fils, cette lettre-là ne parlait pas d'Ercé. Ou à peine. En tout cas, Baptiste n'évoquait pas son retour à New York sans Michel, mais ce qu'il écrivait laissait penser qu'il y en avait eu une autre avant celle-là. Zélie et Amélie sont tombées d'accord là-dessus. Baptiste semblait dire : « Ce que je t'ai écrit la dernière fois, je n'y reviendrai plus, mais il me paraissait important que tu connaisses la vérité. Maintenant que tu sais, je continuerai à t'écrire comme avant, même si tu ne me réponds pas, je ferai comme si tu me lisais... » Donc, Baptiste avait bien écrit à Michel en rentrant à New York. En promettant qu'il ne cesserait jamais de le faire. Même si... Se pouvait-il qu'il ait su que Mado et Tine cachaient les lettres à Michel ? Peut-être. Et peut-être qu'il parlait de ça aussi dans la lettre manquante. Car il en manquait bien une dans la boîte, Zélie et Amélie en étaient certaines. Et la plus importante encore. Celle qui expliquait probablement quel stratagème Mado et Tine avaient mis en place pour que Baptiste ne reprenne pas son fils. Celle qui expliquait la profonde mélancolie des lettres suivantes. Baptiste, privé à jamais de son fils, mais qui semblait pourtant croire que lui écrire maintiendrait ce fil fragile qui les reliait malgré tout et qu'un jour peut-être, ils se retrouveraient. Ce jour était arrivé, sans doute pas comme Baptiste l'avait imaginé, lui qui ne savait rien de la vie de son fils. Et sans doute trop tard, puisque sa correspondance s'était arrêtée l'année dernière. Zélie en aurait pleuré de rage et d'impuissance. Quel sombre gâchis. Il lui fallait absolument lire cette ultime lettre. Tant pis pour la règle qu'elle s'était fixée. Même si ça promettait d'être difficile, elle devait savoir pourquoi Baptiste n'avait plus écrit.

Washington Square, NYC, 4 juillet 1988

Mon cher fils,

Ça fait longtemps que je ne t'ai pas écrit et crois bien que je m'en veux. Mais je me fais si vieux. Je n'aurais jamais cru tenir aussi longtemps. Il faut croire que les Ariégeois sont des costauds !

Et puis, il y a cette arthrose qui ne veut pas lâcher ma vieille carcasse. J'en ai les mains remplies et, pas de chance, surtout la droite. Tu dois le voir d'ailleurs. Mon écriture n'est plus ce qu'elle était. Le médecin est fataliste, parle de mon âge et sous-entend parfois que je ne devrais pas me plaindre, que ça pourrait être pire ! Et tant que je peux marcher...

Mais passons.

Washington Square est en fête aujourd'hui. C'est le 4 Juillet. J'aime bien ce jour-là. Tout le monde a l'air heureux. Alors, moi aussi ! C'est aussi le jour où le restaurant propose un menu spécial. Des hamburgers à la française ! Les Américains adorent ça.

Oui, je sais, je te dis ça tous les ans. Mais ça me fait plaisir et tu ne dois pas contrarier ton vieux père ! Je suis passé aux Granges avant de venir. Adam et Jack revenaient du marché avec trois cageots de poires pour les croustades, tout ce qu'il faut pour préparer le millas[1]*, de belles volailles, des truffes grosses comme le poing, des tomates qui promettent une délicieuse ratatouille. John-Paul a reçu ses fameuses bouteilles de bordeaux et de bourgogne, tu sais celles dont je t'ai parlé il y a quelque temps déjà. Des saint-émilion, des saint-estèphe, des pomerol, des sauternes, des clos-de-vougeot, des côtes-de-beaune, des vosnes-romanée... De beaux millésimes et de beaux domaines. Il est comme fou ! Ça sent bon la France, tout ça, n'est-ce pas ? Je suis heureux finalement. Les enfants et les petits-enfants de Jean, ceux de Ray aussi, s'occupent bien du restaurant. Ils ont su en faire un endroit recherché. Je suis tellement fier aussi que Sarah en soit devenue le chef ! Tu sais qu'avec elle, on a décroché une étoile au Michelin ? Quelle lignée de cuistots, c'est incroyable ! Et dire qu'on est partis de rien, Jean et moi. Mais je ne vais pas te l'apprendre, je t'ai déjà raconté ça des dizaines de fois au moins...*

Je vais arrêter là pour aujourd'hui, mon fils. Ma main me fait souffrir. Il faut que je la laisse se reposer.

1. Le millas est un dessert préparé en mélangeant de la farine de maïs et de froment, de l'eau, du lait, du beurre, du sucre et de la fleur d'oranger. Il est ensuite découpé en carrés, frit à la poêle et sucré.

J'essaierai de t'écrire plus souvent. Même si plus le temps passe, plus je sens que c'est inutile, et que l'espoir que j'ai eu toute ma vie que tu me répondes un jour disparaît lui aussi peu à peu.

Je t'embrasse,

Ton père affectionné

Michel

Le professeur Michel Cathala était assis dans le large fauteuil en cuir vieilli de son cabinet. Les yeux perdus sur l'immense carte topographique des Pyrénées centrales, accrochée sur le mur latéral droit, que Zélie lui avait offerte pour une fête des Pères. Ces montagnes, il en connaissait presque tous les sommets. Tous les flancs. Tous les lacs. Toutes les vallées. Combien de fois s'y était-il promené avec son grand-père Émile, puis avec Tine. Il ne les comptait plus. Puis, quand Zélie avait été en âge d'arpenter les chemins escarpés de randonnée, c'est avec elle qu'il avait continué de les parcourir. Il faut croire qu'il lui avait transmis cet enchantement, jamais démenti, qu'il ressentait toujours lorsqu'il était à Ercé. Zélie, née et grandie à Paris, mais qui ne cessait de dire à quel point elle aimait être à La Maïzoun. À quel point elle se sentait apaisée lorsqu'elle regardait les Pyrénées. Chez elle. Là-bas plus qu'à Paris. De temps en temps, Michel se demandait si elle n'irait pas s'y installer un jour.

Il soupira. Sa fille lui manquait. Il détestait quand ils étaient séparés trop longtemps et chaque été lui semblait une éternité. Dès la mi-juillet, ses résultats de partiels en poche (après une maîtrise de lettres modernes obtenue à la Sorbonne, dont elle ne savait trop que faire, elle s'était mis en tête de préparer le concours de professeur des écoles, là encore sans grande conviction), Zélie fichait le camp à Ercé et il ne la revoyait que deux mois plus tard, à quelques jours de la rentrée universitaire. La mort de Tine n'arrangeait rien à cette sensation de vide. Michel ferma les yeux. Tine. Mère de substitution. Consolatrice professionnelle. Soutien indéfectible. Tine, sœur jumelle de sa mère absente. L'autre Zélie. Celle qui avait fait entrer la mort dans sa vie en même temps qu'elle la lui avait donnée. Longtemps il s'en était senti responsable. Bien sûr. Souvent même, il avait lu le reproche dans le regard de Mado, aussi distinctement que si elle lui susurrait à l'oreille : « C'est toi qui as tué ta mère. Sans toi, elle serait encore en vie. » Sans toi… Et sans l'autre.

D'un geste vif, Michel décrocha le téléphone. Il entendit la sonnerie retentir dans la pièce adjacente à son cabinet, où son assistante prenait ses rendez-vous et accueillait ses patientes.

« Oui, docteur.

— Nathalie, combien de rendez-vous cet après-midi ?

— Trois, docteur. Et votre avion pour Bruxelles est à 8 heures demain matin. Faut-il vous commander un taxi ? »

Mince, Michel avait oublié qu'il partait pour deux jours en Belgique. Une conférence internationale sur l'amniocentèse où il devait intervenir en tant que chef de clinique et directeur de recherche. Un de ses étudiants, dont la thèse portait sur l'intérêt de l'amniocentèse dans le diagnostic et la prise en charge de la listériose, devait l'y accompagner. Il réfléchit un instant. Prêt à renoncer à ce voyage. Prêt à rejoindre Zélie à Ercé.

« Non, inutile. Je prendrai ma voiture et je la laisserai à l'aéroport. Je ne pars que deux jours.

— Très bien, docteur. Vous voyez Mme Villeneuve à 14 heures. Son dossier est sur votre bureau. »

Michel la remercia et raccrocha. Il jeta un coup d'œil au dossier que Nathalie avait effectivement posé sur le dessus d'une pile qui en comptait une dizaine d'autres. Mme Villeneuve était enceinte de cinq mois, de son quatrième enfant, et rien d'anormal n'était à signaler. Elle espérait simplement que ce serait (enfin) un garçon.

Michel entendit à nouveau la voix un peu fielleuse de Mado. Aussi loin que remontaient ses souvenirs, il avait toujours voulu être médecin. Depuis ce jour où, pour une fête des Mères, Tine l'avait emmené sur la tombe de sa mère et lui avait expliqué, en choisissant soigneusement ses mots, pourquoi et de quoi elle était morte. « Tu avais trois jours », lui avait-elle murmuré. Ils s'étaient assis tous les deux sur la pierre brute ; ils avaient arrangé les fleurs des champs que Michel avait cueillies en chemin. Et en regardant le Valier, Tine avait raconté à ce petit garçon de cinq ans, non pas que sa mère était avec les anges, mais quelque part, là, accrochée au flanc de la montagne, le jour nuage, la nuit étoile, parfois arbre, parfois ruisseau. Isard. Aigle royal. Ourse peut-être, même (Michel aimait tellement qu'on lui raconte des histoires d'ours). Omniprésente toujours. Que ce n'était pas lui qui l'avait tuée, bien sûr que non, il ne faut pas croire tout ce que raconte Mado. « Elle est juste malheureuse. Tu sais, Michel, le chagrin, parfois, quand il est trop grand, ça rend les gens méchants.

— Mais toi, tu n'es pas méchante », avait rétorqué le petit garçon, implacable.

Tine avait caressé ses cheveux encore clairs et si fins. Plongé son regard dans ses yeux d'opaline. Un bleu presque troublant tant il était pur. Elle lui avait souri. Une ombre était passée sur son visage sans que Michel s'en aperçoive. « Si, parfois, moi aussi je suis méchante, avait-elle pensé. Mais je t'aime tant. »

« C'est quoi une septicémie ? »

Tine avait réfléchi avant de répondre.

« C'est ce qui fait qu'on meurt quand on n'est pas très bien soigné. On attrape un vilain microbe, et comme on n'a pas les bons médicaments, alors on ne guérit pas.

— C'était moi le vilain microbe ?

— Bien sûr que non, mon cœur ! Un bébé ne peut jamais être un vilain microbe ! Un microbe, ça vient de l'extérieur, toujours.

— Et moi je venais de l'intérieur », avait continué Michel très sérieusement.

Tine avait éclaté de rire. Elle avait attrapé Michel dans ses bras et l'avait serré si fort qu'il en avait toussé. Il ne lui restait que peu de souvenirs de sa petite enfance mais ce jour-là, au cimetière, assis contre Tine, face aux Pyrénées, ce jour-là était gravé dans sa mémoire aussi clairement que le nom de sa mère sur sa pierre tombale. Tout comme la promesse qu'il s'était faite alors de chercher les bons médicaments pour guérir des vilains microbes qui enlèvent les mères à leurs enfants.

Cette promesse, il l'avait tenue. Jamais il n'avait dévié d'un iota de la route qu'il s'était tracée à l'âge de cinq ans. Il avait toujours été bon élève et n'aurait pas eu besoin de beaucoup travailler pour se maintenir à un bon niveau. Mais ça ne lui suffisait pas. Il fallait qu'il soit le meilleur. Le premier. Encouragé par son grand-père, qui le voyait au moins instituteur, voire professeur au collège de Saint-Girons. À l'âge de quinze ans, sur les conseils de son professeur de mathématiques, il avait décidé qu'il irait faire ses études à Paris et pas à Toulouse. Parce que c'était à Paris qu'il y avait les meilleurs hôpitaux, c'était à Paris qu'il y avait les meilleurs médecins et les meilleurs laboratoires.

Ça, personne à La Maïzoun ne l'avait compris, à part peut-être Mado. Mais surtout pas Émile et Tine. Pourquoi partir si loin quand il y avait une excellente faculté à Toulouse ? Cent kilomètres, c'était déjà le bout du monde pour eux. Alors huit cents. Ils se disaient déjà qu'ils ne le reverraient plus. Que Michel les oublierait. Qu'il ne reviendrait plus à Ercé.

Mado l'avait regardé en plissant les yeux, les lèvres pincées de colère. Tine avait deviné. Elle en aurait pleuré. Elle entendait sa mère penser si fort que cet enfant était bien le fils de son père, un bohémien lui aussi, un nomade, jamais satisfait de ce qu'il a. Qu'elle avait bien fait de ne rien dire. Où aurait-il voulu partir s'il avait su ?

Mais quelques mois plus tard, alors que Michel allait entrer en seconde, la guerre avait éclaté. Et tous, à La Maïzoun, Mado la première, avaient respiré. Évidemment, personne ne s'en était réjoui. Mais si ça pouvait empêcher Michel de mettre ses projets à exécution, alors va pour la guerre.

Michel, lui, avait rongé son frein. L'Ariège avait été relativement épargnée, même avant l'armistice. Il avait donc continué le lycée en se préoccupant peu de ce qui se passait en France, partageant ses journées entre les cours, l'étude et, deux fois par semaine, des leçons de solfège et de trompette. Il passa la deuxième et dernière partie de son bachot en juin 1942, filière philo sciences, mention très bien. Pourtant, il n'était plus question de partir à Paris pour entrer à la faculté de médecine. Cela aurait été fou. Paris était en zone occupée, il n'y connaissait personne, et puis, cette fois, il n'aurait pas gain de cause à la maison. Même lui s'était rangé à l'avis de ses grands-parents. « Quand la guerre sera finie, tu partiras si tu en as encore envie, mais pour le moment, c'est non ! » avait tranché Émile, exceptionnellement revêtu de ses habits de chef de famille (habituellement portés par Mado). Personne n'avait bronché. Encore moins Michel. Mais il avait obtenu d'aller à Toulouse, pourtant bientôt occupée elle aussi. Robert, un de ses camarades de classe, également bachelier, partait y faire son droit et il serait logé chez un oncle et une tante, employés à la mairie ; il avait proposé à Michel de partir avec lui. Ils pourraient partager la même chambre, ça ne changerait pas beaucoup de l'internat. Mado avait rechigné, demandé à voir le Robert en question ainsi que son père. La rencontre avait eu lieu un jeudi de foire, place de la Volaille à Saint-Girons. Le camarade de Michel lui avait paru un peu désinvolte, pas vraiment le genre à étudier le soir après les cours. Mais son père avait été inflexible. Si Robert loupait son année, retour immédiat à la ferme et aux travaux des champs. L'argument avait eu raison des hésitations de Mado. L'homme avait un cou de bœuf et des mains d'assassin. Il ne devait pas plaisanter souvent. Michel avait même souri devant l'air effrayé de sa grand-mère, qui, en principe, n'avait peur de personne. De toute façon, tout ce qui comptait pour lui, c'était qu'on le laisse partir à Toulouse. Malgré la guerre et malgré l'occupation allemande qui avait fini par gagner le sud, il y fit ses deux premières années de médecine, n'accompagna jamais Robert dans ses virées nocturnes sur lesquelles ce dernier lui avait fait jurer le secret ; il leur préféra les bals du samedi soir où il jouait comme trompette soliste dans l'orchestre de Jo Hulin, revint passer les vacances à Ercé comme promis, et à la Libération intégra la faculté de médecine de Paris. Il avait vingt ans.

Michel était arrivé à Paris comme un Christophe Colomb découvrant l'Amérique. Certes, il ne connaissait personne, mais il se promettait de prendre sur lui en essayant de sortir de la peau un rien sauvage du Pyrénéen qui ne s'était jamais aventuré au-delà de Toulouse. Il savait surtout à quel point il était chanceux de se retrouver là, la guerre à peine achevée. Et encore, elle ne l'était pas tout à fait. Paris n'en avait pas encore fini avec ses quatre années d'occupation. Chaque quartier, chaque rue en étaient les témoins meurtris, malgré les soirs de fête et de liesse, les flonflons, les airs d'accordéon qui résonnaient au fond des cours ou des bistrots, malgré les drapeaux bleu, blanc, rouge qui flottaient un peu partout aux fenêtres. Même à Toulouse, qui avait pourtant été occupée elle aussi, il n'avait pas ressenti ça.

Michel avait promis à Tine d'écrire chaque semaine. Ce qu'il faisait avec la régularité d'un métronome. Il ne voulait pas la rendre plus malheureuse qu'elle n'était déjà. Elle avait été si désemparée par son départ. Si inquiète de le voir s'en aller si loin, dans une ville qu'elle se figurait comme l'enfer sur terre, où l'Occupation avait laissé tant de blessures qui ne pouvaient pas être déjà cicatrisées. Bien sûr que Michel était un garçon débrouillard et raisonnable. Il ne cessait de leur répéter que son destin était là, à Paris, qu'il ne devait pas attendre davantage pour l'accomplir. Que pouvait faire Tine contre ça ? Quels arguments pouvait-elle avancer, elle qui, sans doute, était un peu à l'origine de cette volonté farouche qui le galvanisait. Mais sa raison était si peu de chose comparée à l'angoisse qui la saisissait chaque fois qu'elle l'imaginait seul dans cette ville apocalyptique.

Michel avait trouvé à se loger près de la faculté, dans le Quartier latin, à l'angle de la rue Cujas et de la rue Victor-Cousin. Une petite chambre sous les toits qu'un de ses enseignants, d'origine toulousaine (la solidarité régionale, en temps de guerre comme en temps de paix, n'est plus à prouver), lui avait dégotée en deux semaines. Le propriétaire, Lucien Lagouanelle, était un de ses anciens élèves, devenu depuis médecin généraliste au rez-de-chaussée du même immeuble. Pour arrondir ses fins de mois, et parce qu'il avait promis à Tine de venir passer Noël à Ercé, Michel donnait des cours de physique-chimie et de latin aux deux fils adolescents du Dr Lagouanelle. Trois soirs par semaine, mais parfois aussi le dimanche, ce qu'il appréciait d'autant plus qu'il était souvent invité à déjeuner ce jour-là. Il n'y a pas de petites économies (et bon sang d'Ariégeois ne saurait mentir). Au fil du temps, il avait donc noué une amitié respectueuse avec la famille Lagouanelle. Avec Jacques et Antoine d'abord, sans doute parce qu'ils étaient à peine plus jeunes que lui, que leurs aspirations se rejoignaient fréquemment, ces rêves d'après-guerre où tout semblait permis. Les fils Lagouanelle parlaient à Michel du Paris d'avant-guerre, du Quartier latin sans les Allemands, du jardin du Luxembourg et de Guignol, de leurs week-ends en Normandie, non loin de Cabourg. Michel leur parlait des Pyrénées, de la vie des paysans de là-bas, de la guerre qui les avait épargnés plus que les Parisiens. Il avait toujours eu de quoi manger raisonnablement, sans excès bien sûr, comme d'habitude en fait. Sa famille ne roulait pas sur l'or, loin s'en faut, mais les quelques bêtes de la ferme avaient toujours permis de remplir les assiettes et de ramener des vivres à Toulouse durant les deux ans où il y avait vécu. La famille Lagouanelle avait évidemment souffert davantage. Le rationnement était d'ailleurs toujours d'actualité, ce qui posait parfois un problème moral à Michel lorsqu'il déjeunait avec eux le dimanche. Cette gêne avait rapidement été levée par le Dr Lagouanelle, qui lui avait dit en souriant, droit dans les yeux : « Ce n'est pas ce que vous mangez, cher Michel, qui va changer la donne. Vous n'êtes pas plus épais qu'un lacet, je me demande d'ailleurs comment vous tenez votre rythme endiablé. Vous viendrez vous faire examiner un de ces jours. »

Michel aimait bien Lucien Lagouanelle. Peut-être, inconsciemment, parce qu'il se construisait avec lui l'image du médecin qu'il aimerait devenir, attentif, dévoué, tellement bienveillant, toujours compatissant, souriant, ne comptant jamais le temps qu'il consacrait à ses patients, de nuit comme de jour. Michel n'avait pas osé lui confier tout de suite son objectif de devenir obstétricien ni les raisons qui le poussaient vers cette spécialité. Mais la profonde amabilité du Dr Lagouanelle, son regard doux, ses encouragements aussi, l'avaient finalement poussé à lui raconter son parcours. Lucien l'avait écouté en hochant la tête, comme s'il approuvait, et avait simplement conclu : « Quand on sait où on veut aller depuis si longtemps, alors il n'y a pas à tergiverser. Vous portez en vous la plus noble des vocations. Foncez, jeune homme ! Vous ferez un excellent gynécologue, je n'ai aucun doute là-dessus. »

Michel n'avait jamais oublié ce qu'il n'avait pas pris comme un conseil mais bien comme un adoubement. Le souvenir de Lucien Lagouanelle le suivrait d'ailleurs tout au long de sa vie de praticien. Et d'homme. Parce que Lucien Lagouanelle était l'un des rares hommes authentiquement bons que Michel avait rencontrés dans sa vie.

Michel termina sa médecine sans avoir déménagé de sa chambre sous les toits. Il n'avait pas voulu s'éloigner de ses presque seuls amis à Paris. Jacques et Antoine avaient eu leur bachot avec mention, Antoine avec 19 sur 20 en physique-chimie, ce qui l'avait poussé à intégrer médecine lui aussi. L'année suivante, Jacques, le littéraire de la famille, était entré à la Sorbonne en français-latin-grec (il avait chaleureusement remercié Michel pour le 16 qu'il avait obtenu en version latine). Il voulait devenir journaliste, ce qui faisait sourire sa mère et lever les yeux au ciel son père, pourtant curieux de tout. Sans doute voyait-il ce métier comme trop risqué pour une âme sensible comme celle de son cadet. Il pensait encore aux correspondants de guerre, partis sur tous les fronts que cet épouvantable conflit avait occasionnés. Jacques lui rétorquait qu'il en fallait bien, de ces journalistes un peu têtes brûlées pour rendre compte et raconter. Il l'écrirait d'ailleurs plus tard, à son retour d'Algérie, dans un très beau récit que Michel conservait précieusement dans sa bibliothèque.

Michel était également resté très proche de son professeur d'anatomie, le Toulousain d'origine qui lui avait trouvé son logement trois ans plus tôt. Le professeur Chevalier l'avait pris sous son aile, jugeant sans doute que cet ourson pyrénéen, quoique mû par une volonté extraordinaire et un aplomb remarquable, avait besoin d'être protégé et conseillé. La volonté peut être parfois aveuglante et Michel avait tendance à s'éparpiller. Grâce au professeur Chevalier, il avait su faire les bons choix. Mais ce sont ses résultats, brillants, tout le monde s'accordait à le dire, qui lui avaient ouvert les portes du service de gynécologie obstétrique de l'hôpital Cochin.

Michel arriva à Roissy évidemment en retard. Il n'était pas seul sur le périphérique. Près de la porte d'embarquement de leur vol, il aperçut Pierre Lanier, son étudiant, qui faisait les cent pas en scrutant l'horizon. Il lui fit un grand signe auquel le jeune homme, rassuré et souriant, répondit.

« Ah ! Professeur ! Vous voilà ! Mauvaise nouvelle, tous les vols vers Bruxelles sont annulés jusqu'à nouvel ordre. Impossible de véritablement savoir. Ça viendrait des aiguilleurs du ciel belges… »

Michel bougonna un « Merde » qui ne le convainquit pas lui-même. En fait, il était soulagé, et cela l'étonnait. Il était rare que le professeur Cathala rechigne à se rendre à un congrès de médecins où il devait intervenir. Mais Michel n'était pas à ce qu'il faisait, remué depuis la mort de Tine par une vague incessante de souvenirs qui refaisaient surface, sans qu'il puisse y faire grand-chose. Et ça ne lui ressemblait pas de se laisser submerger ainsi.

Il avait toujours pensé que ressasser le passé ne servait à rien, sinon à piétiner, à se couler les pieds dans le béton.

Depuis l'enfance, il regardait devant lui. Depuis ce jour au cimetière où Tine avait tenté de lui expliquer la mort de sa mère et essayé de le convaincre qu'il n'en était pas responsable. Il était bien trop jeune pour véritablement comprendre le sens de ces paroles. Mais indéniablement, quelque chose s'était alors inscrit en lui. Une détermination naissante. La conviction qu'il devait agir. L'ombre de la culpabilité n'avait pas cessé de planer pour autant. Elle l'avait suivi longtemps, adolescent, jeune adulte, médecin en herbe. Il avait pensé, naïvement, que pratiquer ses premiers accouchements l'en délivrerait. Ça n'avait pas été le cas. Il en retirait bien une satisfaction réelle, à chaque fois. Un sentiment de plénitude quand il pensait avoir sauvé mère et enfant, ne perdant jamais de vue qu'aucun accouchement n'est anodin. Il lui arrivait même d'affronter Dieu, de lui lancer, tout-puissant et vaniteux : « Regarde ! Je fais mieux que toi ! » Les dix premières années, il s'était cru invincible, il l'avouait aujourd'hui que le temps avait apaisé ses chagrins d'orphelin et remis la réalité de l'existence à sa place. Peut-être aussi parce qu'il y avait eu Zélie. Sa fille. L'accouchement d'Amélie se présentait mal, en siège. Elle souffrait beaucoup. Michel avait même envisagé une césarienne. Mais poussé par on ne sait trop quel instinct, ou bien était-ce une folie, par un souffle venu de très loin, une sorte de résonance mystique, il avait pris la main de sa femme, il l'avait rassurée, lui avait juré que rien ne pourrait lui arriver, que tout allait bien se passer. Il l'avait emmenée en salle d'opération, n'excluant pas totalement la césarienne, n'avait jamais cessé de parler à Amélie, qui le regardait en retour, confiante en cet homme dont elle savait pourquoi il était là où il était aujourd'hui. Zélie était née sept heures après que le travail avait commencé, avec ses petites jambes presque totalement parallèles à son corps, les pieds dans la figure. Mais elle avait crié tout de suite et Michel s'était tout à coup senti libéré d'un poids immense. Ce poids qu'il traînait depuis toujours, cette ombre de sa mère, sur laquelle soufflait Mado pour la ramener vers lui chaque fois que l'ombre semblait s'éloigner un peu trop. Mettre sa fille au monde avait été sa résilience à lui. Tenir dans ses bras ce bébé de 2,7 kilos, si petit, si fragile, qui, comme un fait exprès, lui avait donné tant de fil à retordre mais qui était en bonne santé, avait été ce qui lui était arrivé de plus magnifique.

Il s'était alors demandé quelle aurait été sa destinée s'il avait été une femme. Une femme sans mère. Appelée à le devenir un jour. Cette femme en aurait-elle été capable ? Aurait-elle réussi à passer par-dessus la culpabilité originelle d'avoir tué sa mère, à vaincre sa propre peur de mourir en donnant la vie, à prendre le risque, malgré tout, d'avoir un enfant ? Qu'aurait-elle transmis in utero à cet enfant ? Une autre culpabilité ? « Si je meurs en te mettant au monde, ce sera de ta faute… » Ou bien cette idée, effroyable et irrationnelle, que tout enfant à naître était un meurtrier potentiel.

Mais il n'était pas cette femme, née entre vie et mort. Amélie avait porté Zélie confiante et bienheureuse. Zélie n'aurait jamais peur de devenir mère, Michel le savait. Et depuis ce jour de la naissance de sa fille, il n'avait plus jamais eu peur de devenir père.

Il rentra chez lui après encore deux heures passées dans les embouteillages du périphérique nord. L'appartement de la rue de Tournon était tellement calme quand Zélie n'était pas là. Pourvu qu'elle ne veuille pas déjà le quitter. Pourvu qu'elle reste encore un peu avec lui, malgré ses vingt-trois ans farouches et les envies qu'elle avait régulièrement de s'émanciper.

Michel décrocha le téléphone et composa le numéro de La Maïzoun. Il trouva la voix de Zélie bizarre, anormalement basse, lointaine. Il lui demanda si tout allait bien, elle lui répondit un « oui, oui » d'ours mal léché. Michel connaissait sa fille par cœur et il sentait que quelque chose clochait. Mais il savait également que Zélie ne dirait rien s'il l'attaquait de front. Zélie-tête-de-pioche qui, elle aussi, voyait son père arriver à des kilomètres. Ils parlèrent de tout et de rien, Michel suggéra à sa fille de rentrer, l'ambiance devait être triste à Ercé, elle serait mieux à Paris. Zélie prétexta le mois de juillet et les vacances, l'absence de ses amis, son emploi du temps surchargé à lui pour gentiment rembarrer son père. Il semblait pourtant à Michel que Zélie avait un nouvel amoureux depuis quelques mois, il n'en était pas vraiment certain et, dans le doute, s'abstint d'évoquer ce sujet. Il faudrait qu'il sonde Amélie. Entre femmes, elles devaient forcément se parler de ce genre de chose. Enfin, il espérait que si elle ne se confiait pas à son père, elle se confiait au moins à sa mère. Un peu jaloux malgré tout. C'est là que Zélie lui avait parlé de Goulos.

« Pourquoi Goulos ? » avait-il fait, le souffle un peu court.

Elle lui avait répondu « Comme ça ». Comme ça. Goulos. Comme ça. Sans raison. Michel respira un grand coup mais ne fit pas forcément le rapprochement entre la voix bizarre de sa fille et son envie subite de se rendre dans le hameau où avait vécu Baptiste. Michel n'entendit que « Goulos » et le bond que fit son cœur dans sa poitrine à cet instant-là le ramena plus de cinquante ans en arrière. Comment aurait-il pu oublier ce jour de juin ? Pourtant, il l'avait enterré au plus profond de sa mémoire avec acharnement. Mais un mot, un seul mot, ce nom de Goulos, avait soudain ramené cette image à la surface avec la précision d'un coup de lame.

Il devait avoir un peu plus de sept ans. Il rentrait de l'école en jouant avec le bâton de marche au nom gravé sur le manche que son grand-père Émile venait de lui confectionner. Il n'avait pas sa pèlerine, donc il devait faire doux. En arrivant devant La Maïzoun, il avait entendu la voix d'un homme qu'il ne connaissait pas, une voix forte, puissante et sévère. L'homme avait l'air d'être très en colère. Et Mado aussi, parce que ses cris se mélangeaient à ceux de l'inconnu. Arrivé sur le pas de la porte, Michel l'avait vu, les mains agrippées aux épaules de sa grand-mère, la secouant comme un prunier, lui hurlant dessus comme Michel n'avait jamais vu personne oser hurler sur Mado. Il se souvenait de ces mains, carrées, bronzées, noueuses, et de la fine alliance en or qui cerclait son annulaire gauche. Ces mains qui lui avaient paru être des serres d'aigle enfermant les épaules de Mado pour s'y enfoncer jusqu'au sang. Michel ne voyait de l'homme que son dos, large et puissant, son cou autour duquel était enroulé un foulard de soie rouge, des cheveux coupés court, cependant bouclés, très bruns. Soudain, Mado a crié : « Moi aussi, tu veux me tuer ! Comme tu as tué ma fille, vaurien ! » et l'homme s'est arrêté net. Il a lâché ses épaules et serré les poings comme s'il voulait maintenant la frapper. Michel était terrorisé. Il ne pouvait plus bouger. Le moindre mouvement aurait pu détourner la colère de l'inconnu sur lui. Il ne respirait même plus. C'est là que Tine l'a vu. Elle s'est précipitée vers l'homme et l'a supplié de partir. Il s'est tourné vers elle, l'a fixée un long moment. « Même toi, Tine… » Puis il a marché vers la porte. Et il s'est retrouvé face à Michel. Ils se sont regardés. Avec intensité. Comme pour mieux se reconnaître. L'homme a murmuré « Michel… Michel… » en s'avançant vers lui. Il a plongé ses yeux d'opaline dans les yeux d'opaline de Michel qui a compris à cet instant que cet homme inconnu, que cet homme en colère était son père. Le vagabond. L'aventurier parti en Amérique sans lui, revenu pour secouer Mado comme un prunier. Baptiste s'est lentement agenouillé, a posé ses mains sur les épaules de Michel, ces mains que Michel, quelques secondes auparavant, voyait comme des serres d'aigle. « Michel… Mon petit. Mon fils… » Et il a souri. Michel l'a alors trouvé si beau, si radieux qu'il lui aurait rendu son sourire si Tine ne s'était pas précipitée vers lui pour le faire rentrer. Baptiste s'est relevé. Il a caressé la joue de Michel d'un geste léger, très doux. Puis il est parti.

Michel n'a pas dit un mot du repas et Tine l'a envoyé se coucher sitôt son assiette terminée. Mado était restée allongée dans sa chambre. Le docteur était venu, il avait parlé d'attaque et avait dit qu'elle devait « être préservée de toute émotion. Sans ça… ». Michel a demandé à Tine si Mado allait mourir. Tine n'a pas répondu. Michel n'a pas fermé l'œil de la nuit. Il revoyait sans cesse le regard si clair de son père, ses mains vigoureuses et pourtant si légères sur ses épaules. Il ressentait encore sa caresse sur sa joue. La tendresse de son sourire. Mais il entendait surtout les cris de Mado et cette phrase qui l'avait terrifié : « Moi aussi, tu veux me tuer ! Comme tu as tué ma fille, vaurien ! » Se pourrait-il que son père ait tué sa mère ? Était-ce lui le vilain microbe ? Celui qui venait de l'extérieur ? Pourquoi ne parlait-on jamais de lui à la maison ? Pourquoi lui avait-on dit qu'il était peut-être mort lui aussi, qu'on n'en savait rien vu qu'il avait disparu un matin sans prévenir personne ? Michel avait fini par s'endormir au petit matin, épuisé. En se promettant de questionner Tine à la première occasion. Mais à son réveil, Tine n'était pas là. Mado, elle, était toujours alitée. Seul Émile lui avait tenu compagnie pour le petit-déjeuner. Plus taiseux que jamais, il était resté le nez dans *La Dépêche du Midi*, sans presque un regard pour son petit-fils. Puis Michel avait filé à l'école.

Dans la matinée, le directeur, qui était aussi l'instituteur des grands, était venu le chercher. Cela ne se produisait que lorsque quelque chose de grave survenait. Mado était peut-être morte. Mais non, ce n'était pas Mado. Dehors, Baptiste l'attendait. Bien droit, une valise posée à ses pieds. Michel s'était approché de lui et, comme la veille, Baptiste s'était agenouillé. Son regard presque translucide semblait brouillé, comme si les larmes n'attendaient qu'un déclic pour y déborder.

« Michel, je m'en vais... Je voulais te le dire. Ne pas partir comme ça, sans te revoir. Je retourne en Amérique. J'étais revenu à Ercé pour te ramener avec moi à New York, comme je te l'avais promis dans mes lettres... » Baptiste s'est interrompu. Il a baissé la tête pour que Michel ne voie pas la colère qui le traversait. « Mais c'est impossible... Tu dois rester ici. C'est mieux pour toi. Pour tout le monde. Un jour, je t'expliquerai et tu comprendras. Je t'aime si fort, mon fils, n'oublie jamais ça, d'accord ? N'oublie jamais que j'ai aimé ta mère plus que tout au monde et que toi aussi, je t'aime plus que tout. »

Baptiste a alors sorti de sa poche un petit objet en métal poli. Une sorte de statue miniature, couleur cuivre, qui représentait une femme coiffée d'une couronne, tenant un flambeau d'une main et un livre de l'autre. Il a ouvert la main du petit garçon et y a posé la statuette.

« C'est la statue de la Liberté, Michel. Si tu savais comme elle est belle ! Et des millions de fois plus grande que celle-ci. La liberté, mon fils, la liberté. Celle de partir ou de rester. Celle de bâtir ou de détruire. Celle de s'envoler ou de s'enterrer. Celle d'aimer ou de haïr... » Baptiste s'est tu un instant, comme pour reprendre son souffle, se calmer, empêcher les larmes de couler. « Je t'en avais mis une au courrier pour que tu la reçoives à Noël. Comme je ne savais pas si tu l'avais reçue, je t'en ai apporté une autre. Cette fois, je suis certain que tu l'as. Ne la perds pas. »

Puis il a soulevé Michel dans ses bras. Il l'a embrassé, il l'a respiré ; il a pris dans ses mains son petit visage parsemé de taches de rousseur, héritées de Zélie, et l'a regardé si longtemps que Michel a eu l'impression que le temps se figeait. Lui aussi a regardé son père. Il l'a regardé tellement fort. Comment avait-il pu effacer tout ça de sa mémoire ? Après de longues minutes, Baptiste s'était levé, avait posé une main sur la tête de Michel. Il avait dit « Au revoir, fils » et il était parti. Sans se retourner.

La sonnerie du téléphone résonna dans l'appartement de la rue de Tournon. Michel, allongé sur le canapé, ouvrit les yeux. Il avait dû s'endormir. Il avait la bouche pâteuse comme s'il avait bu dix whiskys, et un mal de crâne épouvantable. Il lui semblait qu'un épais brouillard l'entourait alors que le soleil de juillet inondait le grand salon d'une lumière éblouissante. Michel se leva, passa dans la pièce contiguë au salon, son bureau, et décrocha le téléphone. C'était Bertrand, le mari d'Amélie, seul à Paris, qui lui proposait d'aller jouer au tennis.

« Ah bon ! Tu es seul à Paris ? Je croyais que vous étiez en Bretagne, Amélie et toi ?

— On est rentrés il y a dix jours. Depuis j'ai attrapé une vilaine bronchite (je ne me ferai jamais à l'air de Paris) et Amélie est partie à Ercé rejoindre Zélie.

— …

— Michel ? Tu es là ?

— Oui, oui, je suis là. Je ne savais pas qu'Amélie était à Ercé.

— Écoute, elle est partie précipitamment, je ne sais pas trop ce qui se passe, elle n'a rien voulu me dire. Alors, ce tennis, tu es partant ? »

Michel hésita. Sa tête était de plus en plus douloureuse, comme si ce que venait de lui dire Bertrand avait amplifié la céphalée. Amélie était partie précipitamment à Ercé, Zélie avait une voix bizarre et, lui, il avait l'impression d'être un zombie sorti de nulle part. Et Bertrand qui n'avait même pas l'air inquiet. Mais que se passait-il, bon sang ?

« Michel ?

— OK pour le tennis. Mais laisse-moi le temps d'avaler un café. Quelle heure est-il, au fait ?

— Bientôt midi…

— On dit 13 heures au Sénat ? J'appelle Bruno pour le prévenir.

— Ça marche ! À tout à l'heure ! »

Michel raccrocha et, dans la foulée, composa le numéro de son ami Bruno, secrétaire au Bureau du Sénat – ils étaient devenus proches depuis qu'il avait accouché sa femme Virginie de leurs triplés quinze ans auparavant.

« Oui, venez, pas de problème, c'est très calme en ce moment, tout le monde est en vacances. Sauf nous, évidemment ! »

À pas lents, presque titubant, Michel se dirigea vers le long couloir qui menait à la cuisine. Un vieux café croupissait dans la cafetière qu'il regarda avec une moue de dégoût. Il jeta le liquide poisseux dans l'évier, attrapa un filtre neuf, le remplit de café moulu, remit de l'eau dans le réservoir et alluma la machine. Il avait le temps de prendre une douche pendant que le café coulait. Il y resta plus longtemps que prévu. L'eau presque froide dissipa un peu le brouillard et atténua sa migraine. Mais il restait comme groggy, enfermé dans un labyrinthe duquel il ne savait comment sortir. Des images lui revenaient par flashes et il était incapable de dire si elles étaient un rêve ou autre chose. Un regard bleu opaline qui aurait pu être le sien. Une sensation de douceur, un souffle passant sur sa joue. Une histoire de lettres envoyées et de Statue de la Liberté. Michel rouvrit enfin les yeux, se secoua, sortit de la douche, se sécha en hâte, enroula la serviette autour de sa taille et repartit vers la cuisine qui sentait bon le café fraîchement passé. Il s'en servit une grande tasse, souffla pour ne pas se brûler et se dirigea vers sa chambre. Il s'arrêta un instant devant celle de Zélie, qu'elle avait laissée dans un foutoir sans nom, comme d'habitude. Il entra. Respira son parfum. Sourit. Puis, repensant au coup de fil de Bertrand, il se rembrunit. Téléphoner à Ercé. Pour en avoir le cœur net. Mais il était presque 1 heure et même si le Sénat était à deux pas de la rue de Tournon, il n'avait que le temps d'enfiler un short et un polo s'il ne voulait pas être en retard.

Autour de lui, on s'était étonné de l'amitié qui le liait au second mari d'Amélie. On trouvait même ça un peu suspect. Michel n'en avait cure. Amélie et lui s'étaient quittés plutôt en bons termes parce que lucides sur l'état de leur couple depuis déjà quelques années. Ils s'étaient quittés comme les amis qu'ils étaient devenus au fil du temps. Et ils l'étaient restés. Michel, qui ne vivait que pour l'hôpital, ses patientes et ses recherches, et accessoirement pour sa fille, avait compris qu'Amélie soit allée voir ailleurs. Lorsqu'il était tout à fait honnête envers lui-même, il reconnaissait qu'il en avait quand même été un peu meurtri. Un vieux compte à régler avec l'abandon.

Michel et Amélie s'étaient connus chez des amis communs en 1962. Michel approchait la quarantaine, toujours célibataire, presque convaincu qu'il le resterait. Il ne comptait déjà pas ses heures à Cochin, et tous les bébés qu'il mettait au monde remplaçaient ceux qu'il n'avait pas. Du moins, il voulait s'en persuader. Mais c'était sans compter sur le charme d'Amélie, de huit ans sa cadette, jeune professeure de français au lycée Racine, qui avait tout de suite craqué pour son regard clair et grave, pour son sourire rare mais tellement lumineux, pour la distance respectueuse qu'il mettait entre lui et le monde, comme si sa vraie vie était ailleurs. Amélie qui éclatait de rire à tout bout de champ, lançant autour d'elle des notes cristallines qui pénétraient jusqu'au plus profond du cerveau. Amélie et ses mains qu'elle agitait sans cesse, comme si elle jouait une pièce. Comme si de simples mots ne suffisaient pas. Plongeant son regard sombre dans celui de son interlocuteur, devinant ce qui y était caché. C'est ce qu'avait ressenti Michel la première fois qu'il l'avait rencontrée. Qu'elle savait déjà tout de lui. Qu'elle avait tout compris. Il lui sortit pourtant ses grandes théories sur l'obstétrique moderne, sur la sensibilité des nouveau-nés, lui parla de ses recherches sur l'amniocentèse, se vanta du nombre d'accouchements qu'il avait pratiqués, avec un pourcentage d'échecs qui ne méritait pas qu'on le signale. Amélie avait souri sans l'interrompre, intriguée par cet homme certes un peu imbu de lui-même mais animé par une énergie qui emportait l'adhésion. Sans doute était-elle tombée amoureuse de lui ce soir-là, celui de leur rencontre, et Michel aussi, il faut le croire, puisqu'ils s'étaient revus dès le lendemain et presque tous les jours qui avaient suivi, ce qui, pour Michel qui, jusque-là, passait ses soirées à Cochin, était un signe. Un signe qui les conduisit à la mairie du IXe arrondissement, à deux pas de chez Amélie, dix mois plus tard.

Michel repensait à tout ça en voyant Bertrand qui l'attendait déjà en haut de la rue de Tournon, devant l'entrée du Sénat, en short et polo blancs impeccables, sa raquette en bandoulière sur l'épaule, un sac de sport à la main. Se souvenir de sa rencontre avec Amélie alors qu'il allait retrouver celui qui, depuis, l'avait remplacé, amusa Michel, et c'est le sourire aux lèvres qu'il rejoignit le mari de son ex-femme. En l'embrassant, Bertrand s'inquiéta de ses traits un peu tirés. Michel le rassura en lui expliquant qu'il devait partir à Bruxelles ce matin très tôt pour un congrès de deux jours, mais tous les vols avaient été annulés, il s'était tapé environ trois heures d'embouteillages au total, il s'était endormi en rentrant et réveillé avec un fichu mal de crâne. Mais après une bonne douche et un bon café, il se sentait d'attaque pour au moins cinq sets.

Pendant les deux heures qu'avait duré leur partie de tennis, Michel s'était demandé comment il pourrait bien questionner Bertrand sur le départ soudain d'Amélie pour Ercé. Aussi, il n'était pas vraiment dans le match et se prit 6-3, 6-7, 6-7, 6-2, 6-1.

Assis à l'ombre à La Terrasse de Madame, à deux pas de la fontaine Médicis du jardin du Luxembourg, Michel touillait distraitement son jus de tomate face à Bertrand. Il appréciait sa compagnie. Comme lui peu bavard, sauf quand il s'agissait de parler de Blaise Pascal, sérieux mais doté d'un sens de la dérision hors du commun, cet homme grand et fin, au front haut, au visage doux, lui était éminemment sympathique. Même Amélie n'en revenait pas. D'autant que la réciproque était vraie. Ils étaient liés par elle évidemment, mais aussi par une vision du monde et des hommes qu'ils voulaient lucide et donc, forcément, un peu pessimiste. Bertrand citait souvent cette phrase des

Pensées dont il avait fait une sorte de mantra : « Il ne faut pas que l'homme croie qu'il est égal aux bêtes, ni aux anges, ni qu'il ignore l'un et l'autre, mais qu'il sache l'un et l'autre. L'homme n'est ni ange ni bête, et le malheur veut que qui veut faire l'ange fait la bête. » Curieusement, Michel était d'accord. Lui qui passait son temps à faire naître des petits d'homme, qui croyait férocement en la vie, en l'espoir, savait aussi que ces hommes sont seulement ce qu'ils sont, ni bons ni mauvais, ni pires ni meilleurs, les deux mélangés, qu'il suffit de le savoir et qu'une fois cet état de fait accepté, le regard que l'on porte sur ses contemporains est beaucoup plus indulgent. Croire que l'homme pouvait devenir meilleur aurait été une utopie et l'utopie ne mène à rien. Bertrand, lui, pensait que Michel était un paradoxe ambulant, un savant mélange de sagesse et de rage, que la lave couvait sous le calme apparent ; un cas extrêmement intéressant d'un point de vue psychanalytique, et qui ne pouvait qu'intéresser le philosophe qu'il était. Amélie lui avait raconté l'origine de sa vocation. Elle lui avait touché un mot de ce père absent dont Michel ne parlait jamais et qu'il ne fallait surtout pas évoquer si on ne voulait pas se faire proprement envoyer balader. Entouré de femmes depuis toujours, Mado, Tine, Amélie, Zélie, la cohorte infinie de patientes de l'hôpital Cochin, sans parler de l'ombre omniprésente de sa mère, Michel incarnait cependant pour Bertrand l'homme le plus viril qu'il ait jamais croisé. De taille moyenne (pas tout à fait 1,80 mètre estimait-il du haut de ses 1,90 mètre), carré comme un dolmen, il se dégageait de lui une puissance et une droiture incroyables. Parfois, il se demandait pourquoi

Amélie l'avait quitté tant il paraissait fort, rassurant, et ce qu'elle avait pu lui trouver à lui, l'exact opposé de Michel, Bertrand qui se jugeait trop nonchalant, trop féminin parfois, trop longiligne, trop maigre, trop chauve, bref trop tout ce que n'était pas Michel. Mais Amélie le lui avait souvent répété, elle n'aurait certainement pas voulu d'un autre Michel. Sinon, pourquoi le quitter ? Oui, peut-être. Après tout. L'esprit humain est si complexe. Les sentiments tellement plus encore. Et Michel un bel exemple de cette complexité. Bertrand se demandait si son ami ressemblait finalement plus à ce père inconnu qu'à sa mère absente. Ce qu'il avait pris de cet un et de cette autre qu'il n'avait jamais connus. Quelle mémoire d'eux ses cellules charriaient. Comment il s'était accommodé de ces deux deuils. De celui de sa mère, il lui semblait évident qu'il tirait son énergie vitale, sa volonté de sauver l'humanité (qui sauve un enfant sauve le monde). De celui de son père, sans doute la gravité de son visage, ce demi-jour dans son regard, comme une tristesse. Et peut-être aussi ce physique si mâle, ces mains larges et noueuses, le menton volontaire, le dos carré. Seules ses taches de rousseur lui gardaient une étonnante apparence d'enfant. Comme si elles s'étaient égarées là, oubliant de vieillir.

Michel rompit soudain le silence. Se sentir à ce point observé par un professeur de philosophie, fût-il Bertrand, le mettait mal à l'aise.

« Alors comme ça, tu ne sais pas pourquoi Amélie est partie à Ercé ? Mais elle ne t'a rien dit du tout ? C'est Zélie ? Il y a un problème ? »

Bertrand trouva Michel bizarrement fébrile. Anormalement inquiet. Michel connaissait Amélie et Zélie sans doute bien mieux que lui, leur tempérament fougueux, fonceur, leurs décisions parfois à l'emporte-pièce, de la mère autant que de la fille.

« Non, elle ne m'a rien dit mais, apparemment, elle ne savait pas grand-chose non plus. Je crois que Zélie l'a appelée. Et dans la demi-heure, Amélie avait pris son billet de train pour le soir même. Peut-être qu'avec la mort de Tine, elle avait besoin de réconfort... »

Michel fit la moue. La dernière fois qu'il avait parlé à sa fille, elle lui avait assuré que tout allait bien. Qu'elle n'avait pas envie de rentrer, qu'elle avait des tas de choses à faire à La Maïzoun, à commencer par le rangement. Oui, bien sûr, il savait que partir sur un coup de tête ressemblait à Amélie. C'est d'ailleurs une des choses qu'elle lui avait souvent reproché d'être incapable de faire. Il savait aussi à quel point elle aimait sa fille et que si Zélie lui avait demandé de venir, alors elle n'aurait pas attendu pour la rejoindre. Amélie avait été si blessée quand Zélie avait choisi de vivre avec lui après leur divorce. Elle avait mis longtemps avant de l'accepter, à défaut de le comprendre. Alors, forcément, tous les moments qu'elles pouvaient passer ensemble étaient bons à prendre. À Ercé ou ailleurs. À Ercé, donc. Maintenant que Tine n'y était plus, Amélie devait avoir moins de scrupules à y aller.

« Il y a un problème, Michel ? On dirait que tu es inquiet.

— Non, non, je suis seulement un peu étonné. Quand j'ai eu Zélie au téléphone, elle ne m'a parlé de rien. Mais bon, il faut peut-être que je m'habitue à ce que ma fille ne me dise pas tout… »

Bertrand sourit. À lui aussi, pas mal de choses échappaient.

« Elle ne t'a peut-être pas dit non plus qu'Amélie devait descendre à Ercé il y a une semaine environ mais qu'elle n'y est finalement pas allée parce que j'avais une bronchite extravagante qui m'a fait entrevoir la mort ! Elles ont sans doute simplement reporté. »

Non, Michel ne savait pas ça non plus. La bronchite extravagante de Bertrand était pourtant une explication plausible. Elle le tranquillisa. Aujourd'hui, il était prêt à accepter n'importe quel prétexte pour cesser de penser.

Mais son cerveau n'était pas du même avis. Michel rentrait rue de Tournon quand un grondement sourd lui fit lever la tête. Haut dans le ciel de Paris, la traînée nuageuse d'un avion filant vers l'ouest le ramena à Roissy. Et un peu plus loin encore. Dans une autre ville que Bruxelles, presque dans un autre temps, pour un autre congrès, que, cette fois-là, il n'avait pas raté.

New York, 1968

Le Boeing 707 d'Air France atterrit à l'aéroport JFK à 10 heures précises, heure de New York. Durant le vol, Michel avait eu le temps de peaufiner l'allocution qu'il devait donner le lendemain, en anglais, pour l'ouverture du cinquième congrès international de gynécologie-obstétrique, auquel lui et trois de ses confrères de l'hôpital Cochin participaient. Il devait à ses recherches sur l'anesthésie péridurale et la psychoprophylaxie de faire l'un des discours d'ouverture du congrès et il n'en était pas peu fier. Amélie, qui parlait couramment anglais, l'avait aidé et fait répéter. Zélie, alors âgée de deux ans, avait applaudi. Il pouvait donc partir confiant. Ce qu'il fit.

Un taxi les emmena tous les quatre de JFK vers le centre de Manhattan. L'organisation du congrès leur avait réservé à chacun une chambre à l'hôtel Pierre, l'un des plus beaux de New York, tout comme à la plupart des intervenants venus d'Europe. Celle de Michel était spacieuse, lumineuse, avec un de ces lits king size qu'on ne voit qu'aux États-Unis. Il sourit à l'idée qu'Amélie, Zélie et lui auraient pu y dormir ensemble sans se gêner. De ce trente-cinquième étage, la vue sur Central Park était ahurissante. Michel n'aurait jamais imaginé un tel poumon de verdure au milieu de la multitude de tours qui constituaient Manhattan. Le front collé à la vitre, cerné de pierre et de verre, il en avait presque le vertige. Il n'était encore jamais venu aux États-Unis. Il ne l'avait jamais voulu. Quand le chef de service de gynécologie-obstétrique de l'hôpital Cochin lui avait parlé de ce congrès et du souhait des organisateurs de l'inviter, il avait refusé avec une brusquerie que le professeur Bayeux n'avait pas comprise. Le sourcil levé et froncé, ce dernier avait regardé le fraîchement promu professeur Cathala, dont le mérite n'était plus à prouver, ni l'implication, faire les cent pas dans son bureau l'air rembruni. Non, décidément, ce refus péremptoire ne lui ressemblait pas.

Michel avait prétexté sa présence indispensable à l'hôpital, ses travaux qu'il ne pouvait suspendre, ne serait-ce que quatre jours, sa femme qu'il ne pouvait pas laisser avec une enfant de seulement deux ans (si Amélie l'avait entendu, elle aurait, comme à son habitude, éclaté de rire). Et Amélie éclata de rire, le soir même, quand Michel lui raconta qu'il avait refusé de se rendre au cinquième congrès de gynécologie-obstétrique de New York, où sa présence était ardemment souhaitée, notamment pour parler de ses recherches avancées sur l'anesthésie péridurale. Comment Amélie, professeure de français des classes de seconde et première du lycée Racine, autant dire une longue cohorte d'adolescents en constante révolte, pourrait-elle être incapable de s'occuper quatre jours seule de leur fille ? Zélie avait déjà du tempérament, c'est vrai, mais sa mère se sentait encore en mesure de la dompter.

Amélie n'avait parlé qu'une seule fois de son père à Michel. Sa réaction l'avait convaincue de ne pas renouveler l'expérience. Bien qu'elle n'en pensât pas moins, elle se garda donc d'évoquer ce qu'elle supposait être la véritable raison de son refus de se rendre à New York.

Devant les gentilles moqueries de sa femme et l'insistance presque sévère du professeur Bayeux, Michel, se sentant acculé et surtout un peu ridicule, finit, à contrecœur, par accepter le voyage.

Les quatre collègues de Cochin devaient déjeuner au restaurant du Pierre, où une table leur avait été réservée. Michel, cependant, arguant du besoin de s'aérer les neurones, abandonna ses confrères pour une longue déambulation dans les rues de Manhattan. Il sortit de l'hôtel par la 5e Avenue et prit la direction du sud. L'air du mois de mai était doux, contrastant curieusement avec l'atmosphère effervescente de la ville. New York ne dort jamais, disait-on. Le nez constamment en l'air, Michel passa devant la cathédrale Saint Patrick. Il observa un long moment l'édifice néogothique planté au milieu des buildings qui avaient poussé tout autour de lui comme des champignons autour d'un chêne. Il continua vers le Rockefeller Center, longea l'Empire State Building, hésita à y entrer, puis bifurqua sur la 33e Rue. Il ne savait pas où ses pas le menaient, il n'avait pas pris de plan. Suivre la foule aurait été difficile, la foule étant partout. Alors, puisque tout était à voir ici, il allait au hasard. Des affiches en façade du Madison Square Garden annonçaient, pour le lendemain soir, la rencontre entre Mohamed Ali et Joe Frazier[1] (qui deviendrait le *fight of the century*, le combat du siècle). Michel, qui détestait la boxe, regretta que le concert de Bing Crosby et Bob Hope soit programmé quatre jours plus tard. Il s'y serait sans doute rendu. Il continua sur la 7e, toujours en direction du sud, tourna à gauche sur la 27e Rue, retrouva la 6e Avenue. Plus il descendait dans le Lower Manhattan, plus les tours s'éloignaient. En quelques blocs, Michel pénétra dans un quartier presque tranquille, aux immeubles bas, couleur brique. Les rues étaient ombragées par des petits bouleaux et des noisetiers, on accédait à chaque entrée par un escalier de quelques marches, une atmosphère européenne y flottait. Michel se retrouva devant l'entrée d'un parc et continua de s'étonner de trouver autant d'espaces verts dans une ville aussi grouillante. New York était hors du commun, un savant mélange de passé et de futur, où l'on pouvait observer l'empreinte laissée par les migrants venus du vieux continent, mêlée à celle que leurs descendants étaient en train de poser. Il pénétra dans le parc. Sur la grille de l'entrée nord, une plaque annonçait Washington Square. Il devait être environ 15 heures (Michel n'avait pas réglé sa montre sur l'heure locale) et pourtant, les allées regorgeaient de monde. Les bancs étaient presque tous occupés par des groupes d'étudiants de l'université de New York voisine en train de discuter ou de réviser. À gauche,

1. La rencontre qui opposa Mohamed Ali à Joe Frazier au Madison Square Garden s'est en réalité tenue le 8 mars 1971.

dans l'allée qui encerclait le parc, des joueurs d'échecs se concentraient sur leur échiquier ; plus loin, dans une allée latérale, une bande d'enfants, qui devaient avoir une dizaine d'années, nourrissaient des écureuils d'une familiarité stupéfiante. Un peu comme les pigeons du jardin du Luxembourg. Michel les observa un long moment, trouva la scène amusante ; décidément, rien ici n'était comme ailleurs. Le chahut que faisaient les enfants ne semblait pas déranger l'homme assis à deux pas, derrière une table en fer forgé, penché, stylo à la main, sur ce que Michel imagina être une lettre. L'ombre et le feuillage des arbres l'empêchaient de distinguer vraiment. L'homme relevait la tête de temps en temps, comme pour chercher l'inspiration. Il avait l'air de la trouver dans les rires des jeunes garçons et les grognements des écureuils. Alors, il penchait à nouveau la tête sur sa feuille de papier et se remettait à écrire. Michel traversa le parc jusqu'à l'arc de Washington et retomba sur la 5e Avenue. Il suffisait qu'il la remonte jusqu'à Central Park pour retrouver l'hôtel. Il arriva au Pierre une heure plus tard, éreinté par ses presque trois heures de marche. Sans compter que le décalage horaire commençait à produire ses effets. Il avait faim, alors il commanda une omelette qu'on lui apporta dans sa chambre et qu'il avala comme s'il n'avait rien mangé depuis plusieurs jours. Il prit une douche, appela Amélie qu'il ne réveilla pas, qui le rassura sur tout et lui passa Zélie. « Ze t'aime papa. » Michel, inondé de tendresse (comment avait-il pu penser un jour que les enfants des autres lui suffiraient ?), lui répondit : « Je t'aime aussi mon ange, je pense à toi et je vais vite rentrer à la maison. » Puis il se coucha et s'endormit en quelques secondes (trop exténué pour s'interroger sur le coucher anormalement tardif de sa fille).

Une petite musique lancinante obséda Michel pendant tout le vol qui le ramenait en France. Depuis le décollage et le survol de la statue de la Liberté, qu'il n'avait pas eu le temps de visiter. La liberté. *Celle de partir ou de rester. Celle de bâtir ou de détruire. Celle de s'envoler ou de s'enterrer. Celle d'aimer ou de haïr...* D'où lui venaient ces mots ? Les avait-il lus quelque part ? Une brève image surgit alors derrière ses paupières fermées. Celle d'un homme solitaire, venu s'asseoir sur un banc de Washington Square pour écrire.

De retour à Paris, Michel reprit son train-train habituel. L'hôpital, ses patientes, ses recherches, Amélie et Zélie. Il oublia la statue de la Liberté, l'homme de Washington Square, la petite musique lancinante dans l'avion, et ne retourna jamais à New York.

Le lendemain de sa partie de tennis avec Bertrand, Michel se leva tôt. La veille, il avait dîné chez lui devant l'émission *Apostrophes* qu'il avait enregistrée sur le magnétoscope, puis s'était couché. Il n'avait pas eu le temps de lire deux pages du *Pendule de Foucault* qu'il dormait déjà.

Il traversa le jardin du Luxembourg, enfila la rue d'Assas, descendit le boulevard de Port-Royal et entra dans l'hôpital Cochin par la rue du Faubourg-Saint-Jacques, où se situait la maternité. Il monta à pied les quatre étages qui le séparaient de son bureau dans lequel il entra après avoir traversé celui de Nathalie, impeccablement rangé. La pièce était éclairée par deux larges fenêtres et donnait sur les jardins et l'ancienne chapelle de Port-Royal. Michel aimait particulièrement ce côté de Cochin, plus ancien et plus calme. Il s'installa derrière la large table en verre, attrapa l'épais document qu'il était censé relire, la thèse de Pierre Lanier, la feuilleta machinalement, les yeux rivés sur la photo de Zélie qui lui faisait face. Elle devait avoir quinze ans quand il l'avait prise, un hiver à Ercé.

Elle posait de trois quarts, un épais bonnet recouvrait sa tignasse dorée, elle souriait. Amélie et lui venaient de divorcer et Zélie avait choisi de vivre avec lui. Ils étaient allés passer Noël dans les Pyrénées tous les deux. Tine avait insisté. L'année précédente, à cause de la séparation, Michel n'était pas descendu. Il ne pouvait pas lui faire ça deux fois de suite. C'était un Noël particulièrement froid. Le Valier était absolument et totalement blanc. On pouvait à peine circuler dans les ruelles d'Ercé à cause de la neige et du verglas. Michel et Zélie avaient tenté de monter jusqu'aux granges de Cominac mais le froid et le gel leur avaient fait rebrousser chemin assez vite. Tine les attendait dans la cuisine, son tablier fané recouvert de farine. La pièce sentait bon la poire caramélisée, annonçant qu'une croustade dorait au four. Ils s'étaient assis tous les trois autour de la grande table en chêne et avaient discuté de tout et de rien. Le temps s'écoulait lentement à Ercé, surtout l'hiver, et Tine savait que d'ici quelques jours, la lenteur de ce quotidien, où il ne se passait rien vraiment, pèserait à Michel. C'est durant ce Noël-là que Zélie avait demandé à Tine de lui apprendre à tricoter. Assises côte à côte dans le canapé du salon, Tine lui avait montré le point mousse, en lui disant qu'il fallait commencer doucement. Quand Zélie eut monté une vingtaine de rangées régulières, Tine lui apprit le point jersey, une maille à l'endroit, une maille à l'envers. À la fin des vacances, Zélie avait tricoté une longue écharpe rayée multicolore à Tine et la lui avait enroulée autour du cou, triomphante. Tine avait ri et avait serré Zélie dans ses bras. « Comme tu ressembles à ta grand-mère, ma chérie ! » lui avait-elle murmuré, émue. Zélie avait répondu « Je sais » en faisant un clin d'œil à son père. « Tu me l'as dit au moins un million de fois ! » Michel avait esquissé un demi-sourire. Se réjouir complètement lui était impossible lorsque l'on évoquait sa mère. Ils étaient restés presque dix jours puis ils étaient rentrés à Paris, en voiture, en partant à l'aube. Deux ans auparavant, Michel avait fait installer le téléphone à La Maïzoun, malgré les protestations de Tine qui n'en voyait pas l'utilité. Elle avait fait sans jusque-là et elle pouvait bien continuer à aller au café-tabac de Gilbert, comme d'habitude. Et puis, finalement, elle avait trouvé ça bien pratique pour appeler « ses Parisiens ». Elle n'était plus obligée de sortir sous la neige ou sous le cagnard l'été. Elle se sentait même un peu moins isolée.

Ce matin-là, Michel l'avait serrée dans ses bras. « Je t'appellerai quand nous serons arrivés à Paris, promis. » Tine s'était serrée contre lui, le cœur déchiré comme chaque fois qu'ils repartaient. Comme si elle n'allait plus jamais les revoir. Elle savait que c'était idiot mais elle n'y pouvait rien. Elle leur avait préparé tout un tas de victuailles à emporter, des manchons de canard confits, des haricots, une croustade, du millas, de la saucisse sèche, du saucisson, de la confiture de prunes qu'elle avait faite l'été précédent et quatre bocaux de foie gras. Michel avait casé le carton, bien calé entre le sac de Zélie et le sien. Ils ne repartaient jamais d'Ercé à vide. Tant que Tine vivrait, ce serait comme ça.

Michel abandonna la thèse de Pierre Lanier et décrocha le téléphone. Il composa le numéro d'Ercé. Personne ne lui répondit. Qu'Amélie soit allée retrouver Zélie continuait de l'intriguer et il aurait bien voulu en savoir plus. Mais elles devaient être en balade. Amélie adorait marcher et Zélie l'avait sans doute amenée vers Guzet, un de ses endroits préférés, entre la vallée du Garbet et la vallée d'Ustou. Peut-être même avaient-elles poussé jusqu'à la cascade d'Ars, un peu plus à l'est.

Il réessaierait plus tard. L'esprit toujours vagabond, il se replongea dans les développements de Lanier sur l'intérêt de l'amniocentèse dans le dépistage de la listériose.

Une seule fois Michel avait interrogé Tine sur Baptiste. En 1969, deux mois après la mort de Mado. Il était redescendu à Ercé pour aider sa tante à régler la succession chez le notaire. Tine et lui héritaient de La Maïzoun et des quelques arpents de terre situés vers la Navée. En regardant Tine déambuler dans cette maison désormais vide, Michel s'était demandé s'il n'allait pas lui proposer de venir s'installer à Paris avec eux. Au moins l'hiver, de Noël à Pâques, par exemple. Il avait cependant peu d'espoir qu'elle accepte. « Quitter Ercé à mon âge, mais pourquoi donc, grands dieux ! Je suis bien ici ! Qu'est-ce que tu veux que j'aille faire à Paris ?

— Tu ne serais pas seule, au moins, avait argumenté Michel.

— Mais je ne suis pas seule, Michel, je ne suis pas seule ! Il y a Victorine à côté, et puis Gilbert au café. Il y a monsieur le curé, Jacquou et Françoise, Michélou, le vieux Baja, Jean-Louis et Claudine, Christiane, et j'en oublie ! Le facteur passe tous les jours, et la boulangère aussi. Non, non, ne t'inquiète pas, je suis très bien ici ! J'y ai toujours vécu et j'y mourrai ! » (« Tu ne crois tout de même pas que je vais m'en aller mourir à Paris ? » ajouta-t-elle en sourdine.)

Michel renonça donc. Peut-être qu'un jour, si elle devenait dépendante, ce qu'il ne lui souhaitait pas, elle accepterait sa proposition, mais même de ça il doutait.

Maître Soula, âgé d'environ quarante ans et qui avait repris l'étude saint-gironnaise de son père, fit l'inventaire des quelques biens que Mado Bergès avait elle-même hérités d'Émile. Il expliqua à Michel qu'il héritait par représentation de Zélie, sa mère, décédée en 1924 à Ercé, pour la moitié des biens qui lui seraient revenus. Michel savait ça. Comme il savait que tout lui reviendrait à la mort de Tine, puisqu'elle avait déjà fait son testament en ce sens, dûment enregistré chez maître Soula.

On ne sait pas trop pourquoi le notaire demanda alors à Michel s'il possédait des biens du côté de son père. Ignorant le silence qui s'était soudain abattu dans son office, il continua, imperturbable :

« Je vois sur votre acte de naissance que votre père s'appelle – ou s'appelait – peut-être est-il lui aussi décédé ?… »

Maître Soula leva des sourcils interrogatifs vers Michel puis, devant le visage impénétrable de son interlocuteur, il poursuivit.

« … Baptiste Cathala, né le 4 novembre 1898, domicilié au hameau de Goulos, commune d'Ercé. »

Tine s'agitait sur sa chaise comme si elle était assise sur des braises. Michel, lui, était immobile, figé comme un monument aux morts. Il regardait par-dessus l'épaule de maître Soula, au-delà de la large fenêtre, au-delà des jardins du parc du Tribunal, vers les hauteurs des Pyrénées, le bleu éclatant du ciel de janvier. Il n'entendait presque rien, la voix du notaire lui parvenait comme une rumeur lointaine, caverneuse. Il sentit la main de Tine se poser sur son bras et se ressaisit. Il planta ses yeux d'opaline dans le regard ébène de maître Soula, et, souriant, d'une voix douce mais atone, il lui dit qu'il ne savait pas ce qu'était devenu son père, s'il était mort ou vivant, qu'aux dernières nouvelles, qui ne dataient pas d'hier, il vivait en Amérique, qu'il n'en savait et n'en saurait probablement jamais davantage sur lui. Alors, des biens du côté paternel, non, certainement pas.

Tine et Michel étaient remontés en voiture et avaient fait le trajet Saint-Girons – Ercé dans un silence de cathédrale. De temps à autre, Tine regardait Michel de biais. Elle avait noté sa mâchoire serrée, le bleu de ses yeux devenu marine, presque noir, signe de tempête. Une fois à La Maïzoun, Michel l'avait suivie à la cuisine. Il s'était assis sur le banc en chêne, avait posé ses coudes sur la table et l'avait fixée avec une ferveur qui l'avait presque effrayée.

« Qu'est-ce que tu sais de mon père, Tine ? Qu'est-ce que tu sais que personne n'a jamais voulu me dire ? Pourquoi on ne parlait jamais de lui ici ? Il n'y a plus que toi qui sais maintenant. Il est peut-être temps, tu ne crois pas ? »

Tine s'était assise face à lui. Très raide. Le menton relevé comme si elle lui lançait un défi. Mais devant les ombres qui passaient sur le visage de Michel, ces ombres qui n'avaient jamais cessé de l'entourer, ces ombres dont il avait bien fallu qu'il se débrouille, qu'il les apprivoise, elle se radoucit. Elle revoyait l'enfant qu'elle avait tant choyé, dorloté, qu'elle avait essayé de protéger comme elle avait pu des chagrins dans lesquels la vie l'avait plongé direct. Ce petit garçon qu'elle emmenait au cimetière pour chaque fête des Mères, pensant qu'ainsi, il n'oublierait pas qu'il en avait une, même morte. Qu'avait-il fait de ça, Michel ? Comment s'était-il construit ? De mémoire, il n'avait plus remis les pieds au cimetière depuis qu'il était parti faire ses études à Paris. Ah, si ! Deux fois. Une fois pour aller sur la tombe d'Émile, quelques mois après sa mort, et une autre, tout récemment, pour l'enterrement de Mado. Mado… Cette fois, c'est sur les joues de Tine que l'ombre passa. Elle baissa les yeux et la honte l'envahit. Jamais, non, jamais elle ne pourrait parler à Michel. C'était trop tard, beaucoup trop tard. Jamais il ne lui pardonnerait et ça, Tine ne le supporterait pas. Elle avait soixante-cinq ans. Combien de temps avait-elle encore à vivre ? Dix ans ? Quinze ans ? Pas question de gâcher les dernières années qui lui restaient en se brouillant avec lui et en se parjurant. En brisant la promesse qu'elle avait faite à sa mère sur son lit de mort, sa mère qui, même depuis l'au-delà, Tine en était persuadée, la surveillait.

« Jure-moi que tu ne diras jamais rien, Tine ! Jure-le sur la tombe que je vais bientôt rejoindre, jure-le sur celle de ta sœur ! JURE ! » avait réussi à hurler Mado malgré les forces qui la quittaient. Tine avait sursauté et elle avait juré, la main droite levée sur le visage de sa mère.

« Tu brûleras les autres lettres, ça aussi, jure-le-moi. Et si de nouvelles arrivent, tu les brûleras au fur et à mesure, tu m'entends ? Tu m'entends, Tine ?

— Oui, oui, je t'entends... Oui, je les brûlerai, je te le jure... »

Tine était sortie de la chambre en larmes. Elle s'était précipitée hors de La Maïzoun, cette maison qui avait conservé comme dans un caveau le secret de la vie de Baptiste, cette maison dont le grenier regorgeait de lettres que personne jamais n'avait ouvertes, jamais lues, cette maison qui avait enterré Baptiste sans états d'âme, et Zélie avec lui, et Michel... Michel qui la regardait aujourd'hui comme s'il la jugeait, comme s'il lisait en elle et entendait le vacarme que faisaient ses pensées à cet instant précis.

Quand Tine, après avoir grimpé les chemins caillouteux jusque vers la Navée, avait repris son souffle, poursuivi sa route et était redescendue à La Maïzoun, Mado était morte. Les dernières paroles qu'elle avait adressées à sa mère, c'était sa promesse de ne jamais rien révéler à Michel sur son père.

Elle le prenait aujourd'hui comme une sentence. Le piège s'était refermé sur elle. Elle était fichue.

Aussi, malgré les questions de Michel, son insistance, malgré les ombres et le souvenir de l'enfant qu'il avait été, malgré l'amour immense qu'elle lui portait, Tine n'a rien dit.

Et pourtant, Tine ne brûlerait jamais les lettres de Washington Square, qui continueraient de remplir le grenier de La Maïzoun. « Pourquoi le ferais-je ? s'était-elle dit pour la énième fois. Pourquoi ? Advienne que pourra. » Tant pis si, pour ça, elle devait aller en enfer.

Michel ne rappela pas Zélie. Après tout, qu'elle ait souhaité la présence de sa mère à Ercé après la mort de Tine n'avait rien d'anormal et il était peut-être préférable qu'il ne s'en mêle pas. Il avait presque tout de sa fille. Il devait accepter de la partager parfois.

Pourtant, ça n'avait pas été simple. Il avait été le premier surpris que Zélie veuille vivre avec lui. Il imaginait qu'une jeune fille de quinze ans aurait préféré rester avec sa mère plutôt qu'avec un père qui consacrait sa vie à d'autres. Ses arguments (« Vivre avec deux profs, merci bien ! ») l'avaient à moitié convaincu et, connaissant Zélie assez bien, il avait vite compris que la paix royale qu'il lui offrait était davantage à l'origine de son choix. Mais peu lui importait. Zélie voulait rester avec lui, dans l'appartement de la rue de Tournon, celui de son enfance, et Michel en avait été profondément touché. Il n'avait jamais trop cherché à creuser ce qu'il aurait ressenti si Zélie était partie vivre chez Amélie. Lui, l'enfant des grands abandons, aurait-il vécu cette séparation comme un deuil de plus ? Sa rupture avec Amélie, même si elle était consentie, l'avait blessé et il s'était senti redevenir cet enfant. Il se revoyait, assis sur la pierre tombale de sa mère, Tine lui expliquant que non, il n'était pas responsable de sa mort. Mais si Amélie le quittait, c'était pourtant bien parce qu'il n'avait pas été suffisamment présent pour elle, pas assez attentif et sans doute pas assez aimant. Parce que ce qui comptait avant tout, c'était son fichu hôpital, ses fichues patientes, ses fichues recherches. Amélie lui avait envoyé ça au visage sans crier, avec juste une immense amertume et une profonde tristesse dans le regard. Michel en avait été crucifié. Si Amélie le quittait à son tour, alors peut-être bien qu'il devrait s'interroger sur ce qu'il était vraiment et si, finalement, il n'était pas responsable de toutes ces ruptures, contrairement à ce que lui avait affirmé Tine. Mais Zélie n'était pas partie, elle. Alors Michel s'était rassuré. Non, il n'avait pas tout raté. Zélie, sa merveille vivante, sa Véga, Zélie ne le quittait pas, et par là, elle lui prouvait que si les gens partaient, ce n'était pas forcément à cause de lui, mais parce que la vie était comme ça. Qu'il n'y avait pas de sort qui s'acharne. Juste des hauts et des bas et les ressources de chacun pour se dépatouiller de ça.

Il ne s'en était pas si mal sorti. Du moins le croyait-il maintenant.

Zélie et lui se ressemblaient. Un peu sauvages sans être véritablement solitaires. Un peu taiseux sans être taciturnes. Ils partageaient cette nécessité de calme et de silence et c'est sans doute pour ça qu'ils aimaient tant les Pyrénées. Ils s'y ressourçaient, ils puisaient dans l'épaisseur de ces montagnes leur propre énergie, elles les régénéraient, elles leur étaient indispensables.

Malgré l'emploi du temps chargé de Michel, il essayait de passer du temps avec Zélie. C'était souvent le soir, ils dînaient dans le salon, chacun avec son plateau devant la télé ou en écoutant de la musique. C'était presque toujours Zélie qui cuisinait pour eux. Des choses simples apprises de Tine. Zélie faisait découvrir à son père les groupes ou les artistes qu'elle aimait, Téléphone, Dire Straits, Bruce Springsteen. Michel trouvait ça brutal (sauf peut-être Springsteen – il admettait beaucoup aimer *The River*). Ils se retrouvaient en écoutant Barbara, Montand, Reggiani ou Miles Davis, que Zélie admirait aussi. Michel avait une belle voix de baryton et elle adorait quand il lui chantait *Votre fille a vingt ans* ou *Les loups sont entrés dans Paris*. Ou quand il imitait Montand chantant *Planter café* avec le chapeau de paille qui avait appartenu à Émile. Elle lui demandait parfois de l'aider sur un sujet de dissertation, rarement à vrai dire, elle se débrouillait assez bien toute seule. C'était davantage pour le plaisir de discuter, parfois jusque tard dans la nuit, d'échanger leurs points de vue, régulièrement divergents. Et il n'était pas rare qu'ils ne sachent plus à la fin quel était le sujet du début. Michel n'était jamais intervenu dans les études de Zélie ni dans ses choix. Il n'avait demandé son avis à personne quand il avait lui-même choisi sa voie et ne pouvait admettre la moindre ingérence dans la vie de qui que ce soit, fût-ce sa propre fille. Il l'observait cependant, sans qu'elle s'en aperçoive. Notait la joie de la réussite ou la déception d'un partiel raté. Les hésitations. Les changements de direction à 360 degrés. Il l'accompagnait où qu'elle souhaite aller, et c'est sans doute ça, cette tendre discrétion, cette absence de jugement, cette attention silencieuse, qui avaient fait de Michel le plus sûr allié de Zélie.

Parfois, il s'étonnait qu'elle n'amène pas davantage d'amis rue de Tournon. Il en connaissait quelques-uns, surtout ceux venus de l'enfance, Marie et Isabelle, avec qui elle était à la maternelle, Olivier, Pierre et Julie, qu'elle avait connus à la Sorbonne. Il lui semblait aussi avoir aperçu, tôt le matin, une ombre masculine sortir de l'appartement sur la pointe des pieds. Au petit-déjeuner, il avait interrogé sa fille du regard. Elle lui avait souri, avait déposé un baiser léger sur sa joue et avait filé à la fac sans rien dire du jeune homme mystérieux. Il l'avait revu à plusieurs reprises, avait hésité à se montrer, y avait renoncé en se disant que sa curiosité risquait de lui attirer les foudres de sa fille. Après tout, elle finirait bien par le lui présenter. Mais au bout de quelques mois, l'ombre du petit matin avait disparu sans que Michel eût jamais su son nom. Sa Zélie devenait une femme, pudique et mystérieuse, et ça, il avait un peu de mal à s'y faire.

Michel n'avait jamais perdu de vue la famille Lagouanelle et il dînait avec Antoine, devenu psychiatre, environ une fois par mois. Lucien Lagouanelle était mort dix ans auparavant d'un cancer du pancréas foudroyant et Michel en avait été profondément affecté. Encore un vilain mal venu de l'extérieur qu'aucun traitement n'avait pu sauver. Non, décidément, on ne pouvait pas lutter contre Dieu. Le vieux médecin, pour qui il éprouvait une affection quasi filiale, lui avait beaucoup appris et il essayait, aujourd'hui encore, de ne rien faire qui aurait pu décevoir cet homme bon et chaleureux. Michel s'était parfois demandé si Antoine et Jacques, les deux fils de Lucien, avaient été jaloux de la relation privilégiée que leur père entretenait avec l'étudiant en médecine qui leur donnait des cours de physique-chimie et de latin. Si c'était le cas, ils n'en avaient jamais rien laissé paraître et avaient toujours témoigné à Michel une amitié apparemment sincère.

Après sa maîtrise de lettres, Jacques avait intégré le Centre de formation des journalistes. Si Lucien

Lagouanelle était fier qu'Antoine ait décidé de marcher dans ses traces en faisant médecine, il était sincèrement admiratif de son cadet qui accomplissait, dans un domaine qu'il lui était plus difficile d'appréhender, un parcours tout aussi brillant. Après l'école de la rue de Lille, Jacques était parti aux États-Unis pour un stage de six mois au *Washington Post*. Puis il avait couvert la guerre d'Algérie comme reporter indépendant, en était revenu amer et profondément pacifiste, avait accepté un poste à la rédaction du journal *Le Monde*, s'était lancé dans une carrière d'essayiste, avec un premier récit engagé sur la décolonisation. Il s'était ensuite attelé à l'écriture de romans policiers qui vivaient, si l'on en croyait les critiques flatteuses, de jolis parcours. Il habitait aujourd'hui à Londres.

Michel ne manquait jamais de demander des nouvelles de Jacques à Antoine. Les deux frères se voyaient peu mais entretenaient une abondante correspondance, ce qui faisait sourire Antoine lorsqu'il en parlait, lui qui n'avait jamais vraiment affectionné le genre épistolaire. Il préférait de loin le téléphone. Leur mère était allée s'installer définitivement à Annecy, d'où elle était originaire et où elle possédait une grande demeure familiale au bord du lac. Antoine, sa femme Esther et leurs quatre filles, Léa, Jeanne, Anna et Iris, allaient y passer tous leurs étés. Il faudrait bien qu'un jour, Michel se décide à accepter l'invitation de s'y rendre qu'Antoine lui lançait depuis au moins vingt ans. Ça ferait plaisir à tout le monde, à commencer par Zélie, amie depuis toujours avec Iris, la benjamine de la fratrie, et qui accompagnait parfois les Lagouanelle à Annecy quand elle n'allait pas à Ercé.

Antoine, assis en face de Michel au fond de la brasserie Lipp, regardait son vieil ami et le trouvait encore plus grave que d'habitude. Ils avaient terminé leur dîner et chacun tirait consciencieusement sur un énorme havane qui enfumait la petite salle, les enveloppant d'un brouillard épais. Esther détestait l'odeur du cigare et Antoine ne s'autorisait ce plaisir que lorsqu'il dînait avec Michel. Ils se mirent à parler boutique. Michel de Cochin, Antoine de Sainte-Anne. Ils évoquaient rarement leurs patients, en tout cas ils ne les nommaient jamais. Ils n'analysaient que des pathologies. Ils exerçaient dans des domaines totalement différents, mais depuis toujours chacun s'intéressait, avec une curiosité toute scientifique, aux recherches de l'autre. Leurs discussions pouvaient durer des heures et il n'était pas rare qu'ils fassent la fermeture de la brasserie.

Antoine savait d'où Michel tenait cette sorte de froideur apparente, et qu'elle n'était qu'une façade. Il le connaissait bien et leurs longues années de complicité, couplées à ses années de psychiatrie et de psychanalyse, lui avaient fait approcher la complexité du tempérament de son ami. Il l'avait vu conquérir Cochin, mû par une frénésie de réussite incommensurable, comme s'il s'était lancé à lui-même le défi d'un illuminé, celui de sauver le monde. Curieusement, Michel avait atteint l'objectif qu'il s'était fixé. Il avait œuvré sans relâche pour que les femmes accouchent dans les meilleures conditions possibles, que des diagnostics de plus en plus sûrs puissent être posés in utero, que la sensibilité à la douleur des bébés soit enfin reconnue. Il ne sauverait pas le monde mais il participait, à son niveau, à le rendre moins mortifère.

« Comment te sens-tu depuis la mort de Tine ? »

Michel regarda Antoine en souriant. Les volutes de fumée le rendaient presque invisible.

« C'est l'ami qui s'interroge ou le psychiatre ? »

Antoine éclata de rire.

« Les deux, mon capitaine ! Tu sais très bien que l'un n'est jamais très éloigné de l'autre, ce n'est pas toi qui vas me dire le contraire ! Sérieusement, Michel, comment vas-tu ? Je te sens ailleurs ce soir… »

Michel garda le silence un long moment. Il tapotait son havane machinalement pour faire tomber la cendre, la tête penchée.

« Je ne sais pas si je réalise encore très bien qu'elle n'est plus là. J'ai passé toute ma vie avec elle, ou presque toute ma vie, alors imaginer que je ne la verrai plus, c'est difficile…

— Première étape du deuil. L'acceptation.

— Je ne crois pas que ce soit ça. Ce n'est pas sa mort en elle-même que je n'accepte pas. Je savais qu'elle partirait un jour et la mort, tu sais, je l'ai côtoyée assez souvent pour qu'elle me soit devenue familière. Non, ce n'est pas ça, mais j'ai du mal à mettre des mots sur ce que je ressens. »

Michel soupira. Il regarda le visage à cet instant plein de compassion de son ami. Son regard bienveillant qui lui rappelait tant celui de son père, Lucien. Lequel savait si bien provoquer les confidences. Il sourit à nouveau.

« Vous êtes forts, les Lagouanelle, pour tirer les vers du nez !

— Je ne te tire pas les vers du nez, Michel ! Je m'inquiète un peu, voilà tout. C'est normal, tu es mon ami. Zélie est avec toi en ce moment ?

— Non, elle est restée à Ercé après l'enterrement de Tine. Elle n'a pas voulu rentrer avec moi. D'ailleurs, elle ne veut toujours pas et là, Amélie est allée la rejoindre. Je ne sais pas ce qu'elles trafiquent toutes les deux…

— Ça t'inquiète ?

— Non, non… Pas vraiment. Mais Zélie ne m'a rien dit, enfin, elle ne m'a pas dit que sa mère venait la voir, alors je trouve ça un peu bizarre.

— Tu sais, mes filles ne me disent pas tout non plus. Et heureusement ! Cinq femmes à la maison, je ne suis pas sûr que je pourrais tout enregistrer !

— Macho !

— Pas du tout ! Réaliste, c'est tout. Je me sens un peu seul parfois, tu sais. Ça me change de mon enfance quand papa, Jacques et moi, on faisait front contre maman… La pauvre ! Maintenant je sais que ça ne devait pas être drôle tous les jours !

— Mon grand-père non plus n'a pas dû rigoler tous les jours… Ma grand-mère était du genre insupportable. Tout le monde en avait peur, je crois. Et Tine et moi, on ne faisait pas trop les malins… »

Moi aussi, tu veux me tuer ! Comme tu as tué ma fille, vaurien !

Michel s'arrêta net.

« Ça va, Michel ? Tu es tout pâle ? Ho ! Michel, ça va ? »

Michel redressa la tête et inspira. Il posa sur Antoine son regard translucide.

« Oui, ça va. Excuse-moi. C'est étrange… Pas mal de souvenirs me reviennent en mémoire en ce moment. Enfin, des souvenirs… Je ne suis pas certain que ça en soit. Ce n'était peut-être qu'un rêve… Et je ne sais pas trop quoi en faire… »

Antoine se pencha en avant. En posant sa main sur le bras de Michel, il lui murmura : « M'en parler, peut-être ? »

Après que la brasserie Lipp les eut mis dehors, Michel et Antoine se promenèrent du côté de l'église Saint-Germain-des-Prés en terminant leur cigare. Ils marchaient d'un même pas flâneur. Les mains dans les poches, le nez au vent, le havane à la bouche. Le bitume avait emmagasiné la chaleur de la journée et il faisait un peu lourd. Le quartier grouillait de touristes, comme toujours à cette époque de l'année. Les terrasses des cafés étaient bondées, il n'était pas encore l'heure de fermer et un joyeux brouhaha accompagnait la marche des deux amis. Ils continuèrent en coupant par la rue de Seine puis retrouvèrent la rue de Tournon. Devant le 21, Michel proposa à Antoine de monter boire un dernier cognac, une pure merveille, ajouta-t-il comme pour contrer un éventuel refus. Antoine s'installa dans un des larges fauteuils club en cuir sombre pendant que Michel leur servait un Hennessy hors d'âge dans deux verres qu'il avait préalablement réchauffés. Puis il s'installa à son tour en face d'Antoine. Le temps du premier nez puis de la dégustation leur prit de longues minutes durant lesquelles ils ne dirent pas un mot. Seuls *Ascenseur pour l'échafaud* et l'incroyable sonorité de Miles accompagnaient leur recueillement d'épicuriens. Antoine ne disait rien. Il attendait. Michel soupira. Devait-il parler, comme son ami l'y incitait ? À qui s'adresserait-il ? Au vieux camarade ou au praticien ? Que ferait Antoine de ce que Michel raconterait ? Avait-il raison de se poser toutes ces questions ? Mais après tout, qui était mieux placé qu'Antoine pour l'écouter ? Michel regarda le fils de Lucien Lagouanelle, le calme étonnant qui émanait de cet homme vigoureux, ses traits gracieux sous la barbe fournie, ce regard attentif qu'il tenait de son père. Ses patients devaient le trouver rassurant ; il l'était. Michel éprouva soudain pour Antoine un élan de tendresse et songea qu'il aurait aimé avoir un frère tel que lui. Si sa mère n'était pas morte. Si Lucien Lagouanelle avait été son père… Michel regarda le ciel sans étoiles par la fenêtre ouverte qui donnait sur la rue. La nuit avançait et avec elle un silence bienvenu que couvrait la trompette de Miles.

« Tu crois possible que des souvenirs remontent à la surface de ta conscience au travers d'un rêve ?

— Oui, c'est possible. Ce dont on rêve ne vient jamais de nulle part, tu sais. Il y a toujours une expérience cachée derrière un rêve. Pourquoi cette question ?

— Tout à l'heure, je t'ai dit que des souvenirs me revenaient en mémoire. Mais je ne saurais pas dire si c'est véritablement conscient parce que ça a commencé après ce que je pense avoir été un rêve.

— Tu penses à quelque chose de particulier qui aurait pu amener ce rêve ?

— Je ne sais pas vraiment… C'est arrivé le jour où je devais partir à Bruxelles pour une conférence sur l'amniocentèse. Je suis arrivé à Roissy en retard, pour apprendre que tous les vols pour la Belgique étaient annulés à cause d'une grève des aiguilleurs du ciel. Je suis rentré à la maison et j'ai appelé Zélie. Elle m'a dit qu'elle voulait aller se promener à Goulos. Ça m'a… disons, fait comme un choc. Puis je me suis allongé sur le canapé et je me suis endormi. La sonnerie du téléphone m'a réveillé et c'est à partir de là qu'il m'a semblé revoir des images. De mon enfance.

— Mais est-ce que tu fais un lien entre Roissy et Goulos ? »

Michel réfléchit.

« Oui. New York… C'était en 68. Je devais participer à un congrès de gynécologie avec trois de mes confrères de Cochin. Au début, je ne sais pas trop pourquoi, je ne voulais pas y aller. Zélie avait deux ans et je n'avais jamais laissé Amélie seule à Paris. Et puis, je ne voulais pas m'éloigner de l'hôpital, même pour quatre jours… »

Michel s'interrompit, le regard flou. Il éclata de rire.

« Amélie s'est bien fichue de moi ! Je me demande si je ne l'ai pas un peu vexée en lui disant, en gros, qu'elle ne serait pas capable de s'occuper de notre fille pendant mon absence ! Elle m'a dit qu'une enfant de deux ans, la sienne qui plus est, comparée à ses classes d'ados, c'était du pain bénit ! Alors j'ai accepté et je suis parti. »

Michel leva les yeux vers Antoine qui sirotait son cognac tranquillement et qui hocha la tête pour l'inciter à poursuivre son histoire.

« Je n'étais jamais allé là-bas… C'est curieux. Je n'en avais jamais éprouvé l'envie. Pourtant, New York ! La ville qui ne dort jamais ! La ville de *Diamants sur canapé*, de *West Side Story*, de *Un Roi à New York* ! La ville de mon père, aussi… Comme Goulos. »

Michel s'interrompit. Antoine renouvela son encouragement.

« C'est de ça dont j'ai rêvé. Et dans ce rêve – ou dans ce que j'ai pensé être un rêve –, je savais qu'il était parti vivre à New York parce qu'il me l'avait dit. Et qu'il était revenu me chercher. Je devais avoir environ sept ans. C'était la première fois que je le voyais. Je rentrais de l'école et quand je suis arrivé devant la porte, j'ai entendu la voix de Mado et celle d'un homme que je ne reconnaissais pas. Ils se disputaient. Assez violemment. Dans mon souvenir en tout cas. À cause d'une histoire de lettres, je crois… »

Michel avait fermé les yeux sans s'en rendre compte. Antoine l'observait.

« Puis Mado a hurlé quelque chose comme : *Tu veux me tuer aussi, comme tu as tué ma fille !...* Sur le coup, je n'ai pas compris ce que ça voulait dire. Je croyais qu'elle parlait de Tine et Tine était vivante. C'est plus tard, la nuit dans mon lit, que j'ai réalisé qu'elle parlait de son autre fille, Zélie. Ma mère.

— Tu as eu peur… »

Michel ne remarqua même pas qu'Antoine lui parlait comme si ce qu'il racontait était réel.

« J'étais terrifié. Je n'avais jamais vu Mado dans cet état. D'ailleurs, elle a fait une attaque quelques heures plus tard… Elle s'en est sortie mais elle a gardé une fragilité cardiaque qui a fini par la tuer des années plus tard.

— Et cet homme ? Ton père, donc…

— Je ne m'en souviens pas bien, à vrai dire. J'étais petit, tu sais… Mais je l'ai revu le lendemain. Il est venu à l'école et il a demandé à me voir. C'est là qu'il m'a dit qu'il repartait à New York.

— C'est tout ?

— Je crois qu'il m'a dit qu'il m'aimait, aussi… »

Devant le regard sérieux d'Antoine, Michel comprit que sa mémoire s'était bel et bien réveillée.

Il resta dans le salon tard après le départ de son ami. Ils s'étaient longuement étreints pour se dire au revoir et Antoine avait juste dit : « Tu n'as pas fini de me raconter cette histoire. Nous en reparlerons quand tu le souhaiteras. »

Michel était retourné s'asseoir dans le fauteuil club, s'était resservi un cognac et avait rallumé un cigare. Il avait changé le vinyle sur la platine. Wynton Marsalis l'accompagnerait jusqu'au petit jour.

Alors, son père lui avait vraiment dit qu'il l'aimait, il pouvait maintenant en être certain. Et qu'il repartait à New York aussi. Ce qui troublait Michel, ce soir, c'était d'être incapable de se rappeler les traits de son visage. Il ne revoyait clairement que le foulard rouge qu'il portait autour de son cou. Et à présent, dans le calme familier de son appartement, il lui semblait ressentir également la douceur de la caresse que Baptiste avait déposée sur sa joue. C'était tout. Comme si sa mémoire était aléatoire, sans cesse lui échappant. Mais les ombres du passé refaisaient surface depuis la mort de Tine, Michel ne pouvait plus que le constater. La mort de Tine, plus puissante que son voyage à New York, puisque là-bas, il ne s'était souvenu de rien. Lui revint alors, brièvement, l'image de cet homme assis dans Washington Square, cet homme si posé, que le chahut des enfants ne paraissait même pas déranger, concentré sur la lettre qu'il était en train d'écrire. Pourquoi repensait-il à cet inconnu ? Qu'évoquait-il pour lui ? Se pourrait-il que cet homme ait été son père et que cette lettre lui ait été destinée ? Pourrait-il s'agir des lettres dont avait parlé Baptiste ? Michel secoua la tête. Il divaguait complètement. « Arrête le cognac, mon pauvre ami. » Pourtant, il n'aurait pas été absurde qu'il l'ait espéré. Après ce jour à l'école où son père était venu lui dire qu'il repartait, qu'avait-il ressenti, qu'avait-il attendu ? Des nouvelles de lui, qui n'étaient incontestablement jamais venues. En avait-il éprouvé de la rancœur ? Était-ce là qu'il s'était mis à tout faire pour oublier son père et donc à croire Mado et Tine quand il les entendait le traiter de bon à rien, de vagabond ? Pour un peu, il l'aurait, lui aussi, rendu responsable de la mort de sa mère. La seule chose dont Michel était sûr, c'est que, le temps passant, il avait posé un couvercle hermétique sur sa mémoire. Il savait que son père vivait quelque part mais il avait adopté la méthode infaillible de Mado : ce dont on ne parle pas n'existe pas. Alors il s'était tu. Et avait fini par ne presque plus y penser. Jusqu'à la mort de Tine et jusqu'à ce que Zélie prononce le nom de Goulos.

La lumière du petit jour commençait à poindre quand Michel réalisa qu'il n'avait pas dormi de la nuit. Antoine avait laissé un message sur le répondeur pour lui dire qu'il était à sa disposition. Michel fit la moue en entendant la voix de son ami qui chuchotait comme s'il était à l'article de la mort. Il se dirigea vers la cuisine et se servit une grande tasse de café qu'il but appuyé contre le four, près de la fenêtre ouverte. Lui aussi était médecin après tout. Il avait donc une idée de ce qui était en train de se passer et surtout, il savait qu'il ne pourrait pas faire grand-chose pour arrêter ce que sa mémoire ramenait à sa conscience. Bien sûr, Antoine pourrait l'aider à y voir plus clair, et il le rappellerait certainement. Pas tout de suite. Tine n'était plus là pour replacer les pièces éventuellement manquantes. Alors Michel devait essayer de mettre de l'ordre seul. Laisser les images qui revenaient par flashes s'assembler entre elles et se repositionner dans l'ordre de toute une vie. La sienne. Tant pis pour les vides et les blancs. Avec un peu de chance et un peu de temps, il finirait bien par se rappeler le visage de Baptiste. Peut-être même devrait-il retourner à New York. Avec Zélie, évidemment. Son père était certainement mort aujourd'hui, mais peu importait. Avait-il eu d'autres enfants ? Michel en eut presque le vertige. Se pouvait-il qu'il ait des frères et des sœurs outre-Atlantique ? Comment avait-il pu ne jamais se poser cette question ? Et avait-il envie de savoir ?

Il s'ébroua et fila sous la douche en pestant.

Satanés souvenirs. Le bazar s'installait. Et ça ne faisait que commencer.

Après le départ de Baptiste, Michel avait regardé longtemps dans sa direction. Il avait fallu que le directeur de l'école, qui n'avait pas quitté la scène des yeux depuis son estrade, vienne le chercher pour le ramener en classe. Michel avait enfoui la statuette offerte par Baptiste au fond de la poche de son tablier. Toute la journée ou presque, il avait gardé la main dessus, caressant le métal poli, l'esprit ailleurs. Le soir, il avait filé directement dans sa chambre et l'avait cachée dans le coffre où il enfermait ses rares jouets, la plupart confectionnés par Émile.

Chaque soir, avant de se coucher, il la récupérait et la plaçait sous son oreiller. Il lui semblait qu'elle veillait sur lui, qu'elle protégeait ses rêves. Il le lui avait demandé comme il l'avait demandé à sa mère. Elles étaient deux maintenant à l'accompagner tout au long des nuits.

Michel avait observé ce rituel plusieurs années, peut-être jusqu'à ses douze ou treize ans. Puis, considérant qu'il n'était désormais plus un enfant, il avait soigneusement emballé la statuette dans un tissu de soie bleue et l'avait dissimulée au fond de son coffre. Il ne s'agirait pas que quelqu'un la trouve.

Il avait emporté peu de choses avec lui, d'abord à Toulouse, ensuite à Paris. Quelques livres que son instituteur lui avait donnés. Son bâton de marche avec son prénom gravé sur le manche. Émile aurait été déçu qu'il ne le garde pas près de lui. Et la statuette de la Liberté. Il l'avait laissée dans le tissu bleu, rangée dans le tiroir de sa table de nuit. Le soir où les Lagouanelle et lui avaient fêté sa réussite à l'internat, il l'avait sortie de sa cachette, l'avait observée longtemps en caressant à nouveau le métal poli, étrangement ému. Cette nuit-là, il l'avait une fois encore glissée sous son oreiller et il avait pleuré. Le voile qui s'était posé sur sa mémoire depuis si longtemps lui avait fait oublier le visage de son père et le son de sa voix. Il ne restait plus rien de lui que cette statuette, remisée au fond de sa cachette comme les souvenirs au fond de sa mémoire.

La liberté, mon fils, la liberté. Celle de partir ou de rester. Celle de bâtir ou de détruire. Celle de s'envoler ou de s'enterrer. Celle d'aimer ou de haïr…

Michel pénétra dans la bibliothèque de la rue de Tournon. Des centaines de livres s'amoncelaient sur les étagères, dont ceux de Jacques, tous dédicacés, bien en évidence. Tout en haut, presque au plafond, Michel aperçut ce qu'il cherchait. Un faux livre en cuir noir, en fait une boîte à cigares, posé là depuis des années. Il fit glisser le petit escabeau en bois, grimpa les trois marches et attrapa le faux livre. Revenu dans le salon, il le posa sur la table basse.

Combien de temps resta-t-il là, sans bouger, à observer la boîte à cigares ? La nuit commençait à tomber quand il se décida à l'ouvrir. Dans le livre creusé, un tissu bleu opaline entourait la Liberté.

Baptiste

New York, 1925

L'image de son père ne quittait pas l'esprit de Baptiste. Trois mois qu'il était arrivé à New York, trois mois que, matin et soir, il déambulait dans les rues, la tête presque toujours en l'air, et qu'il se demandait ce que Joseph aurait pensé de cette ville, lui qui n'était jamais allé plus loin que Saint-Girons.

Baptiste souriait. Sûr que Joseph aurait été comme lui, abasourdi et émerveillé. Incrédule. Comment, sur la même planète, pouvait-il exister Goulos et New York ?

Baptiste avait quatorze ans quand son père était mort. Une crise cardiaque en plein champ, en plein midi, en plein été. Sa mère Anna ne le voyant pas revenir, elle avait envoyé Baptiste le chercher. Ce n'était pas normal que Joseph ne soit pas encore rentré alors que le soleil se couchait. Baptiste l'avait trouvé allongé au pied de la charrette, la main droite agrippée au manche de la fourche qui lui barrait le corps. Son béret traînait à quelques mètres. Il n'y avait pas un bruit sauf peut-être quelques grillons qui chantaient encore. Baptiste ne les entendait pas. Il s'était agenouillé devant le corps inerte de son père, lui avait touché la main puis le front, puis la joue. Il lui avait un peu secoué l'épaule. Mais pas trop fort. Une larme avait roulé de sa joue. Il ne pouvait plus rien faire. Même s'il savait depuis longtemps que la mort frappait n'importe où et n'importe quand, Baptiste ressentit un profond sentiment d'injustice. Son père n'avait que quarante et un ans.

Joseph était un homme simple, curieux, enthousiaste et joyeux. Son savoir, il le tenait de la terre et des saisons, des montagnes. Il n'était pas allé longtemps à l'école parce que son père avait besoin de lui à la ferme, mais l'instituteur avait eu le temps de lui donner le goût de la lecture. Dès qu'il en avait l'occasion, Joseph lisait. Tout ce qu'il pouvait. Des livres prêtés par le curé, le journal qui traînait sur le comptoir du bar. Et puis, il chantait. Tout le temps. En latin. La messe. Il répétait pour le dimanche suivant, de sa belle voix de basse. Pour tous ces dimanches où il mettrait son costume, son chapeau et sa cravate sombres et les souliers qu'Anna avait consciencieusement cirés. Ils partiraient en avance, Baptiste et lui, s'installer derrière, à droite de l'autel, assis bien droits sur le banc de bois sculpté, pour être à la bonne place quand il faudrait entonner l'*Ave Maria*. Et Baptiste serait fier de lui, comme toujours quand il regardait cet homme d'à peine 1,60 mètre à la prestance magnifique.

Le jour de son enterrement, c'est Baptiste qui avait chanté l'*Ave Maria*. De la même voix que son père, une voix aux basses puissantes et profondes, ce matin-là voilée par le chagrin. Joseph lui avait légué ça aussi, en plus de tout le reste.

Baptiste s'est arrêté devant une librairie, sur Madison Avenue. Il passait devant tous les jours pour se rendre au Waldorf Astoria. Et chaque fois, il contemplait la vitrine en pensant à Joseph et à son appétit de livres. Oui, sûr que New York aurait enchanté son père.

Les cuisines du Waldorf donnaient sur la 34e Rue Ouest. Tout en longueur, elles couvraient la largeur entière du bâtiment. Des fenêtres en hauteur permettaient d'apercevoir un bout de ciel au-dessus des immeubles. Baptiste se dirigea vers le fond des cuisines puis obliqua à droite, vers la partie destinée aux légumiers. Il était le premier, mais il arrivait toujours en avance. Bientôt, Augustin et Albert le rejoindraient. Ils discuteraient un peu, en patois bien sûr, avant de se mettre au travail. Augustin et Baptiste étaient arrivés sur le même bateau mais ils n'avaient fait connaissance qu'à Ellis Island (un souvenir qu'ils n'évoquaient pas). Ils ne s'étaient jamais vus auparavant, même si Augustin venait d'Oust, de l'autre côté de la vallée d'Ercé. Albert, lui, venait de la « ville ». Comme pour Baptiste, c'est son frère, Maurice, qui l'avait convaincu de quitter Saint-Girons pour le rejoindre à New York. De cordonnier, il était devenu légumier. Il aurait pu choisir cireur de chaussures mais il avait préféré rester avec Maurice. Il allait y avoir deux ans de ça. Jean, le frère de Baptiste, lui aussi arrivé en éclaireur, et Albert leur servaient donc de guides et de « parrains » depuis trois mois. Ils baragouinaient quelques mots d'anglais, ils essayaient de faire un effort pour le parler entre eux de temps en temps, se disant qu'ils progresseraient plus vite, mais le naturel reprenait vite le pas. Dans les cuisines du Waldorf Astoria, on entendait plus souvent le gascon que le yankee.

Les vivres étaient livrés très tôt le matin. Quand Baptiste prenait son poste, tous les légumes dont il aurait besoin pour les quatre services de la journée étaient là. Tomates, carottes, pommes de terre, fenouil, céleri, betteraves, courgettes, qui variaient selon les saisons. Ce n'était pas très marrant d'éplucher des légumes à longueur de temps mais Baptiste n'y voyait pas d'inconvénient. Il considérait cette activité comme une sorte de prolongation du travail de la terre. On sème, on récolte, on épluche, on cuit, on mange. Et comme tout travail de la terre, il trouvait ça apaisant. Pendant qu'il épluchait ses légumes, il ne pensait à presque rien d'autre. Ni à la guerre ni à Ercé.

Il n'y avait que Zélie et Michel qui, quoi qu'il fasse, ne quittaient jamais ses pensées.

Baptiste avait découvert Washington Square peu de temps après son arrivée. Jean et Marie habitaient à deux pas et ils allaient s'y promener avec Jeannette et Paul, leurs enfants, le dimanche après le déjeuner. Baptiste avait immédiatement aimé cet endroit, cet espace de verdure au milieu de la ville grouillante, la grande arche d'où partait la 5e Avenue, le bassin, les bancs qui jalonnaient les allées sinueuses du parc. Il avait été intrigué par les joueurs d'échecs disséminés çà et là, toujours par deux, toujours silencieux. Baptiste n'avait pas osé s'approcher d'eux tout de suite. Pour ne pas déranger leur concentration et puis parce qu'il ne parlait pas encore bien l'anglais ; son vocabulaire hésitant n'allait certainement pas jusqu'à intégrer la technique des échecs.

Au bout de deux ou trois dimanches en compagnie de Jean, Marie et les enfants, il avait pris l'habitude d'y venir seul presque tous les jours. Et c'est en regardant les joueurs d'échecs que lui était venue l'idée d'écrire à son fils d'ici. L'endroit s'y prêtait. Il était calme. Les gens lisaient. Certains petits groupes discutaient mais, curieusement, toujours à voix basse. D'autres nourrissaient les écureuils. La plupart se contentaient de flâner. Baptiste avait repéré des tables en fer forgé du côté de l'entrée donnant sur la 4e Rue. C'est là qu'il s'était installé pour écrire sa première lettre à Michel. Et qu'il s'installerait pour écrire toutes les autres. À quelques mètres de deux joueurs d'échecs qu'il voyait chaque jour.

Washington Square, 14 mars 1925

Mon cher fils,

Tu vois, j'essaie vraiment de t'écrire chaque semaine. C'était un peu compliqué jusqu'à présent à cause du froid, mais je m'y suis tenu quand même. Je continue d'espérer que Mado et Tine te lisent mes lettres. Mais après tout, peu importe, ce n'est pas ce doute qui me fera arrêter.

Je suis toujours installé à la même place, tu sais. C'est drôle, c'est comme si les gens savaient que cette table est la mienne et qu'ils me la laissaient. Je ne sais pas ce que tu en penses mais ça me plaît de t'écrire toujours du même endroit. C'est comme un petit rituel qui t'est exclusivement réservé.

La semaine dernière, j'allais partir quand un des deux joueurs d'échecs à côté desquels je m'assieds est venu me parler. Autant te dire que ça n'a pas été simple ! Mon anglais n'est pas encore très bon et l'accent américain est absolument terrible pour moi.

Je connais certains mots, de plus en plus d'ailleurs, mais il suffit que ce soit un New-Yorkais qui les prononce pour que je ne les reconnaisse pas ! Pourtant, je sais que c'est en parlant avec eux et pas seulement avec ton oncle Jean, avec Augustin ou Albert ou Maurice que je ferai des progrès !

Enfin, j'ai quand même compris que cet homme s'appelait Matt et qu'il venait jouer aux échecs tous les soirs après le travail avec son ami Alfonso. Matt est caissier dans une banque, la Trade Bank of New York. Il m'a expliqué ça très lentement pour que je le comprenne. Et toujours avec le sourire. Que je le fasse répéter plusieurs fois n'avait pas l'air de le déranger. Il m'a demandé d'où je venais et pourquoi j'étais venu à New York. Alors je lui ai raconté. Enfin, j'ai essayé ! Mais il a semblé comprendre et quand je ne trouvais pas le mot exact, c'est lui qui traduisait. Je ne sais pas trop si on s'est bien compris quand même ! Il m'a aussi demandé à qui j'écrivais. Moi qui pensais que les joueurs d'échecs ne levaient jamais les yeux de leur échiquier, eh bien je me trompais. Matt a remarqué depuis quelque temps déjà que je venais chaque semaine pour écrire. Alors je lui ai dit que j'avais laissé un fils en France, qu'il était encore un bébé et que mes lettres étaient pour lui. Il a paru surpris que j'écrive à un enfant aussi petit mais j'ai cru voir passer dans ses yeux une sorte d'émotion, peut-être pas du respect, mais quelque chose d'approchant. Ça m'a touché. D'autant que Matt était la première personne à qui je parlais de mes lettres. Même ton oncle Jean ne le sait pas. C'est un peu idiot. Il faudra que je le lui dise.

Allez, mon fils, le temps file. Et je dois aller prendre mon service au Waldorf.

Je te laisse donc jusqu'à la semaine prochaine. J'aurai sans doute mille autres choses à te raconter.

Je t'embrasse,

Ton père affectionné

Ça faisait quelques mois que Jean réfléchissait à un projet qui lui tenait visiblement à cœur. Ouvrir son propre restaurant dans Manhattan. Un restaurant français évidemment, voire un restaurant du Sud-Ouest. Jean était à New York depuis bien plus longtemps que Baptiste et il avait bien plus d'économies de côté. Pourtant, il ne lui serait pas venu à l'idée de ne pas y associer son frère. Baptiste trouvait l'idée enthousiasmante mais, en bon paysan qu'il était, il se demandait si Jean n'avait pas un peu la folie des grandeurs. Mais Jean lui rétorquait qu'il en avait assez de travailler au Waldorf Astoria. Il voulait travailler pour lui. C'était pour ça qu'il était venu à New York. Parce que, ici, tout était possible.

« Baptiste, écoute-moi ! Bien sûr que c'est faisable. Marie et moi avons pu faire des économies ces dernières années. Je sais bien que tu envoies de l'argent à Ercé pour Michel, mais ce n'est pas grave ! L'essentiel c'est qu'on monte ce projet ensemble ! Tu ne crois pas ? Pourquoi être venus ici sinon ? »

Baptiste avait souri devant l'excitation de son frère. Jean était devenu un véritable Américain, il y croyait. Lui, ça ne devait pas faire encore assez longtemps qu'il vivait dans ce pays et l'idée lui paraissait au moins hasardeuse sinon dangereuse. Et si ça ne marchait pas ? Ils se retrouveraient tous sur la paille, avec Jeannette et Paul, si jeunes encore. Sans parler de Michel à Ercé, à qui il ne pourrait plus rien envoyer et, pire, qu'il ne pourrait pas aller chercher. Cette idée-là terrifiait Baptiste.

« Mais justement, Baptiste, justement ! Ce n'est pas avec ton petit salaire du Waldorf que tu pourras te payer un appartement pour toi et ton fils ni subvenir à vos besoins à tous les deux. Par contre, avec le restaurant, tu auras une affaire à toi, qui prendra de la valeur et même si on doit vendre ensuite, ça te fera un bon pécule. Non, je t'assure, c'est la bonne solution. De toute façon, moi, je vais me lancer. Évidemment, je ne peux pas t'obliger à me suivre. Mais tu ferais une erreur… »

Jean n'était pas forcément de très bonne foi et Baptiste le savait. D'accord, en tant que chef pâtissier, son frère gagnait plus d'argent que lui, mais ça ne devait quand même pas être mirobolant. Il y avait le salaire de Marie aussi, c'est vrai. Et les femmes de chambre de l'hôtel étaient mieux payées que les cuisiniers. Mais en additionnant tout ça, est-ce que ça serait suffisant ? Jean voulait-il louer ou acheter ? Baptiste n'avait aucune idée des prix d'un local commercial à New York, mais s'il s'en tenait aux loyers des appartements, ça ne devait pas être donné.

Pourtant, le projet de Jean le séduisait. C'est vrai que ce serait bien qu'ils aient une affaire à eux, un restaurant en plus, le rêve de Baptiste. C'est vrai aussi que ce serait sans doute plus simple de faire venir Michel en étant son propre maître plutôt qu'un petit légumier, fût-ce dans un grand hôtel new-yorkais.

Là où Baptiste rejoignait Jean, c'est que l'Amérique permettait de rêver, qu'elle permettait même davantage encore : concrétiser ses rêves.

« Ton ami Matt, le joueur d'échecs, il travaille bien dans une banque ?

— Oui, mais ce n'est pas vraiment mon ami, tu sais. Je ne le connais que depuis quelques semaines…

— Peu importe. Il travaille dans une banque et donc, il pourrait nous renseigner. Parce qu'il faudra bien qu'on prenne un crédit quelque part.

— Un crédit ? »

Jean regarda son frère en souriant. Qu'il pouvait être naïf parfois !

« Oui, un crédit ! On a des économies mais je doute que ce soit suffisant pour acheter un restaurant ! »

Mais oui, quel naïf Baptiste faisait. Bien sûr que ce ne serait pas suffisant. Qu'est-ce qu'il avait bien pu s'imaginer. Rien. Il ne s'était rien imaginé. Peut-être, confusément, savait-il que ce ne serait pas possible avec juste quelques sous mis de côté. Mais un crédit, c'était ajouter un risque au risque et ça, pour Baptiste, c'était difficile à concevoir.

Puis il pensa à Zélie. À sa jeunesse, à sa force, à sa joie. Tout aurait été tellement différent si elle avait été là. Sans doute aurait-elle trouvé le projet de Jean absolument fantastique. Comme elle aurait adoré New

York et ses lumières. Son énergie vitale. Elle n'aurait pas hésité une seconde, Zélie. Elle se serait jetée dans l'aventure avec toute la fougue de ses vingt ans. Et elle aurait entraîné Baptiste avec elle. Sans se préoccuper d'un avenir qu'elle n'aurait jamais craint incertain mais forcément radieux.

Zélie ne l'avait pas quitté. Elle était là, petite flamme infatigable, autour de lui, partout. Avec elle qui l'enrobait, qui le protégeait, qui le portait, il pouvait bien, lui aussi, croire en son destin. Et son destin, visiblement, c'était de suivre Jean dans son idée folle d'ouvrir un restaurant gascon en plein Manhattan.

Matt avait pris l'habitude de venir saluer Baptiste après sa partie d'échecs. Mais il ne le faisait que si Baptiste avait terminé d'écrire sa lettre. Lorsque ce n'était pas le cas, il se contentait de lui envoyer un signe amical de la main et de lui dire à bientôt de loin. Matt s'était également proposé de donner des cours d'anglais à Baptiste, ce que celui-ci avait accepté avec une infinie reconnaissance. Ça l'avait touché que cet Américain, au nom pourtant bien italien puisqu'il s'appelait Boldarino – Matt n'était d'ailleurs pas le diminutif de Matthew, comme Baptiste l'avait cru au début, mais celui de Matteo –, qui travaillait dans une banque (un signe évident de réussite), s'intéresse au pauvre petit Français qu'il était et souhaite l'aider. Lorsque l'un et l'autre avaient terminé les occupations qui les amenaient à Washington Square, ils se rejoignaient et se mettaient à discuter. Les premiers temps, ils parlaient de choses simples, la pluie, le beau temps, les buildings en construction, toujours plus nombreux, le Flatiron, premier d'entre eux, si élégant, le préféré de Baptiste. Baptiste se trouvait laborieux mais Matt, d'un sourire, l'encourageait toujours. Puis, au fur et à mesure que Baptiste gagnait en vocabulaire, aidé d'un petit calepin que lui avait donné Matt et sur lequel il notait tous les mots que lui enseignait son nouvel ami, la conversation s'était faite plus fluide.

Les parents de Matt avaient émigré de Naples vers New York en 1885. En passant eux aussi par Ellis Island. Matt savait combien ce point de passage incontournable avait été pénible pour son père et sa mère, même s'il ne l'avait pas connu puisque lui était né ici, en 1897. Matt et Baptiste avaient donc presque le même âge. Pourtant, tant de choses les séparaient. Sans doute Baptiste se sentirait-il plus proche de Luigi et Gina, paysans pauvres de la campagne napolitaine que la misère avait forcés à quitter le pays. Matt n'était jamais allé en Italie. Il se promettait bien de le faire un jour et d'y emmener sa femme, Abigaïl, Américaine pur jus, et son fils Lino. Ça compte de savoir d'où l'on vient, disait-il à Baptiste. C'est important les racines. Baptiste ne pouvait qu'approuver, lui à qui l'Ariège manquait tant. Il adorait New York, vraiment, mais souvent, quand il déambulait dans cette ville où les immeubles montaient toujours plus haut, cette ville en perpétuel mouvement, il repensait à ses montagnes, à leur majesté, à leur calme, et une violente nostalgie le prenait. Davantage encore quand l'image de Zélie venait se poser à contre-jour des Pyrénées. Zélie et Michel qu'il avait laissés là-bas.

Baptiste n'avait pas encore raconté cette histoire à Matt. Il s'était contenté de lui dire qu'il avait un fils, trop jeune encore pour la terrible traversée qu'était celle de l'Atlantique. Mais que, dans quelque temps, quand il aurait fait assez d'économies pour ça, il irait le chercher pour le ramener avec lui.

« Que dirais-tu de venir dimanche déjeuner dans le restaurant de mes parents ? » demanda soudain Matt.

Baptiste hésita un instant.

« Oui, ici tu sais, tous les Italiens tiennent soit un restaurant soit une épicerie ! Ils ont même tout un quartier pour eux seuls, Little Italy. Viens dimanche, Bétiste (Matt n'arrivait pas à prononcer correctement le "a" de Baptiste), viens avec ta famille. Vraiment, je serais très heureux de te présenter la mienne. »

Rendez-vous fut donc pris pour le dimanche suivant. Était-ce d'ailleurs une coïncidence d'aller dans le restaurant des parents de Matt, eux les petits Français qui avaient l'ambition d'en ouvrir un aussi ? Sacré challenge quand on n'avait ni quartier à soi ni véritable communauté pour vous aider.

Quand Baptiste avait raconté cette conversation le soir à Jean, ce dernier s'était frotté les mains. Un banquier dont les parents étaient restaurateurs à Little Italy, ça ne pouvait pas mieux tomber. Mais Baptiste avait tempéré cet enthousiasme opportuniste. Matt était son ami, le premier qu'il avait ici, un ami précieux qui l'aidait à s'intégrer. Pas question de se servir de lui. Jean s'était un peu renfrogné mais devant la fermeté et le regard, passé de l'opaline au bleu marine, de son frère, il n'avait pas insisté.

Washington Square, NYC, 12 juin 1926

Mon cher fils,

Je t'ai déjà parlé de Matt, tu sais, mon ami italo-américain que j'ai rencontré ici, à Washington Square. Il joue presque tous les soirs aux échecs avec Alfonso qui, lui, est originaire du Mexique. C'est drôle, parfois je me dis qu'il n'y a pas un Américain de souche dans cette ville !

Ça fait maintenant plusieurs mois qu'on se connaît et dimanche dernier, Matt nous a invités à déjeuner, ton oncle Jean, ta tante Marie, Jeannette, Paul et moi. Ses parents tiennent un restaurant italien sur Hester Street, dans un quartier que l'on appelle Little Italy. Si, je t'assure ! Tu te rends compte, il y a tellement d'Italiens ici qu'ils ont réussi à créer leur propre quartier. Si je connaissais l'Italie, je pourrais te dire si ça y ressemble. En tout cas, ça ne ressemble pas au reste de New York ! D'abord, les immeubles sont moins hauts que dans Manhattan, moins hauts que vers le Waldorf, tu vois. On n'y parle évidemment pas anglais. On n'y mange pas anglais non plus. C'est un peu comme dans les cuisines du restaurant, où on ne parle que le patois ! C'est assez incroyable. Les parents de Matt, Luigi et Gina, sont charmants. Ils nous ont accueillis comme si on se connaissait depuis toujours. Matt leur avait beaucoup parlé de moi, m'a dit Gina, mais quand même, ça nous a vraiment fait chaud au cœur. On a aussi fait la connaissance d'Abby, la femme de Matt, et de Lino (c'est le diminutif d'Angelino ; et Matt, celui de Matteo. Apparemment, les Italiens aiment bien les diminutifs). Jeannette et Lino ont presque le même âge. Du coup, tu penses bien qu'ils se sont beaucoup amusés ensemble. Ça n'a d'ailleurs pas trop plu à ton cousin Paul, qui s'est senti un peu seul. Matt et Luigi nous ont aussi présentés à toute leur famille, à leurs voisins, à leurs amis. Tout le monde se connaît ici, c'est assez fantastique. Et tout le monde parle fort, en faisant de grands gestes avec les mains. La spécialité culinaire du restaurant de Luigi et Gina, ce sont les pâtes. Je suis sûr que tu ne sais pas ce que c'est ! En tout cas, nous, c'était la première fois qu'on en mangeait. C'est fait avec de la farine de blé dur et des œufs. Une fois que le mélange est prêt, les parents de Matt le découpent en longues tranches assez fines, un peu comme celles qu'on pose sur les croustades pour les décorer, tu vois. Puis ils plongent tout ça dans de l'eau bouillante et ils laissent cuire quelques minutes, pas trop, parce que Luigi dit « è meglio al dente », « c'est meilleur à la dent » ! Ça veut dire que les pâtes doivent être fermes sous la dent. Autant te dire que Jean n'a pas perdu une miette de la recette.

En rentrant, il me disait qu'il faudrait essayer avec du poulet aux olives ! Tu sais qu'il est déjà dans son restaurant... Je n'en ai pas encore parlé à Matt, même si ton oncle m'y pousse. Mais je ne veux pas que Matt pense qu'on se sert de lui, parce que ses parents ont un restaurant et qu'il travaille dans une banque. C'est mon ami. Un ami comme je n'en ai jamais eu auparavant. C'est grâce à lui si je parle de mieux en mieux anglais. Tu sais qu'il m'a demandé de lui apprendre le français ! Mais je ne saurais pas. J'aurais trop peur de mal le lui apprendre. Le gascon, encore ! Mais le français... Enfin, on s'entend bien. Je lui ai parlé de toi. Je ne lui ai pas tout raconté mais je le ferai. C'est certain.

J'espère que tu te portes bien. Tu dois avoir tellement changé depuis mon départ. J'aimerais que Tine m'envoie une photo de toi. Je vais lui écrire pour le lui demander.

Je t'embrasse, mon cher fils. À la semaine prochaine.

Ton père affectionné

Entre deux services au Waldorf, Jean épluchait les annonces immobilières. Il rayait au crayon rouge celles qui ne correspondaient pas à ce qu'il recherchait et entourait celles qui lui paraissaient intéressantes. En quelques jours, il avait repéré quatre locaux. Un vers Central Park, sur la 68e Est, un dans Times Square, sur la 48e Ouest, et deux dans l'Upper West Side. Jean avait entendu dire qu'une communauté couserannaise[1] s'était peu à peu installée de ce côté-là de la ville. Mais la perspective de cohabiter avec des montreurs d'ours ne le séduisait qu'à moitié. Quant à Baptiste, ça ne le séduisait pas du tout, lui qui avait toujours été un fervent défenseur de cet animal, puissant et magnifique emblème des Pyrénées, et qui trouvait particulièrement cruel d'enlever les petits à leur mère pour en faire des bêtes de foire, fût-ce en Amérique.

1. Le Couserans est une petite province historique des Pyrénées, située dans la partie occidentale du département de l'Ariège. C'était à l'origine une cité gallo-romaine devenue un évêché de l'antique Église des Gaules qui se maintint jusqu'à la Révolution française.

Il n'était d'ailleurs jamais allé dans ce coin. Les cuisines du Waldorf étant remplies d'Ariégeois, il n'en avait jamais éprouvé le besoin.

Baptiste et Jean avaient prévu de visiter les quatre. Ils eurent vite fait avec ceux du West Side. L'un était beaucoup trop grand et l'autre bien trop vétuste. Il aurait fallu des milliers de dollars pour le remettre en état et ça, ils ne pouvaient pas se le permettre, même avec un crédit. Les deux autres ne convenaient pas non plus. Trop grand encore ou bien trop petit. De toute façon, Jean préférait Lower Manhattan. Baptiste aussi, surtout du côté de Washington Square. Était-ce donc un hasard si, en rentrant à la maison un soir par Waverly Place et Greene Street, Baptiste était passé devant la devanture fermée de ce qui ressemblait fort à un restaurant (ou à un bar) sur laquelle était accroché un écriteau *For sale* ? Après avoir jeté un œil à travers la vitre, vaguement repéré un espace qui ne lui était apparu ni trop grand ni trop petit, peut-être un peu trop en longueur, en tout cas pour ce qu'il pouvait en voir, il nota l'adresse qu'il supposait être celle du vendeur sur son petit calepin et regagna St Marks Place.

Trois jours plus tard, Jean et Baptiste avaient rendez-vous avec un certain Lawrence Meyers, propriétaire des lieux, un homme entre deux âges, grand et maigre, aux cheveux blond filasse et à la poignée de main ferme. L'homme leur expliqua qu'il venait d'hériter d'une vieille tante fortunée et qu'il ne souhaitait plus qu'une chose, vendre son buffet-restaurant et repartir chez lui, à Providence, dans le Massachusetts. Jean et Baptiste s'étaient regardés en souriant. Il s'agissait bien de Providence, celle que ce cher Lawrence

Meyers leur envoyait en vendant son restaurant, eux qui n'avaient plus que cette idée en tête (Jean avait fini par définitivement convaincre Baptiste) : ouvrir le leur. Pouvait-il être mieux situé ? À deux pas de chez eux et de Washington Square !

Contrairement à ce qu'avait cru voir Baptiste en regardant à travers la vitre, le local n'était pas tout en longueur, au contraire. En poussant la porte d'entrée, on pénétrait directement dans une vaste salle en très bon état, d'environ cent mètres carrés. Mr Meyers leur dit qu'il avait tout fait refaire deux ans auparavant. « Je ne m'attendais pas à hériter, voyez-vous... » Un bar d'une dizaine de mètres courait le long du mur de droite, depuis l'entrée jusqu'au fond ou presque. Et puis derrière, la cuisine, vaste elle aussi, et ultramoderne, pensèrent les deux frères. D'ailleurs, Lawrence Meyers n'en était pas peu fier, de sa cuisine ! Il l'avait conçue lui-même et avait voulu les dernières technologies. On trouvait donc des plans de travail en acier (« plus hygiéniques »), plusieurs éviers à robinets mélangeurs (« Vous ferez quand même attention, on peut vite se brûler ») et deux immenses réfrigérateurs (« Je les ai fait venir de Chicago. Plus de celliers ! Vous verrez, c'est formidable ! »). Jean et Baptiste n'en revenaient pas. Les cuisines du Waldorf étaient assez modernes, forcément dans un grand hôtel tel que celui-là, mais s'il y avait des frigos, il n'y avait pas de robinets mélangeurs. Plus besoin de faire bouillir de l'eau pour la vaisselle. Devant l'air ébahi des deux Français, Lawrence Meyers ne cachait pas sa satisfaction. Plus il leur faisait visiter le restaurant, plus il était sûr de faire affaire. « Un restaurant français ? Quelle excellente idée ! J'ai une clientèle fidèle, vous savez, et je suis certain qu'elle viendra chez vous – sauf si vous leur faites manger des *frog legs* ! » termina-t-il dans un énorme éclat de rire. Jean et Baptiste firent semblant de s'amuser de cette blague qu'on leur servait systématiquement quand ils disaient qu'ils étaient cuisiniers français. Ils ne précisèrent pas que dans le Sud-Ouest, on ne mange pas de grenouilles mais plutôt du canard. Enfin, ils ne firent pas trop les malins avec Mr Meyers qu'ils ne voulaient surtout pas mettre dans de mauvaises dispositions. Depuis le début de la visite, tout leur paraissait tellement merveilleux, tellement fou aussi.

Restait le prix. Lawrence Meyers ne voulait pas brader son affaire si bien entretenue et si futuriste, même si, compte tenu de sa fortune récente, il n'avait pas non plus besoin de surgonfler la vente. Matt, à qui Baptiste avait parlé de leur projet, leur avait donné un ordre de grandeur des tarifs pratiqués à New York et plus particulièrement dans le bas Manhattan. Ils ne pouvaient donc pas se faire avoir. Et le prix que demandait Meyers, si on y incluait la cuisine ultramoderne, ne leur apparut pas démentiel. Baptiste glissa quand même à l'oreille de Jean qu'il demanderait son avis le soir même à Matt, au cas où. Mais comme les deux frères ne voulaient pas non plus que l'affaire leur file sous le nez, ils firent comprendre à Lawrence Meyers qu'ils étaient plus qu'intéressés. « J'en étais sûr ! » conclut-il d'une manière que Jean et Baptiste jugèrent un peu condescendante.

Le soir même, Baptiste se rendit dans Little Italy chez les parents de Matt. C'est Luigi qui l'accueillit, avec toujours autant d'exubérance. Gina, après l'avoir embrassé sur les deux joues, le fit asseoir à une table près de l'entrée, lui dit que Matt n'allait sans doute pas tarder, qu'Abby par contre était là, lui offrit un verre de vin de Calabre (en douce, chez Luigi et Gina, on ne vendait pas d'alcool, Prohibition oblige, mais on en consommait quand même entre soi), hurla le nom d'Abby dans la cage d'escalier au fond de la salle (tous habitaient au-dessus du restaurant) et celui de Lino aussi, tout ça dans le joyeux vacarme de la rue, les cris des vendeurs de légumes et le chant lointain d'une guitare. Plus il venait ici, plus Baptiste s'y sentait comme chez lui. En regardant Lino courir dans le restaurant, il pensa à Michel et songea que, bientôt, son fils aussi ferait des zigzags autour des tables. Cette pensée lui gonfla le cœur d'allégresse. Évidemment, ça ne pourrait pas se faire tout de suite. Il faudrait attendre de voir si le restaurant démarrait bien. Mais Baptiste sentait que c'était une histoire de mois, au maximum d'une année. À son arrivée, Matt trouva son ami souriant et rêveur. Il lui serra franchement la main et sourit à son tour. « Vous l'avez trouvé ? C'est ça ? » Baptiste éclata de rire en acquiesçant. Il lui donna le prix que Mr Meyers en demandait, sans oublier de parler de la fabuleuse cuisine aux robinets mélangeurs et aux immenses frigos. Matt opina de la tête. « Ce n'est pas donné, dit-il. Mais ce n'est pas hors de prix non plus. » C'était ce que Baptiste (et Jean) avaient envie d'entendre. D'autant que Matt lui avait aussi confirmé qu'avec leur apport, la Trade Bank of New York avait validé leur crédit.

Une semaine plus tard, la vente était conclue.

Washington Square, 8 septembre 1928

Mon cher fils,

Cette fois, ça y est ! Dimanche dernier, nous avons ouvert Les Granges de Cominac ! Finalement, Jean a accepté d'appeler notre restaurant comme ça. Tu sais que ça n'a pas été simple de le convaincre, mais comme Marie était d'accord avec moi pour dire que ça sonnait bien, il a fini par céder. Si tu avais pu voir comme ton oncle était heureux ! Moi aussi, je l'étais. Peut-être autant que lui. C'est bien vrai finalement. Ici, tous les rêves se concrétisent.

Ce qui était bien aussi, c'est qu'on n'a pas eu à faire beaucoup de travaux vu que Mr Meyers avait tout fait refaire il y a deux ans. Mais la décoration ne plaisait ni à Marie ni à Abby. Ah, les femmes ! Quand elles ont décidé quelque chose ! Du coup, avec Jean, Matt et puis Albert, Augustin et Maurice aussi, on a quand même tout repeint. En blanc. Pour rappeler les

Pyrénées. Avec les poutres en bois et le bar, c'est très beau.

Jean et moi, on a démissionné du Waldorf. Je ne l'ai pas regretté, tu sais. Je venais de passer garçon de salle. C'est un bon poste, qui paie bien mieux que légumier. Mais je n'aurais plus fait la cuisine et ça, ça m'aurait trop manqué. Alors je n'ai pas hésité. Jean aussi avait un bon poste. Il n'a pas eu peur de tout quitter. J'ai fait comme lui. Le plus drôle, c'est qu'Albert et Augustin aussi ont démissionné ! Jean les a convaincus de nous rejoindre aux Granges de Cominac ! On ne sera pas trop de quatre en cuisine si on veut vraiment réussir. Et Marie sera en salle. Pour le moment, on va faire comme ça. On verra ensuite si ça marche.

On était assez nombreux pour l'ouverture. D'abord, il y avait quelques clients de Mr Meyers qui les avait prévenus du changement de propriétaire. Et puis, un restaurant français, ça attire toujours. Matt est venu aussi, avec Abby et Lino bien sûr, Luigi et Gina et puis les cousins et les amis. Tout Little Italy était aux Granges dimanche ! J'ai demandé à Luigi s'il nous autorisait à servir des pâtes (tu te souviens que Jean voulait en mettre avec le poulet aux olives). Il a un peu hésité. C'est vrai que ce n'est pas vraiment du Sud-Ouest. Mais finalement, il a accepté, en me disant que de toute façon, on ne les ferait jamais aussi bonnes qu'un véritable Italien !

On sert environ trente couverts. Jean voudrait qu'on en fasse davantage mais moi, je n'ai pas envie qu'on devienne une cantine industrielle. Ou un buffet, comme faisait Meyers. Et puis, même avec Albert et Augustin, c'est un sacré boulot en cuisine. Albert aide Jean pour les desserts et Augustin et moi, on s'occupe de tout le reste. Donc, trente, c'est bien. Surtout pour commencer.

On a décidé qu'on fermerait le lundi, pour avoir quand même un jour pour nous. Et moi, ça me permettra de t'écrire.

Voilà, mon fils. Les choses vont leur train. Je ne regrette pas d'avoir suivi ton oncle dans cette aventure. Ça ne fait que commencer bien sûr, et peut-être que ça ne marchera pas comme on le veut mais, je ne sais pas pourquoi, j'y crois.

En tout cas je n'oublie pas que bientôt, je viendrai te chercher et que tu pourras, toi aussi, faire partie de cette aventure ! Cette idée me remplit de bonheur.

Je t'embrasse,

Ton père affectionné

Les Granges de Cominac marchaient relativement bien. La Grande Dépression s'était pourtant abattue sur les États-Unis avec la violence d'un uppercut et le chômage qui en avait résulté les mois suivants engendrait de plus en plus de misère. Baptiste et Jean sentaient bien que l'activité du restaurant ralentissait, mais ils ne s'en inquiétaient pas vraiment. Ils parvenaient encore à trouver les denrées nécessaires à leur cuisine même si les étals des marchés qu'ils fréquentaient habituellement commençaient à porter les stigmates du Krach.

Tous les soirs, Jean s'attelait à la comptabilité. Il soupirait parfois, quand la journée avait été plus que moyenne. Mais Les Granges de Cominac étaient une affaire de famille et il savait que tout le monde était prêt à se serrer la ceinture le temps que la situation s'améliore. Baptiste le premier. Marie, Albert, Augustin et Maurice aussi. Baptiste, qui avait appris à agrémenter le quotidien avec presque rien pendant la Grande Guerre, n'était jamais à court d'idées pour remplacer un produit manquant par un autre. Grâce au réseau de Luigi et Gina, il pouvait encore se procurer du beurre, de la farine et des œufs. Le mari d'une des collègues de Matt, qui exploitait une ferme dans le New Jersey, leur fournissait la volaille et, finalement, le menu du restaurant n'avait été que peu modifié. Il y avait juste la clientèle qui se faisait plus rare. Curieusement, c'est à cette époque que le restaurant commença à être fréquenté par une population plus aisée, qui devait moins souffrir de la crise. Des industriels qui avaient eu du flair et dont les spéculations leur avaient permis de ne pas trop mal s'en sortir. Et puis ceux dont le patrimoine était tellement important, et il en restait, que même l'effondrement boursier n'avait que peu entamé leur immense capital.

Baptiste et Jean s'étaient étonnés de ce changement. Ils avaient fondé leur réputation sur une offre bon marché et populaire, sur un rapport qualité-prix qui permettait à une population aux revenus moyens de se payer un bon repas. Jean, en patron avisé, se frottait les mains en répétant à qui voulait l'entendre que la Providence leur tendait une fois de plus la main. Lui qui rêvait depuis son arrivée à New York d'y implanter un restaurant gastronomique français voyait dans la Dépression qui sévissait une opportunité à saisir. Baptiste était moins à l'aise. D'un naturel plus inquiet que son frère, il regardait les événements avec prudence et essayait de réfréner les ardeurs de Jean. Bien entendu sans succès. « On ne vole rien à personne ! lui assénait ce dernier. On fait juste preuve de discernement. Si les riches veulent venir manger chez nous, on ne va pas les en empêcher quand même ! » Baptiste finissait toujours par lâcher. De toute façon, devant la détermination de Jean, têtu comme un Ariégeois pur sucre, il ne gagnait jamais. Il reconnaissait même que son aîné n'avait pas tort. Ils n'étaient pas responsables de la crise et si elle leur permettait de gagner leur vie correctement, alors il ne fallait pas s'en plaindre. Plus vite il aurait économisé, plus vite il irait chercher Michel.

N'empêche, lorsqu'il se promenait dans certains quartiers de New York, Baptiste se désolait des ravages que le chômage causait chez les plus affaiblis. Et parce qu'il se souvenait encore de ses camarades des tranchées, de l'odeur âcre de la misère, de la solidarité née de l'instinct de survie, Baptiste avait proposé son aide à une association qui distribuait de la soupe aux plus nécessiteux entre la 72e et la 110e Rue. Comme au front, il en améliorait le goût en y ajoutant des ingrédients apportés des Granges (savait-il que Jean s'en était aperçu et que, généreux même si pragmatique, son frère commandait un peu plus de vivres au fermier du New Jersey ?), espérant que les pauvres hères qui augmentaient chaque jour davantage la file des affamés s'en apercevraient. Mais leur ventre vide n'en était pas à la reconnaissance. Baptiste avait fini par s'en rendre compte et par l'accepter. Sans pour autant renoncer. Il se rendait dans l'Upper West Side chaque matin, y passait presque deux heures à cuisiner la soupe qui serait distribuée pour le déjeuner, puis regagnait Les Granges de Cominac, toujours à pied. Il prenait ainsi le temps de la transition, qui lui serait moins brutale. Passer d'un coup des bidonvilles des quartiers ouest à l'opulence (quoique relative) de Greenwich Village, où la densité par habitant était deux fois moindre, lui était difficile.

C'est à la soupe populaire que Baptiste avait rencontré Katelyn pour la première fois. S'estimant privilégiée, la jeune femme avait, comme lui, proposé son aide pour distribuer les repas. Elle vivait dans l'Upper East Side, un des quartiers les plus chics de Manhattan, et traversait Central Park chaque matin pour se rendre sur la 79e. Elle rejoignait ensuite Midtown et la 42e, à deux pas de Grand Central, où elle travaillait comme secrétaire dans un cabinet d'avocats.

Katelyn était issue d'une famille bourgeoise, avait fréquenté la meilleure société new-yorkaise mais, féministe et libre, elle voulait gagner sa vie sans l'aide de ses parents dont elle s'était émancipée vers l'âge de vingt ans pour s'inscrire dans une école de secrétariat. Sa mère, consciente de son statut et très à cheval sur le rôle qu'elle se devait de jouer dans le monde, avait tout tenté pour que sa fille renonce à sa folie, y compris de la marier rapidement avec un des excellents partis de la ville. En vain. D'autant que le père de Katelyn, fervent défenseur des libertés et engagé dans l'action sociale en faveur des minorités, avait, lui, toujours soutenu sa fille dans son désir de voler de ses propres ailes. Son diplôme de secrétaire en poche, il l'avait aidée cependant à trouver un emploi dans le cabinet d'avocats dont il connaissait bien le fondateur pour l'avoir eu comme camarade sur les bancs de l'université de Columbia.

Baptiste et Katelyn mirent plusieurs semaines avant de se croiser. Baptiste était le plus souvent à l'intérieur du bâtiment où il préparait la soupe alors que Katelyn, elle, la distribuait à l'extérieur. Un matin, il se préparait à repartir vers Greenwich Village lorsque Katelyn était entrée dans la cuisine pour demander des rations supplémentaires. Elle paraissait fébrile, expliquait qu'elle n'avait jamais vu autant de monde, s'inquiétait pour les enfants. Baptiste ne comprenait pas tout ce qu'elle disait, son anglais avait bien progressé mais il avait encore des difficultés lorsque le débit de son interlocuteur était trop rapide. Il se tenait donc debout, les bras ballants, un peu désemparé, quand Katelyn le remarqua enfin et s'arrêta net de parler. Baptiste, à grand renfort de gestes, essaya de lui expliquer qu'il n'avait pas compris tout ce qu'elle venait de lui dire. Katelyn s'excusa, lui demanda sa nationalité et, dans un français presque impeccable, lui rapporta ce qui se passait dehors, la file interminable qui se pressait, le nombre inhabituel d'enfants et les rations qui s'épuisaient. Elle lui demanda s'il était possible de préparer des repas supplémentaires, mais Baptiste n'avait presque plus rien et, devant la mine déconfite de la jeune femme, s'en désola. Il proposa alors de rentrer aux Granges, expliqua que lui et son frère tenaient un restaurant à deux pas de Washington Square et qu'il pourrait aller y chercher de quoi refaire une tournée de soupe (en espérant que Jean ne le stopperait pas net dans son charitable élan). Katelyn se mit à sautiller d'enthousiasme, offrit même de l'accompagner en taxi jusqu'à la 8e Rue et, joignant le geste à la parole, attrapa Baptiste par le bras et l'entraîna dans la rue où elle héla un taxi jaune. Baptiste eut toutes les peines du monde à lui faire comprendre qu'il valait mieux qu'il se rende seul au restaurant. Il ne voulait pas mettre Jean devant le fait accompli et amener Katelyn avec lui aurait pu contrarier son frère qui se serait alors cru obligé d'obtempérer. C'est donc seul et en taxi, pour la première fois de sa vie, qu'il rentra aux Granges en se demandant, tout au long du trajet, comment il allait bien pouvoir présenter la situation à Jean. Mais Marie, fidèle alliée dès qu'il s'agissait d'enfants, lui avait prêté main-forte et Jean n'avait pu que s'incliner devant ce front de solidarité. Le taxi qui, sur les recommandations de Katelyn, avait attendu Baptiste, repartit vers la 79e une demi-heure plus tard avec tout ce qu'il fallait pour cuisiner un nouveau chaudron de soupe. Et pour entamer une nouvelle et profonde amitié.

C'est du moins de cette façon que Baptiste envisageait sa relation naissante avec la jeune New-Yorkaise. Une solide amitié, née d'un désir commun d'aider plus démunis qu'eux. Il ne pouvait imaginer davantage. Katelyn n'était pas du même milieu que lui et il voyait bien qu'elle avait l'habitude de fréquenter le beau monde. Elle avait fait des études, parlait, outre l'anglais, le français et l'italien couramment, travaillait chez des avocats. Elle était élégante, se maquillait, sans excès toutefois, ce que Marie ou Abby ne faisaient jamais. Tout en elle respirait l'éducation, la culture et, Baptiste ne pouvait que le constater, l'argent. Même si elle s'en défendait. Elle avait assuré à Baptiste que ses parents ne l'aidaient pas financièrement, que même si, oui, l'appartement de l'Upper East Side leur appartenait, elle s'en sortait seule, avec ses propres revenus, et que ça lui suffisait. Mais elle ne pouvait pas non plus ignorer d'où elle venait et ce que sa famille lui avait inculqué, et le revendiquait aussi. Elle adorait son père, l'admirait infiniment : jamais elle n'aurait renié tout ce qu'il lui avait transmis. Ça, Baptiste le comprenait. Lui non plus n'avait jamais renié son père et ce que Joseph avait été pour lui, même si leurs registres d'éducation étaient bien différents. En somme, Katelyn et lui se complétaient. C'est elle qui le disait à Baptiste avec son irrésistible sourire. Il pourrait lui apprendre les étoiles, les arbres et les plantes, la cuisine, et pourquoi pas le gascon. En échange, elle l'aiderait à mieux parler anglais, lui ferait découvrir la culture new-yorkaise, le cinéma, la littérature.

Katelyn était tombée amoureuse de Baptiste le jour de leur première rencontre. Elle l'avait compris immédiatement. Mais elle sentait que la réciproque n'était pas vraie. Que Baptiste, malgré sa gentillesse et leur complicité grandissante, semblait hors de portée du moindre sentiment amoureux. Il y avait en lui comme une tristesse, un contre-jour que Katelyn percevait sans se l'expliquer. Parfois, lorsqu'il regardait les enfants de la soupe populaire, une ombre passait sur son visage, assombrissant la pureté du bleu d'opaline de son regard. Il lui avait bien raconté son arrivée à New York, les souvenirs qu'il gardait intacts de son passage par Ellis Island, la faim éprouvée, le froid ressenti, qui n'étaient pas sans rappeler ceux de tous les mendiants qu'ils nourrissaient chaque jour. Pourtant, Katelyn pensait que le vague à l'âme que Baptiste transportait parfois ne venait pas de là. Que sa blessure était plus profonde que celle laissée par l'exil. Mais ils ne se connaissaient pas encore assez bien pour qu'elle ose l'interroger. Elle avait peur d'être indiscrète. Et si elle voulait séduire Baptiste, elle avait aussi très vite compris qu'il faudrait qu'elle soit patiente.

Washington Square, 10 avril 1931

Mon cher fils,

Il me tardait tant de t'écrire cette lettre, si tu savais. Celle où je t'annoncerais enfin que j'allais venir te chercher, que ma situation ici me le permettait enfin.

J'ai déjà écrit à Mado pour la prévenir. Si tout va bien, je serai à Ercé au mois de juin prochain. Ce sera un long voyage mais peu m'importe puisque c'est celui qui va nous permettre de nous retrouver. Et de ne plus nous quitter. Le bateau m'emmènera jusqu'au Havre. De là, il faudra que j'aille à Paris, puis à Toulouse. Je prendrai le train. Il me faudra bien trois jours pour arriver jusqu'à Saint-Girons. Là, j'espère trouver quelqu'un pour me monter à Ercé sur sa charrette. Peut-être même en automobile ! Tu sais que Jean s'en est acheté une ? Une Ford Model A qui peut aller jusqu'à 45 kilomètres heure ! Ah, si tu l'avais vu quand il est arrivé avec la première fois ! On aurait dit un mafioso (c'est Luigi qui l'appelle comme ça) !

Il faut dire qu'il a de l'allure quand il est au volant. Jean m'a promis qu'il m'apprendrait à la conduire. Comme ça, quand tu seras là, on pourra partir se promener tous les deux. On ira dans le New Jersey et peut-être même plus loin. On pourrait traverser l'Amérique et aller jusqu'en Californie. Et quand j'aurai suffisamment d'argent, on s'en achètera une nous aussi !

Parce que les affaires marchent plutôt bien ici. Les Granges de Cominac ne désemplissent pas, même avec la Dépression qui se fait encore sentir. Je ne sais pas si vous en avez entendu parler en France, mais il y a eu une très grande crise financière aux États-Unis et il y a beaucoup de chômeurs. Dans certains quartiers, c'est même la misère. Ça me fait tellement mal au cœur. Du coup, je continue à aller aider à la soupe populaire tous les matins. Je prépare les repas que j'essaie d'améliorer en prenant parfois des ingrédients au restaurant. Jean n'était pas très content que je fasse ça au début et puis je crois qu'il s'est habitué. Marie lui dit qu'on s'achète une place au paradis. Que ça compense avec tous les gens riches qui viennent aux Granges. Moi, quand je vois tous ces enfants qui n'ont que la peau sur les os, je ne peux pas m'empêcher de penser à toi. J'espère que tu manges bien. Que tu ne manques de rien. Mado ne répond pas à mes lettres mais elle ne m'a jamais renvoyé l'argent que je lui envoie, donc tu ne dois manquer de rien. De toute façon, je verrai ça quand je viendrai te chercher. J'ai tellement hâte, Michel ! Tellement hâte de te revoir. Tu dois avoir tellement grandi ! Sept ans, mon Dieu !

Je ne vais pas te reconnaître... Mais si ! Je te reconnaîtrais entre mille, j'en suis sûr.
Bientôt, mon fils. Bientôt.

Je t'embrasse,

Ton père affectionné

C'est ainsi que Katelyn apprit que Baptiste avait un fils en France. Un enfant de sept ans qu'il avait dû laisser dans son village natal parce qu'il était alors bien trop petit pour voyager. Baptiste lui avait demandé de l'aide pour préparer son voyage et n'avait pas pu lui cacher les raisons de ce départ. Il lui raconta alors qu'il avait été marié là-bas et que sa femme était morte quelques jours après la naissance de Michel d'une septicémie foudroyante. Katelyn comprit d'où venaient les ombres et les contre-jours. La fêlure dans la voix de Baptiste quand il lui avait parlé de Zélie prouvait à quel point il l'aimait encore, et en même temps que son histoire l'avait attendrie, elle avait aussi ruiné ses maigres espoirs de se faire aimer en retour. Mais parce qu'elle était profondément amoureuse de cet homme un peu trop bourru, un peu trop grave parfois, un peu trop petit pour elle, mais dont le sourire illuminait chaque endroit où il se trouvait, Katelyn avait effectué toutes les démarches nécessaires au long voyage que Baptiste allait entreprendre pour aller chercher son fils.

Elle savait qu'à son retour, il lui faudrait le partager avec cet enfant tant aimé. Elle y était prête.

Ce que Katelyn n'imaginait pas, c'est que les Cathala n'en savaient guère davantage qu'elle sur le fils de Baptiste. Bien sûr, ils voyaient qu'être séparé de lui le minait, qu'il ne s'enthousiasmait jamais complètement pour rien, qu'il était toujours un peu ailleurs, un peu là-bas, avec lui. Que selon les jours, ses épaules semblaient plus lourdes et son regard plus triste. Jean savait que son frère se rendait chaque semaine à Washington Square pour écrire à son fils. Baptiste avait fini par le lui avouer, presque à regret, comme si partager cette confidence, fût-ce avec son frère, en abîmait la pureté. On ne parlait pas dans cette famille. C'était comme ça. On ne se racontait rien, rien de personnel en tout cas. Par pudeur ou parce qu'on n'avait pas appris à le faire. À Ercé, à Goulos, on vivait avec, pour et par la terre. Elle seule comptait. Elle seule méritait qu'on y prête attention. Qu'on y laisse sa santé, qu'on en meure. Parce qu'elle seule nourrissait. Les états d'âme des uns ou des autres étaient peu de chose quand l'été était trop sec ou trop pluvieux, l'hiver trop rigoureux et la récolte trop maigre. Ça ne les empêchait pas de ressentir, d'éprouver. Et Jean, Marie et Rose se demandaient bien pourquoi Baptiste ne recevait pas de nouvelles de son fils. Mais ils le gardaient pour eux, sans poser de questions, jamais. Et même. S'il en avait reçu, le leur aurait-il seulement dit ?

Malgré tout, aux Granges de Cominac, tous se réjouissaient de la prochaine venue de Michel. Le bonheur ou le chagrin, parce qu'ils étaient des sentiments simples et bruts, étaient encore ceux qu'on savait partager le mieux. Jean et Marie étaient heureux, mais surtout les enfants, Jeannette et Paul, qui ne disaient jamais non à l'élargissement de leur groupe de camarades. Matt et Abby aussi, et Luigi et Gina, qui espéraient avec l'arrivée du *bambino* le retour d'une vie enfin sans nuages pour Baptiste. Jean avait persuadé son frère de ne pas déménager. L'appartement qu'ils partageaient était suffisamment grand pour accueillir un enfant de plus. Michel pourrait dormir avec Paul, il y avait largement la place pour un deuxième lit dans sa chambre. Après tout, Paul n'avait que deux ans de plus que Michel. Et puis, être tous réunis, c'était ça qui comptait. Une fois de plus, Baptiste s'était laissé gagner par l'enthousiasme de Jean, par son réalisme aussi. Il ne pourrait sans doute pas tout assumer financièrement s'il devait payer un loyer en plus de tout le reste. Et pour être honnête jusqu'au bout, il ne voyait pas trop comment il serait capable, seul, d'élever un enfant de sept ans. L'aide de Marie lui serait infiniment précieuse. Katelyn lui avait dit la même chose que Jean ; Baptiste s'était donc rangé à l'avis unanime de ses proches. Et puis, l'idée que Michel grandisse avec ses cousins lui plaisait. Jeannette et Paul l'aideraient à s'intégrer, eux qui devenaient de jour en jour de vrais petits Américains. Ils lui apprendraient l'anglais, lui présenteraient leurs camarades de classe. Michel ferait la connaissance de Lino, et même si le fils de Matt et Abby était un peu plus âgé que lui, Baptiste était certain qu'ils s'entendraient bien. Il pourrait même apprendre à parler italien. Luigi avait éclaté de rire. Avec son accent rugueux de Napolitain, il lui avait répliqué : « *Ma*, il ne sait même pas parler anglais que tu veux déjà lui apprendre l'italien ! *Santa Maria !* Laisse-lui un peu de temps à *questo bambino*, Bétiste ! »

Mais personne ne fit jamais la connaissance de Michel. Un mois et demi après son départ, Baptiste revint seul d'Ercé. Il s'enferma pendant des semaines dans la cuisine des Granges de Cominac sans avoir donné la moindre explication à quiconque, n'en sortait que pour se rendre à la soupe populaire, de moins en moins souvent, ou à Washington Square. Il dormait peu, ne mangeait presque rien et Jean et Marie ne savaient plus quoi faire pour le sortir de cet état. Ils se doutaient bien que quelque chose de grave s'était passé à Ercé, puisque Michel n'était pas rentré avec son père. Se faisant rabrouer à chaque tentative, ils n'osaient pas poser de question. Et puis un soir, Jean était entré dans la cuisine du restaurant où Baptiste passait l'essentiel de son temps désormais. Les plats ne s'en étaient d'ailleurs jamais mieux portés que durant ces longues semaines où Baptiste s'était emmuré. Mais Jean ne pouvait s'en réjouir. Il ne supportait pas de voir son frère dépérir de jour en jour, perdre ce qui lui restait de gaieté et d'entrain. Alors, ce soir-là, mettant sa pudeur de côté, il se planta devant son cadet et attendit. Baptiste, que la présence immobile de son frère finit par troubler, arrêta de vider les dorades qu'il comptait préparer en papillotes et regarda Jean. D'un regard si triste que Jean en eut un frisson. Il s'approcha et posa sa main sur celle de Baptiste. Jamais sans doute il n'avait eu un tel geste d'affection. Ce n'était pas son genre. Jean aussi était un peu bourru et ses élans de tendresse étaient réservés à Marie. Mais devant la détresse de son frère, il n'avait pas réfléchi.

« Parle-moi, Baptiste, parle-moi ! Tu ne peux pas rester comme ça, comme un loup ! Je t'entends hurler à la mort. Tout le monde t'entend, tu sais… Que s'est-il passé à Ercé ? Dis-le-moi. Baptiste, je t'en supplie, parle. »

Baptiste s'était assis derrière le large plan de travail qu'il ne quittait plus. Il s'était rincé les mains et se tenait maintenant la tête dans un abandon que Jean trouva terrible. Mais Baptiste ne dit rien. Ou si peu. Simplement que Michel resterait pour toujours en France, qu'il n'avait rien pu faire, que peut-être un jour, plus tard, bien plus tard, ils se retrouveraient. Qu'il n'avait aucune certitude là-dessus. Et que si Jean voulait bien, il aimerait qu'on ne lui parle plus jamais de tout ça.

Baptiste mit plus d'un an avant de raconter à Katelyn ce qui s'était passé à Ercé. Ils venaient de passer leur première nuit ensemble. Katelyn était venue dîner aux Granges la veille au soir, comme elle avait pris l'habitude de le faire régulièrement, parce que Baptiste ne se rendait presque plus à la soupe populaire. Elle avait fait la connaissance de Jean et de Marie. De Jeannette et de Paul. De Rose et de Marcel. De Matt et d'Abby, de Luigi, de Gina, de Lino. Et elle avait compris pourquoi Baptiste s'était réfugié auprès d'eux. Elle aimait cet endroit. Elle le trouvait chaleureux et simple. Hors du temps et du brouhaha de la ville.

Jean ressemblait beaucoup à Baptiste, en plus expansif. Ils partageaient le même sourire désarmant, ce côté bourru tendre qui touchait tant Katelyn. Marie l'avait accueillie comme si elle était de la famille, voyant sans doute en elle l'espoir de redonner à son beau-frère le goût de vivre. Rose s'était montrée plus méfiante. Mais Rose était une amie très proche de Zélie, la femme de Baptiste, lui avait expliqué Marie, et elle avait été très affectée par sa mort. Katelyn n'avait donc rien brusqué.

Elle avait attendu que Rose vienne vers elle, comme on apprivoise un chat craintif. Aujourd'hui, c'était peut-être de Rose dont elle était la plus proche. Par l'âge d'abord, mais aussi parce que la sœur de Baptiste était sans doute celle de la fratrie qui ressemblait le plus à son frère. Discrète mais pas distante. Un peu sauvage, un peu naïve et pourtant très fine, perspicace, tellement affectueuse et dévouée.

Chez les Boldarino, Katelyn avait trouvé une gaieté inconnue, un appétit de goûter chaque instant qui ressemblait à celui qu'ils avaient quand ils dégustaient leurs pâtes à la bolognaise. Chez eux tout était démesuré et Katelyn, élevée par une mère étroitement cintrée dans ses principes de femme du monde, découvrait le bruit, l'excès, la gaieté et à quel point ce remue-ménage pouvait être énergisant. Tout y était entouré d'une immense bonté pour ceux qu'ils adoptaient. Et ils avaient adopté Katelyn, sans doute parce que eux aussi sentaient qu'elle aimait Baptiste et que la résilience de leur ami passerait par elle.

Matt lui avait raconté comment Baptiste et lui s'étaient rencontrés, le rendez-vous hebdomadaire dans Washington Square et les lettres que Baptiste envoyait à son fils une fois par semaine, même encore aujourd'hui. Katelyn en avait été bouleversée. Mais elle ne lui en parla pas. Elle ne voulait rien faire qui puisse heurter l'homme qu'elle aimait et risquer de rompre le fil ténu qu'elle maintenait entre eux depuis des mois.

Ce soir-là, après le dîner aux Granges, Baptiste l'avait raccompagnée chez elle, dans l'Upper East Side. Ils avaient remonté la 5e Avenue jusqu'à la 62e Rue en flânant. Ils s'étaient arrêtés devant l'Empire State Building, presque achevé. Le Waldorf Astoria, situé à ce même endroit, avait brûlé deux ans auparavant. Jean et Baptiste en avaient été très émus, eux qui avaient commencé leur nouvelle vie dans cet hôtel. Katelyn avait glissé son bras sous celui de Baptiste et ils avaient continué leur marche en silence. Mais il pensait si fort, Baptiste, qu'elle entendait le défilé de sa vie, parsemé de deuils et de ruptures, de départs sans retour. Pourtant, le Waldorf avait été reconstruit sur Park Avenue. Ce n'était peut-être plus le même, mais au fond, ça importait peu. L'essentiel était qu'il était debout à nouveau, prêt à vivre un autre destin, plus fort et plus solide qu'avant. Baptiste avait regardé Katelyn. Ses yeux vert forêt, ses cheveux si bruns serrés en chignon, sa bouche rubis. Il fréquentait cette femme depuis bientôt quatre ans et il découvrait sa douceur, sa patience, son abnégation. Elle n'était pas que ça. À la soupe populaire, il avait approché son courage et son dévouement, sa fureur aussi devant la misère. Il la savait tenace quand il s'agissait de convaincre et d'obtenir, rebelle face aux principes qu'elle jugeait dépassés. Il se demandait parfois ce que cette jeune femme de bonne famille pouvait bien leur trouver à eux, les Cathala, immigrés paysans venus du fin fond des Pyrénées chercher fortune aux États-Unis, qui se dépatouillaient comme ils le pouvaient avec une culture et des manières qui n'étaient pas les leurs. Et pourtant, elle était là. Fidèle et compatissante. Heureuse de les aider quand elle le pouvait. À l'aise à leur table comme à celle de sa grande bourgeoise de mère. Ce soir-là, Baptiste avait senti comme une digue qui s'ouvrait, laissant s'en aller librement le flot de chagrin et d'amertume qui l'enserrait depuis des mois. Il s'était laissé faire. Avait posé les armes. Son corps s'était enfin fondu dans celui de Katelyn. Comme délivré.

Washington Square, 14 septembre 1931

Mon cher fils,

Je sais maintenant que tu ne liras pas cette lettre, comme tu n'as jamais lu celles que je t'ai envoyées depuis que tu es né. Mado me l'a avoué. Elle m'a dit qu'elle te les donnerait quand tu seras en âge de les comprendre, mais j'ai la certitude que c'est faux. Elle fera tout pour que tu m'oublies. Je l'ai enfin compris. Mais je ne cesserai pas de t'écrire. Je t'en fais la solennelle promesse.

J'ai le cœur brisé, Michel. L'idée de ne plus te revoir m'est intolérable. Je n'arrive même plus à être optimiste et à me dire qu'un jour, quand tu seras devenu adulte, nous nous retrouverons. Et pourtant, il y a quelque chose en moi qui me dit que ça arrivera. Comme une flamme. Celle de ta mère qui veille. Qui me souffle de ne pas perdre espoir. Que Mado mourra un jour et que Tine, peut-être, retrouvera la raison. Je n'aurais jamais cru que la sœur jumelle de ta mère se liguerait contre moi elle aussi. Elle aimait tellement Zélie. Elle t'aime toi aussi, je n'en doute pas une seconde. Mais pourquoi alors te priver de ton père ?

Peut-être aurais-je dû t'emmener de force. Mais Mado a fait une crise cardiaque, et ce qu'elle m'a dit à Ercé, que je voulais la tuer elle aussi, comme j'avais tué sa fille, a résonné comme un avertissement de Dieu. Ou du diable plutôt. Le diable qui l'habite. Je n'ai pas tué ta mère, Michel ! Je ne l'ai pas tuée ! C'est Dieu qui nous l'a prise. Puis Tine est venue me voir à l'hôtel où je dormais, celui du père Bareille, à Aulus. Elle m'a dit que sa mère était mourante et que si je t'enlevais à elle, elle ne survivrait pas. Que devais-je faire, Michel ? Signer son arrêt de mort ? Qu'aurais-tu pensé toi, plus tard, quand tu l'aurais appris ? Que penses-tu aujourd'hui que je t'ai laissé pour la seconde fois ?

Quand je suis parti à New York après ta naissance, Mado et Tine m'ont convaincu que tu étais trop petit pour que je t'emmène avec moi. Que tu avais besoin d'une mère qui s'occupe de toi, ce que je ne pourrais pas faire en travaillant. Je me suis dit qu'elles avaient raison et quand je me souviens de cette traversée, je l'ai pensé encore davantage. Tu n'aurais peut-être pas survécu à ce terrible voyage. Et nous aurait-on acceptés à Ellis Island ? Je n'en suis pas certain. De toute façon, je savais déjà que je reviendrais te chercher. Cette idée ne m'a pas quitté un instant. Ça me laissait un peu de temps pour gagner de l'argent, pour préparer ton arrivée. Ça m'a pris sept ans. Je sais, c'est long sept ans, mais au moins, Jean et moi avions pu commencer à bâtir quelque chose de solide. Le restaurant marchait bien, je pouvais compter sur la famille pour nous accueillir toi et moi ; tu aurais eu une chambre avec Paul. Tout était prêt. J'aurais dû me douter que ce ne serait pas si simple. Que Mado ferait tout ce qui était en son pouvoir pour te garder. Mais je n'imaginais pas qu'elle me ferait ce chantage de mort, que sa haine de moi et son amour de toi la pousseraient jusque-là. Elle a toujours pensé que j'étais un bon à rien et que ta mère n'aurait jamais dû m'épouser. Sa disparition l'a confortée dans ce jugement. Je suis devenu indésirable, les Bergès m'ont banni de leur famille, ils m'ont éloigné de toi. C'était facile ensuite de te raconter des histoires, de te faire croire que j'étais mort.

Pourtant, quand je suis venu devant l'école, il m'a semblé que tu étais content de me voir. Je sais que tu as eu peur quand tu m'as entendu crier dans La Maïzoun et je te demande de me pardonner. Mais j'étais si en colère, si malheureux. Je crois bien que j'aurais pu tuer Mado de mes propres mains, je l'avoue. Et puis, tu es apparu et j'ai tout oublié. Je n'ai plus vu que toi. Je t'ai trouvé si joli, si grand aussi alors que tu étais si petit quand je t'ai laissé. Ça m'a tellement touché de voir sur ton visage à la fois ta mère et à la fois moi. La couleur de tes yeux, la même que les miens. Les taches de rousseur que ta mère t'a laissées. Je me suis dit que la vie était bien faite pour avoir si bien su concentrer dans un enfant deux êtres qui se sont aimés tellement fort. C'est aussi ça qui me fait tenir, Michel. Si tu es à ce point notre mélange à tous les deux, alors un jour, nos routes se recroiseront. Je vais poursuivre ma vie en ne cessant jamais de croire en ça. Et je continuerai de t'écrire aussi. Pour qu'un jour, qui sait, tu saches qui était ton père.

Je t'ai confié la Liberté, mon fils. Prends-en bien soin. J'espère qu'elle te guidera. Et j'espère aussi que, grâce à elle, tu ne m'oublieras pas.

Je t'embrasse,

Ton père qui t'aime

Katelyn avait écouté Baptiste lui confier ce qui s'était passé à Ercé en silence. Elle savait qu'il n'attendait pas qu'elle en dise quoi que ce soit. Juste qu'elle entende sa version, puisqu'il ne la livrerait qu'à elle. Une façon pour lui de se pardonner de n'avoir pas été plus intransigeant et de n'avoir pas enlevé son fils à celles qui l'élevaient depuis sept ans. Il lui racontait parce qu'il était prêt à faire à Katelyn une place dans sa vie, comme si d'être revenu seul lui ouvrait, à elle, une fenêtre sur l'avenir. Elle s'en contenterait. Il n'y aurait rien d'autre avec lui qu'une relation sans mariage et sans enfant. Il l'avait prévenue. Sur le coup, ça l'avait heurtée. Qu'il les empêche ainsi de laisser la vie les guider, leur offrir, peut-être, une chance d'être vraiment heureux. Mais Baptiste ne voulait pas être heureux. Au fil du temps, Katelyn comprit qu'il s'en voulait trop pour ça. Et elle avait accepté ce qu'il était prêt à lui donner.

Baptiste trouvait chez Katelyn un réconfort inestimable. Parce qu'elle était la seule à réellement savoir ce qu'il en était de sa vie, avec elle il s'autorisait à être vraiment lui. À pleurer parfois. À évoquer Michel, l'âge qu'il avait maintenant, les études qu'il faisait peut-être. Il n'avait jamais voulu s'installer chez elle, préférant rester chez Jean et Marie. Il disait que l'Upper East Side était trop chic pour lui. La véritable raison était qu'il ne voulait pas de quotidien avec Katelyn. Il ne voulait rien qui puisse les user. Il préférait des parenthèses, ses bulles d'air, des moments qui lui faisaient oublier tout le reste. Ils allaient au cinéma, au théâtre, au musée, faisaient de longues promenades dans Central Park. Il restait parfois la nuit entière. Grâce à elle, il parlait désormais couramment anglais, et, un comble, il parlait mieux français. Parfois, il lui montrait les lettres qu'il écrivait à Michel. Elle corrigeait quelques fautes, une tournure par-ci par-là. Michel s'en était-il aperçu ? Pour ça, il aurait fallu qu'il lise ses lettres…

Katelyn avait été sa bouée de sauvetage, Baptiste le reconnaissait. Sans elle, sans doute aurait-il sombré dans une obscure mélancolie. Elle avait su l'en préserver par sa douceur et sa patience, par sa sincérité et la profondeur des sentiments qu'elle lui portait. Régulièrement, il s'en voulait de ne pas éprouver pour elle le même amour quasi absolu. Elle méritait tellement plus que de la demi-mesure. Mais Baptiste n'aurait jamais qu'une seule femme dans sa vie, Katelyn le savait. Il avait bien conscience de ce que ça pouvait avoir de blessant pour elle, d'être en quelque sorte reléguée au second plan, le premier continuant à être tenu par une ombre, un fantôme, mais il n'y pouvait rien. Comme de lui refuser un enfant. Quand il en avait été question, une seule fois, Baptiste avait été intraitable et lui avait dit qu'il comprendrait qu'elle le quitte. Katelyn ne l'avait pas quitté et ils n'avaient plus jamais abordé ce sujet. Seule Rose avait osé lui dire un jour que Katelyn l'aimait sans doute plus qu'il n'avait jamais été aimé par personne, y compris par Zélie. Baptiste avait regardé sa sœur comme s'il avait face à lui un monstre tout droit sorti de l'enfer. Il aurait même pu la frapper tant ce qu'elle venait de lui dire l'avait mis en rage. Comment osait-elle proférer de telles absurdités ? Comment osait-elle profaner la mémoire de Zélie ainsi ? Et leur amour ? Mais Rose l'avait défié, son petit menton relevé, le regard bleu marine. Et elle avait insisté, lui jetant à la face sa solitude, sa lâcheté, son abandon. Comment pouvait-il faire souffrir Katelyn ainsi, elle qui lui vouait son existence, elle qui sacrifiait tout pour lui, y compris la vie d'épouse et de mère qu'elle aurait pu avoir, et avec un homme bien plus important que lui encore ? Comment pouvait-il être si cruel ? Katelyn n'était pour rien dans son malheur. Pourquoi, alors qu'elle l'aimait de tout son cœur, payait-elle pour la mort de Zélie et l'absence de Michel ? N'était-il pas temps, presque dix ans après, que Baptiste se laisse une chance d'être heureux, avec une femme formidable qui ne demandait pas mieux que ça, juste le bonheur d'être ensemble ?

Baptiste en avait longtemps voulu à Rose de cette avalanche de brutales vérités qu'elle lui avait assénées sans broncher. Et puis, il avait fini par admettre qu'elle avait raison sur bien des points. Il n'oublierait jamais Zélie, elle resterait à jamais la femme de sa vie, sa lumière. L'amour qu'il lui avait porté serait sans équivalent. Leur fils vivait quelque part, à des milliers de kilomètres de lui, et lui aussi serait toujours placé en haut de la pyramide de ceux qu'il aimait. Mais Rose avait raison. Avoir aimé à la folie n'empêchait pas d'aimer à nouveau. Avoir un fils n'empêchait pas d'avoir d'autres enfants. Survivre n'était pas une bonne philosophie quand tant de belles choses appelaient à vivre. Il était peut-être temps pour Baptiste de le comprendre.

Deux mois après que sa sœur lui avait ouvert les yeux, Baptiste s'installait chez Katelyn dans l'Upper East Side.

Washington Square, 8 mai 1936

Mon cher fils,

Aujourd'hui, je t'écris pour t'annoncer une bonne nouvelle ! Avant-hier, Rose a donné naissance à un petit Raymond de quatre kilos. Tu as désormais un troisième cousin. C'est un beau garçon, tu sais, avec déjà une tête de cheveux noirs bien épaisse. L'accouchement de Rose s'est bien passé même si elle a souffert. Elle est un peu fatiguée mais ça va maintenant. Marcel et elle sont tellement heureux d'avoir un enfant !

Jean, Marie, Katelyn et moi sommes contents aussi même si je me rends compte que Katelyn a un peu de vague à l'âme. Mais comme je te le disais dans une de mes précédentes lettres, elle n'arrive pas à tomber enceinte. On a beau essayer, ça ne marche pas. Nous avons vu un médecin tous les deux mais comme, moi, je t'ai déjà eu toi, Katelyn pense que ça vient d'elle. Rose, elle, dit qu'elle s'en empêche inconsciemment parce que je ne voulais pas avoir d'autre enfant que toi. C'est absurde ! C'était vrai au début mais plus maintenant. J'ai admis qu'avoir un enfant avec Katelyn ne m'empêcherait pas de t'aimer ni de penser à toi. J'ai eu un peu de mal mais j'ai fini par comprendre que je ne pouvais pas lui refuser la maternité. Elle est bien plus jeune que moi, tu sais, et ça aurait été injuste de la priver de ce bonheur, à cause de mon âge, et à cause de toi. Je ne sais pas ce que tu penses de tout ça évidemment, et de l'idée d'avoir un frère ou une sœur. Sache malgré tout que tu as et auras toujours une place à part dans mon cœur. Tout comme ta mère. Jamais personne ne vous remplacera. J'aime Katelyn, mais pas comme j'ai aimé ta mère. Et si un jour un enfant devait venir, tu resterais mon fils chéri, mon premier.

Il faudra que je t'envoie des photos de Raymond, et de tout le monde d'ailleurs. Comme ça tu pourras voir à quoi ressemble ta famille. J'aimerais tant que Tine m'en envoie une de toi. Elle ne le fera pas, je le sais bien. Elle n'a pas voulu que j'emporte celle de ta mère. Et puis, de toute façon, ça m'étonnerait que les Bergès aient un appareil photo ! Alors, je t'imagine, à partir de l'image que je garde au chaud dans mon cœur, le jour où je suis venu te dire au revoir à l'école. Tu dois avoir tellement grandi depuis. J'espère que tu travailles bien à l'école. C'est important. Plus tu auras de connaissances et mieux tu te débrouilleras dans la vie. Je le vois bien avec Katelyn. Tout semble plus simple pour elle. Je t'ai dit qu'elle parlait parfaitement le français ? Eh bien, c'est grâce à elle que je le parle mieux moi aussi, et que je l'écris mieux aussi.

Le temps est doux à New York. À Washington Square, le printemps repart, les fleurs sont partout à nouveau et les écureuils sortent de leur nid. Tu adorerais ça ! L'hiver a été si rigoureux qu'il m'a rappelé ceux d'Ercé. J'imagine que toi aussi, tu as dû avoir bien froid.

Un petit mot des Granges de Cominac avant de te quitter. Le restaurant continue à bien marcher. L'économie se redresse un peu, Jean pense que ça va aller de mieux en mieux, alors on ne se plaint pas. La clientèle est toujours un peu la même, plus fortunée qu'avant, mais de ça non plus, on ne se plaint pas. Si on veut faire des Granges un grand restaurant, Jean pense qu'il faut tout mettre en œuvre pour que les riches continuent à venir chez nous. Moi, ça me fait un peu bizarre, je ne me sens pas grand-chose en commun avec ces gens-là. Katelyn se moque de moi quand je dis ça, mais c'est vrai ! Parfois, j'aimerais revenir dans mes si chères montagnes, m'installer à l'ombre d'un grand chêne, observer les étoiles, le Valier, monter jusqu'à la cascade d'Ars, prendre le temps. Ici, c'est impossible. Tout va si vite, rien ne s'arrête jamais. Mais c'est ma vie maintenant. Elle ne me déplaît pas. Je me dis juste qu'elle aurait été plus complète si tu avais été avec moi.

Je t'embrasse, mon cher fils,

Ton père affectionné

Les États-Unis avaient déclaré la guerre au Japon depuis un an quand Paul fut appelé à rejoindre le destroyer *USS Cooper* de l'US Navy comme second maître électricien. Né américain, quand la guerre éclata il rejoignit le corps des marines, au grand désespoir de toute la famille. Baptiste, qui pensait que la guerre de 14-18 serait vraiment la der des ders et que venir aux États-Unis les préserverait à jamais d'une nouvelle apocalypse, en avait été profondément affligé. Mais l'attaque de Pearl Harbor en avait décidé autrement. Comme ils avaient tous dépassé l'âge de quarante-quatre ans, Jean, Marcel, Maurice, Matt et lui échappèrent à la mobilisation votée par le Congrès. Mais pas Lino qui était, lui aussi, citoyen américain, et qui partit en juin 42, un mois après Paul, dans le Pacifique. Les deux années qui suivirent leur départ furent pour les deux familles des années sombres où les nouvelles de leurs enfants étaient rares. Depuis le début du conflit, Baptiste ne cessait de penser à Michel. Il s'était quelque peu rassuré sur le sort de son fils quand la France avait capitulé face à l'Allemagne en juin 1940. Michel ne risquait donc plus de partir au front et Baptiste, qui avait connu celui de Verdun, avait un peu respiré. Mais il y avait l'Occupation, le travail obligatoire. L'armistice français ne pouvait donc garantir à lui seul le sort de Michel. Baptiste comprenait tellement le désarroi grandissant de Jean et de Marie, et celui de Matt et d'Abby, qui ne savaient plus depuis plusieurs mois où avaient été envoyés leurs fils. Tous vivaient maintenant dans l'angoisse et la peur. Au début de l'année 43, une lettre de Lino arriva enfin. Paul et lui s'étaient croisés sur une base militaire australienne avant que Paul ne reparte sur l'*USS Cooper* vers la mer de Corail. Lino n'avait plus de nouvelles de lui depuis. Matt était venu aux Granges pour lire la lettre de Lino aux Cathala. Il pensait que les quelques nouvelles que son fils y donnait de Paul les apaiseraient un peu. Au moins, il était en vie. Devant Matt, Jean et Marie étaient restés d'une dignité absolue. Mais le soir, dans la cuisine déserte, ils s'étaient laissés aller à leur accablement et à leur découragement. Marie était persuadée qu'il était arrivé quelque chose à son fils, que jamais il ne les aurait laissés ainsi sans nouvelles depuis si longtemps. Rose, Baptiste, Katelyn et Jean avaient essayé de la consoler comme ils avaient pu mais eux aussi, au fond, trouvaient le silence de Paul inquiétant. Ils savaient que les combats faisaient rage dans le Pacifique, que les kamikazes japonais, qui précipitaient leurs avions sur les navires américains, étaient impitoyables. On leur avait raconté des horreurs sur les camps de prisonniers et Jean finissait par souhaiter que son fils soit mort plutôt que capturé par l'ennemi nippon. Baptiste l'avait alors rabroué. « Il est vivant », avait-il affirmé avec force, presque se mettant en colère. Si seulement…

Jeannette aussi voulait y croire. Jeannette qui, avec Katelyn et Rose, avait décidé de contribuer à l'effort de guerre en travaillant comme riveteuse à l'usine de munitions située sur Staten Island. Parce qu'elle ne pouvait pas laisser les hommes se débrouiller seuls aux Granges de Cominac, Marie avait renoncé à devenir « munitionnette » et continuait à servir en salle une clientèle un peu éclaircie. Contrairement à l'Europe, l'Amérique ne souffrait pas de pénurie et les vivres ne manquaient pas. On continuait donc à cuisiner comme avant, et si l'absence de Paul n'avait pas été aussi insupportable, on aurait presque pu croire à la paix.

Au milieu de l'année 43, Paul revint à New York en permission. Jamais famille ne fut plus bienheureuse que pendant ces six jours-là. Jean avait trouvé son fils très amaigri, aussi avait-il redoublé d'efforts dans la cuisine et les fours, remplis de croustades, de choux à la crème, de pets-de-nonne, tournaient à plein régime. Baptiste ne lésinait pas non plus sur le cassoulet, le confit et autres magrets. Matt et Abby dînaient presque tous les soirs aux Granges, ne se lassant pas d'écouter Paul leur raconter ce qui se passait à l'autre bout du monde. Lino avait eu, lui aussi, une permission, mais ça faisait bientôt trois mois et ils n'avaient à nouveau plus de nouvelles. Il était question qu'il rejoigne l'Europe mais ils n'en savaient pas davantage. Paul, lui, devait repartir aux Philippines, toujours occupées par les Japonais. Baptiste regardait un peu ébahi son neveu si plein d'espoir sur l'issue de cette guerre, rempli d'un enthousiasme communicatif quand il décrivait les GI et les marines, leur courage, leur foi, la solidarité qui unissait tous ces garçons venus de tous les horizons d'Amérique. Baptiste pensait en l'écoutant que Paul était devenu un véritable Yankee, ça ne faisait aucun doute, même si, curieusement, il conservait son accent du Sud-Ouest quand il était avec eux. Peut-être qu'avec un peu de chance, leur langue natale continuerait à se transmettre de génération en génération. Paul, en tout cas, semblait y être très attaché, c'est ce qu'il dit à Baptiste la veille de son départ pour rassurer son oncle. Il ajouta en riant que s'il en avait l'occasion, il ne manquerait pas d'enseigner quelques rudiments de français à ses camarades de l'*USS Cooper*.

Paul ne revint qu'une seule fois à New York, fin août 44. Les Américains et les Anglais avaient débarqué en Normandie et libéré Paris mais la guerre n'était pas encore terminée. Les combats contre les Japonais se poursuivaient dans le Pacifique et Paul repartit, le cœur léger puisque, malgré tout, la capitulation était proche. Tous les Cathala y avaient cru. Ils avaient serré Paul dans leurs bras, en lui recommandant de faire bien attention, et s'étaient dit « à bientôt ».

Le 20 décembre 1944, un télégramme de l'US Navy ensevelit Les Granges de Cominac sous une chape de chagrin que les années ne parvinrent pas à dissiper tout à fait. Paul avait été tué le 3 décembre, pendant la bataille d'Ormoc Bay, dans la mer des Camotes, aux Philippines, où l'*USS Cooper* fut torpillé par les

Japonais. Piètre consolation, il reçut une médaille militaire, la Purple Heart, et fut enterré au cimetière d'Arlington avec des milliers d'autres soldats tombés pour la liberté. Il avait vingt-deux ans.

Washington Square, 12 août 1945

Mon cher fils,

La guerre est terminée. Et c'est une immense joie pour le monde entier. Mais nous, vois-tu, nous avons le cœur brisé. Paul ne reviendra jamais. Paul, mon petit Paul, si jovial, si enthousiaste, si jeune. Tellement jeune. Il est mort loin de nous, noyé sans doute, puisque son navire a été torpillé par les Japonais. Je ne peux pas y penser sans frissonner d'horreur. La dernière fois que nous l'avons vu, il était si plein d'espoir que cette guerre s'achève vite. Il disait que ce n'était plus qu'une question de mois pour que les Américains reprennent les îles Philippines. Que l'US Navy était bien plus forte et bien plus aguerrie. Quel gâchis tout ça. Quel épouvantable gâchis.

Jean et Marie sont anéantis. Jeannette ne cesse de pleurer. Et moi, j'essaie de faire face. De les soutenir, de les aider comme je peux. Mais j'ai tant de chagrin moi aussi. Jean a accroché la Purple Heart de Paul dans la salle du restaurant. Il veut que tout le monde sache que son fils est mort en héros, pour sauver le monde de l'ignominie. Mais moi, chaque fois que je passe devant, je pense que plus jamais nous ne le reverrons et que la liberté nous a enlevé notre si cher enfant.

Et toi, Michel ? Mon fils. Où es-tu aujourd'hui ? Tu avais l'âge de combattre. Alors, as-tu combattu ? Je sais que les combats en France ont été terribles, que les Alliés y ont énormément souffert, que les Allemands ont été monstrueux jusqu'au bout. Faisais-tu partie de la Résistance ? As-tu été fait prisonnier ? As-tu pu échapper à tout ça ? Ou es-tu... ? Imaginer qu'il a pu t'arriver quelque chose et n'avoir aucun moyen de savoir quoi me tue, Michel... J'ai écrit à Tine, je l'ai conjurée de me donner de tes nouvelles, de ne pas me laisser ainsi, dans ce doute abominable. Elle ne peut pas me haïr à ce point. Pas Tine. Pas la sœur de ta mère.

Heureusement que Katelyn est là, tu sais. Elle me rassure en me disant que tu es trop jeune pour avoir participé aux combats. Et que l'Ariège n'a pas autant souffert que les grandes villes ou d'autres régions. J'espère qu'elle a raison. Je prie pour ça.

La seule chose qui apaise mon cœur c'est que Lino, lui, est rentré sain et sauf. Pourtant, le Débarquement a fait tant de morts. Mais il a survécu. Un miracle. La Providence encore une fois. J'envie le bonheur de ses parents quand nous pleurons tant notre Paul. Mais je me réjouis aussi que cette maudite guerre ne nous les ait pas enlevés tous les deux. J'aurais alors fini par ne plus croire en rien.

Mais ce que je souhaite au plus profond de mon cœur, Michel, c'est que tu sois en vie.

Je t'embrasse,

Ton père inquiet mais affectionné

Ercé, 1er mai 1946

Michel est en vie. Il est à Paris et il fait médecine.

Tine

New York, juin 1989

Baptiste s'était assis à sa place habituelle, dans l'allée qui rejoignait l'Arc par la gauche. Qu'il aimait Washington Square ! Il y venait encore presque chaque jour, et depuis si longtemps, pour marcher un peu, ce que lui avait recommandé son médecin. Pour regarder la foule toujours pressée qui traversait le parc tous les matins afin de rejoindre les tours de Manhattan. Baptiste arrivait toujours avant 8 heures. Surtout au printemps, quand la chaleur et l'humidité remplaçaient vite la fraîcheur de la nuit. Il s'asseyait sur le banc de bois, devant la table en fer forgé, toujours la même, là où s'installaient aussi les joueurs d'échecs. Un jeu silencieux qui lui permettait d'écrire en toute tranquillité. Malgré les années, jamais personne n'avait pris sa place. C'est aussi pour ça qu'il aimait autant venir ici. Pour le silence et le respect. Celui de l'autre et de ses habitudes. Pour ces saluts discrets que les inconditionnels se lançaient sans se lasser. Quelques poignées de main pour les plus anciens, comme Baptiste, qui fréquentait l'endroit depuis soixante ans. Mais ceux de son âge, ceux qu'il avait fini par connaître, avec lesquels il discutait, ceux-là avaient peu à peu déserté Washington Square. Il faut dire qu'à quatre-vingt-dix ans passés, Baptiste devait être un des plus vieux. Il apprenait de temps à autre que Sam avait fini par accepter d'aller dans une maison de retraite, que Charlie était mort deux mois auparavant. Au fil des mois, les rangs s'éclaircissaient. À Washington Square comme ailleurs.

Cela faisait presque un an que Baptiste n'écrivait plus à son fils. Sa main droite totalement déformée par l'arthrose ne le lui permettait plus. Jeannette, sa nièce, lui avait bien proposé qu'il lui dicte ses lettres, mais il avait refusé. Ce qu'il écrivait à Michel ne regardait qu'eux. Il n'aurait pas pu, il n'aurait pas su quoi dire en passant par quelqu'un d'autre, fût-ce Jeannette, qu'il adorait. Et puis, Katelyn n'était plus là pour l'aider. Katelyn, la seule à qui il parlait de Michel et à qui il faisait parfois lire ses lettres. Alors, à quoi bon. Il avait renoncé à écrire et il avait pris ça comme un signe. Une sorte de point final à une histoire qui durait depuis six décennies. Une histoire à sens unique, c'est vrai, mais peu importait à Baptiste. Tant qu'il écrivait, sa vie avait un sens. Parce qu'il imaginait que de l'autre côté de l'Atlantique, Michel le lisait. Sans jamais avoir répondu. Mais Baptiste croyait encore que son fils connaissait tout de la vie de son père, racontée et détaillée dans des centaines de lettres. Il voulait croire ça. Que Mado avait tenu sa promesse de les lui donner une fois qu'il serait grand, et qu'après elle, Tine les lui avait fait suivre. Sinon, ce serait trop insupportable.

Même si lui ne saurait jamais grand-chose de la vie de son fils. Sauf qu'il était médecin.

Il revoyait son visage, ce petit visage qu'il avait tenu dans ses mains, pas assez longuement, devant l'école communale, avant de repartir pour New York. Il avait compris ce jour-là que Michel n'avait jamais eu les lettres qu'il lui avait envoyées depuis sept ans, que Mado ne les lui avait jamais données. « Quand il sera en âge de les comprendre », avait-elle sifflé. Baptiste s'était emporté. Il avait hurlé sa colère et son désarroi. Il avait accusé Mado et Tine de se venger de la mort de Zélie, dont elles le rendaient responsable, en voulant le priver de son fils. Monstres de cruauté. Lui parlaient-elles de lui, au moins ? Devant le silence de Mado, Baptiste l'avait attrapée par les épaules et secouée si fort qu'elle en était tombée. Elle avait alors porté la main à son cœur et, en haletant, elle avait sifflé : « Moi aussi, tu veux me tuer ! Comme tu as tué ma fille, vaurien ! » Baptiste l'avait regardée éberlué, les bras encore tendus, les poings serrés. Devant son fils terrorisé. Tine était alors intervenue et lui avait demandé de partir. Ce qu'il avait fait. En se maudissant de n'avoir montré de lui à Michel qu'un être vindicatif et rempli de colère. Qu'avait-il pensé de lui ? Il ne valait pas mieux que Mado ! Il avait rejoint le petit hôtel d'Aulus où il avait pris une chambre le visage sombre et les poings toujours serrés. Puis il avait appris que Mado avait fait une attaque, qu'elle s'en sortirait, mais qu'il ne lui fallait aucune émotion forte. Tine était venue le voir le lendemain matin pour lui dire que s'il lui enlevait Michel, il la tuerait vraiment. Qu'il ne pouvait pas faire ça. Qu'il devait penser à Zélie, qu'elle ne l'aurait pas voulu. Qu'il devait penser à Michel aussi. Baptiste avait alors commis sa seconde erreur. Il s'était laissé convaincre une fois de plus par ces deux femmes qui l'empêcheraient toujours de vivre la vie qu'il avait souhaitée. De tenir la promesse qu'il s'était faite à la mort de sa femme. Celle d'élever leur fils et de l'aimer pour deux.

Mado avait bien dû se frotter les mains quand Tine était revenue lui raconter qu'il allait repartir dans ses États-Unis de malheur. Elle avait eu ce qu'elle voulait, quitte à se tuer pour ça. Mais elle n'avait pas pu empêcher Baptiste de revoir son fils une dernière fois. De lui dire à quel point il l'aimait et qu'il repartait en Amérique amputé d'une moitié de lui-même. Il l'avait serré dans ses bras, avait caressé ses cheveux fins et gravé à jamais son visage dans son cœur et dans sa mémoire. Ses yeux d'opaline. Ses taches de rousseur. Le sourire timide. Le parfait mélange de l'amour immense qui l'avait uni à Zélie.

Et depuis Washington Square, Baptiste n'avait jamais cessé d'écrire à Michel.

Baptiste quitta Washington Square. Se remémorer ces souvenirs lui faisait plus de mal que de bien et c'est fatigué qu'il franchit le seuil des Granges de Cominac. Bien qu'agrandi ailleurs, il n'avait jamais changé de nom.

Jeannette l'attendait comme tous les matins, dans le petit bureau qui donnait sur la salle principale du restaurant, où elle s'occupait encore de la comptabilité. Aucun de ses enfants ne voulait le faire. Alors c'est elle qui s'en chargeait, en attendant qu'on veuille bien la remplacer. Baptiste s'installa dans le fauteuil en cuir vieilli, devant le bureau, sa place maintenant. Il sourit à sa nièce qui le regardait avec toujours autant de bienveillance. « Tu as l'air fatigué », lui dit-elle de sa voix douce. Baptiste secoua un peu la tête en signe de dénégation mais il savait que Jeannette savait. Il regarda sa nièce, qu'il chérissait. Elle ressemblait tant à Jean. Même si elle avait les yeux de sa mère Marie, son regard. Tout le reste, c'était son père. Quand Jean était mort, il y avait déjà plus de trente ans, dans un stupide et banal accident de voiture, Jeannette avait sombré.

Baptiste avait même craint qu'elle ne s'en remette pas. C'était définitivement trop pour elle. Quatorze ans avant la mort de Jean, c'est son frère Paul qui disparaissait à seulement vingt-deux ans. Mort pour la patrie en 1944 à la bataille d'Ormoc Bay, aux Philippines, comme des centaines de milliers d'autres sacrifiés. Décoré de la Purple Heart et enterré au cimetière d'Arlington, trop loin pour qu'on aille le fleurir souvent.

Baptiste avait fait ce qu'il avait pu à la mort de Paul. Il avait essayé de soutenir tout le monde. Jean et Marie, inconsolables. Jeannette. Lui-même tellement triste.

Les Granges de Cominac les avaient tous sauvés. Ils s'y étaient tous retrouvés. Ils avaient serré les rangs. Jeannette avait commencé à s'occuper de la comptabilité au lendemain de la Victoire. Elle avait quitté l'usine dans laquelle elle avait travaillé pendant la guerre et elle était revenue au restaurant, Marie ne se sentant plus le courage de continuer. Marie, qui ne se remit jamais de la mort de son fils et qui finit par mourir de chagrin quelques années plus tard. À la mort de Jean, deux ans après, Jeannette s'était effondrée. Pendant de longs mois, elle était restée enfermée chez elle. Son mari Christopher travaillait pour une compagnie pétrolière et il passait la moitié de l'année en mer. Il n'était pas rentré pour autant. D'ailleurs, quatre ans plus tard, il quitterait définitivement Jeannette pour une hôtesse de l'air. Les rangs s'étaient serrés davantage encore. Baptiste avait repris la tête du restaurant et n'avait pas beaucoup de temps, même si Marcel, son beau-frère, lui donnait un bon coup de main. Sa sœur Rose s'occupait des enfants de Jeannette, John-Paul, né en 1952, et Jack, né en 1953. Et ils étaient ravis de se retrouver avec deux femmes qui leur passaient tout. Raymond (que tout le monde appelait Ray), le fils de Rose et de Marcel, avait eu deux enfants, Adam en 1963 et Sarah en 1966. Après le divorce de leurs parents, et parce qu'ils n'avaient aucune envie de quitter New York pour s'installer avec leur mère dans un bled au fin fond de l'Indiana, ils avaient choisi tous les deux de vivre avec leur père.

Puis Jeannette avait repris le dessus. Elle était revenue faire la comptabilité au restaurant, n'avait presque pas pleuré quand Christopher lui avait annoncé qu'il la quittait (son père lui avait toujours dit qu'elle aurait dû épouser un Français), s'était mise à veiller sur tout et sur tout le monde avec une sorte d'abnégation et de foi que même ses deux terreurs de fils n'étaient jamais parvenus à ébranler. Croyant dur comme fer aux vertus de la famille, elle avait réussi à convaincre Claire, la nouvelle compagne de Ray, de laisser tomber son travail de secrétaire et de rejoindre la brigade des Granges de Cominac. Claire ne savait pas cuisiner ? Ce n'était pas grave, on lui trouverait bien quelque chose à faire. La tribu réunie, Jeannette avait retrouvé le moral. Et c'était sans doute grâce à elle que tous aujourd'hui travaillaient au restaurant. Finalement, cette lignée d'Ariégeois cuisiniers, pas tout à fait pur sucre car mâtinée de Yankees, c'était à Jeannette qu'on la devait.

Plongé dans ce passé qui ne lui paraissait pourtant pas si lointain, Baptiste n'entendit pas Jeannette, qui répéta :

« Tu es allé à Washington Square ? Tu as marché un peu ou bien tu t'es assis tout de suite ? »

Baptiste fronça les sourcils.

« Tu sais que le Dr Grant t'a recommandé de marcher… »

Baptiste gigota un peu dans son fauteuil.

« Bon, j'ai marché pour y aller et une fois là-bas, oui, je me suis assis ! Tu verras quand tu auras quatre-vingt-onze ans, ma petite ! Tu feras comme moi ! N'en déplaise à ce cher Dr Grant ! »

Jeannette éclata de rire. Elle savait qu'il ne servait à rien d'épiloguer avec Baptiste. Elle savait son attachement à ses promenades dans Washington Square. À sa solitude. Elle en connaissait les raisons, même s'il restait très secret là-dessus. Elle sentait aussi à quel point il était malheureux depuis un an de ne plus pouvoir écrire à son fils. Elle lui avait proposé de l'aider mais il n'avait pas voulu. Elle ne l'avait pas beaucoup interrogé sur Michel, parce que ça le rendait mélancolique, mais au fil du temps, elle avait réussi à reconstituer une partie du puzzle de la vie de Baptiste. Sa femme Zélie, sa mort prématurée à la naissance de leur fils, son départ d'Ercé. Elle était très jeune à l'époque, mais Jeannette se souvenait que son oncle était reparti là-bas pour aller chercher Michel et qu'il était revenu sans lui. Ce qu'elle ne savait pas, c'était pourquoi. Et ça, Baptiste n'avait jamais voulu lui en parler. Jean et Marie devaient savoir. Mais ils étaient morts aujourd'hui. Rose et Marcel savaient peut-être aussi, mais elle n'en était pas sûre. De toute façon, ils n'en diraient probablement rien. Toujours cette fichue pudeur. Et Baptiste restait seul avec ses secrets.

Lady Liberty

Le 15 août venait de passer. Les jours se faisaient plus courts, les nuits plus fraîches et les orages plus fréquents, comme toujours dans les Pyrénées à cette époque. Amélie était repartie à Paris trois jours plus tôt, laissant Zélie seule avec encore un paquet de lettres de Washington Square à lire. Mais sa fille n'avait pas voulu qu'elle reste plus longtemps. Elle avait cependant promis de lui raconter la fin de l'histoire.

Ensemble, elles s'étaient demandé comment en parler à Michel. Zélie avait conclu que la simplicité était la plus appropriée dans un cas comme celui-ci. C'était déjà bien assez compliqué, pas la peine d'en rajouter. Amélie avait approuvé. Personne ne savait vraiment ce que Michel gardait comme souvenirs de son enfance et de son père. Mais Amélie comme Zélie avaient du mal à croire qu'il n'en conservait aucun. Elles le savaient secret, surtout là-dessus. Susceptible sur le sujet. Mais se pouvait-il qu'il ait oublié ce jour où Baptiste était venu lui dire au revoir à l'école ? Ça leur paraissait impossible. Amélie se proposait quand même d'en parler à Antoine. Il aurait sans doute une théorie, ou au moins un avis.

Sa mère repartie, Zélie continua à classer les lettres de son grand-père. Devait-elle en continuer la lecture ou devait-elle laisser à Michel une part vierge de ce mystère ? Elle en savait déjà tant par rapport à lui. Elle connaissait presque tout le monde maintenant. Baptiste, évidemment, mais aussi Jean et Marie, Rose, Jeannette, ce pauvre Paul, Marcel, Matt, Abby, Lino. Et Katelyn. Zélie s'était beaucoup attachée à cette dernière. Presque plus qu'à tous les autres. Elle imaginait combien sa vie auprès de Baptiste avait dû être tourmentée et combien il avait dû lui être difficile de se faire une place dans son cœur. D'après ce que Zélie avait lu, Katelyn n'avait jamais eu d'enfant. Rose avait-elle raison de dire qu'elle s'en était inconsciemment empêchée, pour ne pas faire d'ombre à Michel ? Avait-elle compris que Baptiste n'aimerait jamais que son fils adoré, qui lui manquait tant ? Que personne ne le remplacerait ? « On ne remplace pas un enfant par un autre enfant », avait commenté Zélie à voix haute. On n'aime pas l'un plus ou l'autre moins. On aime, un point c'est tout. Baptiste aurait été heureux s'il avait eu d'autres enfants, surtout avec Katelyn, dont l'amour se répandait dans ses lettres chaque fois qu'il en parlait. Lui aussi, d'ailleurs, semblait l'avoir beaucoup aimée, malgré la brume et les fantômes. Zélie sa grand-mère était toujours restée farouchement accrochée au cœur de Baptiste mais il avait réussi à ne pas se laisser totalement enfermer dans le passé. Sa vie avec Katelyn avait été douce et heureuse, paisible, sans enfant c'est vrai, mais harmonieuse malgré tout. Ils semblaient bien se compléter et Baptiste ne cessait de dire à quel point il lui était reconnaissant d'avoir fait de lui ce qu'il était. Aucune de ses lettres ne disait si elle était morte, en tout cas aucune de celles que Zélie avait lues. Quand il perdait un être cher, Baptiste le racontait invariablement à Michel. Alors, Katelyn était peut-être encore en vie. Zélie l'espérait du fond du cœur, elle qui regrettait de n'avoir pu connaître ceux qui avaient tant compté pour son grand-père et qui étaient désormais partis.

Elle composa le numéro de la rue de Tournon. Il était tôt, peut-être que son père était encore à la maison. En attendant qu'il décroche, elle réfléchissait à ce qu'elle allait lui dire, sans doute pas grand-chose, juste qu'elle rentrait à Paris. C'était mieux comme ça. Elle ne voulait pas risquer de se trahir. Ces histoires-là ne se racontent pas au téléphone et les huit cents kilomètres qui la séparaient de la capitale ne seraient pas de trop pour l'aider à mettre son plan au point.

« Dans deux jours ? Mais pourquoi si tôt ? D'habitude tu rentres à Paris mi-septembre. Ça ne va pas ? » s'étonna Michel.

Pourquoi diable fallait-il donc que son père l'interroge toujours sur ses décisions ? Zélie soupira. Il ne l'aidait pas. Elle s'emporta.

« Je croyais que tu serais content. Mais si tu veux, je reste… »

Pour la énième fois depuis qu'il avait laissé Zélie à Ercé, Michel se dit que, vraiment, quelque chose n'allait pas. Mais vu la tournure que prenait la conversation, il ravala sa remarque.

« Bien sûr que si, je suis content, mon chaton ! Tu penses ! Je me sens un peu seul à Paris sans toi, tu le sais. Ça va faire du bien que tu reviennes mettre de la vie ici. »

Zélie raccrocha en s'en voulant de s'être énervée. Son père, dont elle avait remarqué la voix un peu lasse, n'avait pas compris le ton sec qu'elle avait employé pour lui parler et elle l'avait senti. Décidément, son plan n'était pas du tout au point. Et plus son retour à Paris approchait, moins elle savait comment s'y prendre. Mais comme elles s'en étaient convaincues avec Amélie, il était inutile de chercher des subterfuges. Aller droit au but, c'était ce qu'elle avait de mieux à faire.

L'orage avait éclaté en fin d'après-midi et la température avait soudain chuté d'au moins dix degrés. Zélie enfila un pull et se rendit une dernière fois au cimetière. Elle s'arrêta devant la tombe des Bergès un long moment. Celle d'Émile, de Mado, de Tine et de sa grand-mère Zélie. Tourné vers l'est, le grand Christ en marbre noir indiquait qu'on les avait enterrés la tête vers le soleil levant. Pour ne pas perdre de vue que la vie continuait, coûte que coûte. Comme Michel quand il était petit, Zélie avait cueilli des fleurs des champs qu'elle déposa dans le vase en granit après avoir enlevé celles déjà fanées depuis l'enterrement de Tine. Elle repensa à toutes ces fêtes des Mères où Michel était venu ici. Ce n'était vraiment pas un endroit pour un enfant et pourtant, c'était bien là que son père s'était lui-même investi de la mission qui guiderait son existence. Ici, assis sur la pierre froide, écoutant Tine le convaincre que ce n'était pas à cause de lui que sa mère était morte. Zélie regarda le nom de sa grand-tante fraîchement gravé en lettres d'or.

Léontine Bergès, 5 mai 1904 – 20 juillet 1989. Elle en caressa les contours délicatement creusés dans la pierre et sourit. À sa manière, Tine s'était rebellée contre l'autorité maternelle. Elle avait choisi de rompre la promesse faite à Mado en ne brûlant pas les lettres de Baptiste, pariant sur le fait qu'un jour, quelqu'un les trouverait. Et espérant sûrement que ce soit Michel. Zélie ressentit un immense élan de tendresse pour celle contre qui elle avait été si en colère. C'est vrai, elle aurait pu, elle aurait dû parler avant de s'en aller, ne pas laisser croire à Michel que son père était un bon à rien, alors qu'il l'avait éperdument aimé, ne pas le laisser seul face à ce gigantesque pan de vie qui lui était inconnu et qu'il lui faudrait rattraper. À supposer que ce soit encore possible. Mais qu'importait, finalement. Les lettres de Washington Square étaient sorties de leur grenier et même si elles étaient recouvertes de poussière, c'était tout ce qui comptait.

« Tu n'iras pas en enfer pour ça, ma Tine ! Ou alors, c'est que le paradis n'existe pas ! »

Debout devant la fenêtre ouverte du salon, légèrement en biais pour apercevoir le palais du Luxembourg, Michel réfléchissait au retour de Zélie. Il n'avait pas aimé la sécheresse de sa voix au téléphone, qui le confortait dans l'idée que sa fille lui cachait quelque chose. Depuis qu'il l'avait laissée à Ercé, rien ne tournait plus rond. Elle l'envoyait promener presque chaque fois qu'il l'appelait, lui avait dissimulé que sa mère était descendue la voir (d'ailleurs, elle ne lui en avait toujours rien dit) et voilà que maintenant, elle rentrait à la maison beaucoup plus tôt que d'habitude.

Il vint s'asseoir dans le canapé et alluma la télévision, ce qu'il ne faisait jamais dans la journée. D'ailleurs, il devrait être à l'hôpital et pas affalé dans le salon devant *Le Club Dorothée*. Décidément non, rien ne tournait plus rond, y compris chez lui. Depuis qu'il avait retrouvé la statuette de la Liberté, bien cachée dans son enveloppe de tissu, au fond de la boîte à cigares déguisée en livre, Michel n'était pas retourné à Cochin. Soit depuis trois jours. Il avait appelé Nathalie, prétexté une bronchite qu'il ne pouvait se permettre de répandre à la maternité et avait essayé de ne pas relever le ton intrigué de son assistante, qui, visiblement, ne croyait pas une seconde à son histoire. Il avait pourtant ponctué ses phrases d'une affreuse toux, assez réaliste bien que feinte, mais même avec ça, Nathalie n'avait pas eu l'air convaincu. Tant pis. Le premier étonné de ce besoin de s'enfermer rue de Tournon était quand même bien lui. Sans parler de laisser son service à son adjoint, qui n'en revenait sans doute pas non plus.

La sonnerie du téléphone retentit. Pensant que Zélie le rappelait pour s'excuser (ou pour lui annoncer que finalement, elle ne rentrait plus), Michel se précipita dans la bibliothèque pour décrocher. Mais à l'autre bout du fil il entendit la voix d'Antoine, qui, lui non plus, ne cacha pas sa surprise de le trouver chez lui en plein après-midi.

« J'ai appelé ton cabinet mais ton assistante m'a dit que tu étais chez toi avec une bronchite carabinée. Tout va bien ? Tu as vu un médecin ? fit-il en éclatant de rire. C'est une blague, n'est-ce pas ? Tu n'es jamais malade ! Mon père le disait assez. Michel, que se passe-t-il ? Tu veux qu'on se voie ? » Le ton sincèrement inquiet d'Antoine attendrit Michel. Il avoua son prétexte fallacieux pour rester chez lui et son propre étonnement à utiliser ce genre d'alibi. Effectivement, tout allait de travers depuis que, comme il le lui avait confié la semaine précédente, les souvenirs refaisaient surface. Michel parla à Antoine de la statuette qu'il avait retrouvée, presque comme un somnambule qui aurait eu une subite révélation. Le psychiatre rassura son ami : le retour à la mémoire, lorsque celle-ci se réveille, était complexe et déroutant, mais il ne voyait rien d'anormal dans son déroulement. Ils décidèrent néanmoins de se retrouver le soir pour boire un verre du côté de la Contrescarpe, quand Antoine aurait terminé ses consultations.

Michel se rendit au rendez-vous à pied. Il longea le jardin du Luxembourg, prit la rue de Vaugirard puis la rue de Médicis avant d'atteindre la rue Soufflot qu'il remonta jusqu'à la place du Panthéon. Il contourna le monument, enfila la rue Clotilde, tourna à gauche rue de l'Estrapade et parvint place de la Contrescarpe après une petite demi-heure de marche. Il était 20 heures tapantes. Cette promenade l'avait un peu apaisé et c'est en souriant qu'il salua Antoine, qui arrivait à sa rencontre, nez au vent et pipe à la bouche. Les deux amis se donnèrent l'accolade puis s'assirent en terrasse de À la Cave où manger, un caviste installé là depuis peu et dont on avait dit le plus grand bien à Michel. Comme lui, Antoine aimait le bon vin, le bon fromage, et l'endroit, petit et discret, paraissait idéal pour la conversation qu'il se préparait à avoir avec son vieux camarade. Les propriétaires, Gilles et Christine, les accueillirent avec un sourire qui ressemblait au lieu, chaleureux et convivial, sans ostentation. Ici, on se laissait conduire par Gilles, ancien sommelier d'un grand restaurant étoilé parisien. Ici, on faisait confiance et on savourait. On écoutait Christine expliquer d'où venaient le pain, la charcuterie, comment elle avait préparé sa blanquette de veau, sa terrine au piment d'Espelette ou son parmentier de canard, pendant que Gilles apportait la première bouteille, *La nuit tous les chats sont gris*, et décrivait avec une ardeur presque amoureuse le grenache pur, à la teinte rose pâle et aux reflets clairs, les notes de pêche blanche et d'agrumes, la bouche onctueuse. Quasiment toute leur famille était dans la restauration, alors chez eux, on ne mangeait que du fait maison, que du vrai et du bon. Michel et Antoine bavardèrent un long moment avec leurs hôtes. Leur enthousiasme et leur générosité les avaient immédiatement séduits. Ils se laissèrent aller à leur dégustation, avisèrent une bouteille de whisky japonais dans la vitrine que Gilles leur promit de leur faire découvrir à la fin du repas, puis, en silence, Michel sortit de sa poche la petite Liberté qu'il posa sur la table.

Antoine leva un sourcil interrogateur.

« Elle me vient de mon père », murmura Michel. Et le silence s'installa à nouveau. Comme la fois précédente, Antoine attendit patiemment la suite. Il la savait toute proche, sur le seuil de la mémoire de son ami.

« Je l'ai retrouvée presque par hasard. Une sorte de flash. Dans une boîte à cigares en forme de livre où je l'avais rangée. Il y a tellement longtemps… C'est ton père qui me l'avait offerte quand je suis entré à l'internat. À l'époque, elle était effectivement remplie de cigares. Tu dois t'en souvenir, c'est avec toi et Jacques que je les ai fumés. »

Antoine acquiesça. Lucien Lagouanelle lui avait offert la même quand lui aussi avait eu son internat.

En se remémorant le son de la voix de Baptiste, en l'entendant lui parler de liberté, Michel avait petit à petit déroulé le fil de l'histoire. Les images s'étaient mises à défiler, son retour de l'école, le pas de la porte et la grande cuisine de La Maïzoun où il s'était tenu immobile, pétrifié par les cris de colère de sa grand-mère et ceux, plus puissants encore, d'un homme qu'il ne connaissait pas. Les mains noueuses, veineuses de cet homme agrippées aux épaules de Mado qu'il secouait comme un prunier. Jusqu'à ce qu'elle manque de s'écrouler, la main soudain posée sur le cœur. « Moi aussi, tu veux me tuer ! Comme tu as tué ma fille, vaurien ! » Il ne voyait de son père que son dos et le petit foulard rouge qui lui entourait le cou. Mais il avait pu ressentir la rage sourde qui transpirait de tout son corps. Puis Tine était intervenue pour lui demander de partir et il s'était retourné.

« Ses yeux étaient noirs de rage mais le lendemain, quand il est venu me voir à l'école, ils avaient repris leur couleur habituelle, un bleu presque translucide…

— Comme les tiens, chuchota Antoine. Et qui deviennent bleu marine quand tu es en colère. »

Michel sourit.

« Oui, apparemment, j'ai reçu ça de lui. Les cheveux sombres aussi. Il devait être de la même taille que moi aujourd'hui, avec des épaules très larges. Je me souviens surtout de son sourire. Quand il m'a vu, son visage s'est transformé, illuminé. La colère a disparu d'un seul coup. Il s'est approché et s'est agenouillé devant moi. Mais Tine s'est précipitée vers nous, comme si c'était le diable qui me parlait, et elle lui a demandé de partir. Alors il est parti. Il avait l'air vraiment malheureux. »

Gilles s'approcha à pas de loup en tenant un petit plateau sur lequel étaient posés deux verres à whisky et, sans un mot, les déposa sur la table. Il regagna l'intérieur de la Cave aussi discrètement qu'il en était sorti, comme s'il pressentait que cette conversation-là ne pouvait pas être interrompue. Son flair de grand œnologue n'était plus à prouver.

« Le lendemain, il est venu à l'école pour me voir. Enfin… Pour me dire qu'il repartait à New York et qu'il ne pouvait pas m'emmener avec lui. Que je serais mieux à Ercé avec mes grands-parents et Tine. Je me suis demandé si son départ avait un rapport avec la maladie de ma grand-mère. Le médecin était venu et avait dit qu'il ne lui fallait aucune émotion. Je n'ai pas bien compris à l'époque. Je n'avais que sept ans et personne ne m'a expliqué ce qui s'était passé. Ce que j'ai vu, c'est Mado au fond de son lit, qui n'a pas quitté sa chambre pendant plusieurs jours, Émile qui était encore plus silencieux que d'habitude et Tine qui ne faisait que pleurer en cachette dans la cuisine. Et mon père qui partait pour la seconde fois sans moi.

— Mais il t'a laissé la statuette. »

Michel se pencha et attrapa la petite Liberté qui trônait au milieu de la table. Il la fit tourner doucement, sans la voir vraiment. Il sentait juste sous ses doigts le métal poli, les pointes de la couronne, les plis de la robe, les contours de la torche.

« La liberté, mon fils, la liberté. Celle de partir ou de rester. Celle de bâtir ou de détruire. Celle de s'envoler ou de s'enterrer. Celle d'aimer ou de haïr… »

Devant l'air interrogateur d'Antoine, Michel avala une gorgée de whisky et poursuivit :

« C'est ce que m'a dit mon père avant de s'en aller. Je suppose que ça signifiait quelque chose pour lui, que c'était une sorte d'explication à son départ. Mais je n'ai pas compris. Il m'a serré dans ses bras. Je crois que je peux encore sentir sa force. Et sa douceur aussi, quand il m'a caressé la joue. Sa tristesse quand il s'est relevé. Et puis, il est parti. Je ne l'ai jamais revu. De lui, il ne me reste que cette statue et des bribes de souvenirs.

— Tu as réussi à en savoir plus… ? Je veux dire, plus tard ?

— Jamais… Personne n'a reparlé de ce qui s'était passé à La Maïzoun ce jour-là. J'ai essayé d'interroger Tine, la seule qui aurait pu éventuellement m'en dire davantage, mais même elle est restée murée dans le silence. Tout ce que j'ai pu entendre sur mon père, c'est qu'il était un bandit, un bon à rien et qu'il m'avait abandonné définitivement. Comme la première fois.

— Tu l'as crue ? Tine, tu l'as crue ?

— J'avais sept ans, Antoine ! Sept ans ! Bien sûr que je l'ai crue ! Ces femmes m'ont élevé, choyé, dorloté. Elles m'ont encouragé, porté, soutenu, toujours, sans jamais aller à l'encontre de ce que je voulais ! Évidemment, je les ai crues…

— Michel, ce n'était pas un reproche… »

Michel regarda son ami, si calme, si bienveillant, qui sirotait son whisky japonais avec un naturel déconcertant, comme s'il avait entendu cent fois l'histoire qu'il confiait pour la première fois de sa vie. Puis il se renfonça dans sa chaise et se détendit. Il ne devait jamais oublier qu'Antoine était psychiatre. Il esquissa un demi-sourire.

« Tu penses que j'aurais pu me renseigner sur mon père, une fois adulte… Si, si, je vois bien que tu le penses. Au moins que tu t'interroges. Tu as raison. J'aurais pu. Quand je suis allé à New York, par exemple, j'aurais pu essayer de le trouver. Mais je ne l'ai pas fait. Jamais. J'avais fait une croix sur lui. J'ai tellement cru que Mado avait raison quand elle disait que c'était un lâche qui, ma mère à peine disparue, m'avait abandonné pour partir au bout du monde. Parce que ça l'arrangeait de ne pas s'embarrasser d'un gamin dont il ne savait que faire. Que j'étais un obstacle pour lui, une entrave à sa liberté. Alors j'ai décidé de l'oublier et j'ai fait ma vie. C'est comme ça et je ne peux rien y changer. Aujourd'hui, il est probablement mort, et même si mes souvenirs reviennent, même s'ils me disent que l'histoire est plus compliquée que celle avec laquelle j'ai grandi et que mon père n'était sans doute pas le salaud que je me suis figuré, je ne rattraperai plus rien.

— Tu le regrettes… »

Michel fit délicatement tourner le breuvage ambré au fond de son verre. Il regarda la statuette de la Liberté et il sembla à Antoine que les larmes envahissaient les yeux si clairs de son ami.

« Je ne sais pas… Peut-être pas encore. Mais un jour, oui, certainement. »

Zélie ferma le coffre de la Supercinq après y avoir entassé ses affaires, un grand carton de légumes qu'elle était allée ramasser dans le potager de Tine, désolée que plus personne ne s'en occupe désormais, un peu de charcuterie, une croustade et les douze œufs frais que Claudine, leur voisine, lui avait donnés tôt le matin. Le coffre était plein ; elle avait donc rangé les quatre boîtes en carton rouge délavé dans l'habitacle de la voiture et les avait recouvertes d'une couverture de laine. Durant sa dernière semaine à Ercé, Zélie avait terminé de classer les lettres de Baptiste par ordre chronologique, renonçant à lire les dernières. Comme elle l'avait décidé, elle laissait à son père une partie inexplorée qu'il découvrirait seul, ou peut-être avec elle s'il le souhaitait. Elle trouvait déjà injuste d'en savoir autant quand il en savait si peu. Elle avait donc réfréné une curiosité de plus en plus fiévreuse et refermé les boîtes, non sans se demander comment Michel les recevrait.

Dans l'après-midi de la veille, Zélie était redescendue à Goulos. Elle voulait dire au revoir à Suzanne qu'elle trouva, comme la première fois, devant la porte de sa ferme, à l'ombre sous l'auvent. En arrivant par le petit chemin de terre, Zélie lui fit un grand signe de la main auquel Suzanne, souriante, répondit avec allant. Les deux femmes s'embrassèrent et Suzanne fit entrer Zélie dans la grande cuisine qui sentait toujours bon la confiture et le caramel.

« Je viens vous dire au revoir, Suzanne..., commença Zélie.

— Vous repartez déjà ! Les vacances sont finies, alors ? C'est que l'hiver n'est pas loin... »

Zélie s'installa sagement sur le banc de bois et prit le verre de citronnade que Suzanne lui tendait.

« Oh quand même ! Pas tout de suite ! Il fait encore si chaud ! Et puis, l'automne est toujours beau ici.

— C'est vrai, nous avons souvent de belles arrière-saisons. Mais quand même, quand les vacanciers commencent à repartir, c'est bien que l'été se termine. C'est comme ça, que voulez-vous », acheva Suzanne, un brin de tristesse dans la voix. Elle s'assit en face de Zélie.

« Et vous faites médecine, comme votre père ?

Zélie eut un petit rire.

« Non, non ! Je n'étais pas assez bonne en maths ! Et puis, j'avoue que je ne voulais pas suivre les traces de mon père, avoir un métier qui me prenne tout mon temps... Je ne le vois pas beaucoup, vous savez, il est presque toujours à l'hôpital. Pour mon père, c'était une vocation ! Il aurait sûrement voulu que j'aie la même que lui, mais ce n'était pas le cas...

— Vous n'avez pas perdu votre mère à la naissance, vous.

— Exact... C'est peut-être pour ça.

— Alors, si vous ne voulez pas devenir docteur, qu'est-ce que vous faites ? »

Zélie hésita. Elle regarda par la fenêtre de la cuisine de Suzanne qui ouvrait sur la chaîne des Pyrénées. Que faisait-elle ? Que voulait-elle faire ? Quelle vie avait-elle envie de se bâtir ?

« J'ai réussi le concours d'entrée à l'IUFM, pour devenir institutrice (le terme de professeur des écoles datait de quelques mois et Suzanne n'en avait sans doute jamais entendu parler). Mais je ne sais plus vraiment si j'ai envie d'enseigner. »

Elle éclata de rire.

« Cette fois, c'est à ma mère que je ne veux pas ressembler ! Elle est prof de français dans un lycée ! »

Suzanne opina de la tête.

« Pourtant, c'est un beau métier, instituteur ! C'était celui de mon père.

— Ici, à Ercé ?

— Oui, à l'école communale. Il était même directeur.

— Il a dû connaître papa, alors !

— Bien sûr ! Il a connu presque tous les enfants du village, vous savez. Mais votre père est allé au collège de Saint-Girons comme pensionnaire, alors il ne l'a pas connu longtemps. »

Suzanne s'interrompit un long moment, les yeux dans le vague.

« La première fois que vous êtes venue me voir, vous m'avez parlé de votre grand-père Baptiste et je vous ai dit qu'il était revenu chercher son fils, vous vous en souvenez ?

— Bien sûr…

— C’est drôle parce que, après votre départ, je me suis tout rappelé. C’était un soir, je devais avoir dix-huit ans environ… Mon père est rentré de l’école avec un air bizarre, comme s’il était préoccupé ; ma mère lui a demandé ce qui se passait et mon père a alors raconté que Baptiste était venu à l’école dans la matinée et qu’il avait demandé à voir son fils. C’était inhabituel, personne ne venait jamais à l’école pour voir les enfants, ou bien c’est qu’il y avait quelque chose de grave. Mon père est allé chercher le vôtre et l’a conduit à Baptiste. Mais il n’est pas resté avec eux. Il a juste observé de loin. Il a vu Baptiste parler à Michel, lui donner quelque chose et puis partir. »

Zélie fixait Suzanne, suspendue à son récit, mais elle ne l’interrompit pas.

« Quand mon père est revenu chercher Michel, il lui a demandé ce que son père lui avait dit et ce qu’il lui avait donné. Mais Michel est resté muet comme une carpe. Il a caché l’objet dans la poche de son tablier sans vouloir le montrer. Il n’a plus dit un mot de la journée. Dans l’après-midi, à la récréation, mon père l’a trouvé seul, assis par terre dans un coin de la cour. Il regardait ce que mon père a cru être une petite statuette mais quand Michel l’a entendu arriver, il l’a remise dans sa poche. Ce que mon père a bien vu, par contre, c’est qu’il pleurait. »

Zélie se gara devant l'immeuble de la rue de Tournon vers 20 heures. Le trajet depuis Ercé avait duré presque dix heures et elle était épuisée. Passer par Bordeaux ajoutait deux cents kilomètres mais l'autoroute lui faisait cependant gagner deux bonnes heures par rapport à la nationale 20.

Elle espérait que son père serait à la maison, mais non. Michel devait être encore à Cochin et Zélie déchargea la voiture seule en se disant que c'était peut-être mieux comme ça. Elle emporta ses bagages dans sa chambre, les légumes et les autres victuailles dans la cuisine. Au moment de déposer les quatre boîtes en carton délavé, elle se demanda où les mettre. Fallait-il préparer son père avant de les lui montrer, ou bien devait-elle être plus directe et carrément les poser dans le salon ?

Pendant ses dix heures de route, Zélie avait réfléchi à ce qu'elle allait dire à Michel tout en ne cessant de penser au récit de Suzanne. Elle avait décidé de commencer par le commencement : comment elle avait trouvé d'abord les boîtes, bien dissimulées dans les tiroirs d'une vieille commode, au grenier, puis les lettres. Comment la curiosité l'avait poussée à en entamer la lecture et comment, au fur et à mesure qu'elle lisait, elle était passée par tout un éventail de sentiments, l'incrédulité, la stupéfaction, la colère, la tristesse, le regret et comment, en parallèle, son attachement pour Baptiste avait grandi. C'était comme si elle l'avait toujours connu, lui dont personne ne parlait jamais, qu'on avait enterré corps et biens, le paria de la famille, le banni, pourtant le premier des Cathala. Avoir pénétré sa vie, ses souvenirs, avoir rencontré Jean, Marie, Rose, Jeannette, Paul et tous les autres, procurait à Zélie le sentiment de lui avoir redonné une place dans leur vie à eux, sa place, de l'avoir ramené du pays des ombres, de l'avoir fait renaître. Elle avait découvert un grand-père qu'elle s'était mise à aimer profondément et, en quelque sorte, à admirer, pour qui elle éprouvait un immense respect et qui lui avait fait toucher du doigt l'infinie complexité de l'existence. La noirceur de certains sentiments contre l'absolue puissance de l'amour vrai.

C'est tout ça qu'elle devait dire à Michel. Aussi simplement que ça. Sans chercher à prendre des chemins de traverse. Il y en avait déjà tellement eu. Michel méritait bien de plonger à son tour dans ce passé, le sien, dont il verrait, comme Zélie, qu'il était bien plus honorable que ce qu'on avait voulu lui faire croire. Elle souhaitait tant que Michel ressente ce qui l'avait portée à la lecture des lettres de Washington Square. Beaucoup de compassion. Beaucoup d'indulgence et de tendresse. De la reconnaissance aussi. Celle qu'elle devait à celui qui lui était encore un étranger quelques jours plus tôt, pour lui avoir appris l'autre partie de son histoire. D'où venait son père et pourquoi il était cet homme-là. Et ce qu'elle avait pris d'eux.

C'est en pénétrant dans le salon que Zélie aperçut, debout sur la table basse, une petite statue de la Liberté en métal poli couleur cuivre. Suzanne. L'instituteur. L'école. Le mutisme de Michel. Elle s'approcha lentement, médusée. Elle s'assit en tailleur devant la table et regarda la petite dame de fer. Et elle comprit que se tenait devant ses yeux l'objet que Baptiste lui avait donné et qu'il n'avait pas voulu montrer au père de Suzanne. Si la statuette était là aujourd'hui, devant Zélie, c'est que Michel l'avait gardée pendant toutes ces années. Cachée. Aux autres et à lui aussi, pendant très longtemps. Mais ça, Zélie ne pouvait pas le savoir.

Alors, elle n'hésita plus et posa les quatre boîtes en carton dans le salon, tout près de la table et de la Liberté, et attendit le retour de son père, qu'à cet instant-là, elle aimait plus que jamais.

Le parfum de Zélie fut la première chose que Michel sentit lorsqu'il revint rue de Tournon. Sa fille chérie était enfin rentrée et il en ressentit à la fois du soulagement et un profond réconfort. Alors qu'il était plongé depuis des jours dans un remue-ménage que même ses entrevues avec Antoine peinaient à organiser, le retour de Zélie prenait l'allure d'une sortie de tunnel. Michel ne s'expliquait pas le phénomène ; lui qui avait toujours veillé sur sa fille, parfois d'un peu trop loin, c'est vrai, mais avec une assiduité jamais démentie, s'étonnait que, cette fois, ce soit elle qui revête l'habit de celui qui rassure.

Il la trouva dans la cuisine en train de déballer le gros carton de légumes et de charcuterie. Dès qu'elle vit son père, Zélie arrêta son rangement et vint se serrer contre lui, longtemps, très longtemps, le nez dans son cou, dans un élan de tendresse tel que Michel trouva ça immédiatement suspect. Le remue-ménage repartit de plus belle. Il se dégagea de leur étreinte et regarda sa fille.

« Qu'est-ce qui se passe ? » s'inquiéta-t-il.

Zélie sourit. Michel était anxieux quand elle voyageait par la route, ce n'était pas nouveau. Elle l'avait appelé une fois sur le trajet, d'une station-service à proximité de Poitiers. Elle était tombée sur le répondeur et avait laissé un message. Pourtant, ce soir, Zélie sentait qu'il s'agissait d'autre chose. La voix de son père résonnait d'un son étrangement bas. Et ses yeux étaient presque marine, signe de tempête ou de grand chagrin. Peut-être parce qu'elle-même éprouvait depuis des jours une nervosité grandissante, Zélie comprit aussitôt que Michel, lui aussi, était anormalement tourmenté. Que la statuette du salon n'y était probablement pas étrangère. Le moment était venu. Elle prit son père par le bras et elle l'accompagna jusqu'au salon. Collés l'un contre l'autre, ils restèrent de longues minutes immobiles sur le seuil, leurs regards tournés dans la même direction. Puis celui de Michel se posa sur les boîtes en carton que Zélie avait posées à côté de la table basse. Il se tourna vers sa fille.

« Je crois qu'on a pas mal de choses à se raconter tous les deux. »

Washington Square, 23 décembre 1958

Mon cher fils,

Je t'écris pour te souhaiter un joyeux Noël ! J'ai compté, tu sais. C'est le trente-troisième que je te souhaite. Tu te rends compte ! Presque ton âge... Et ça fait aussi trente-trois Noël que nous ne passons pas ensemble.

Mais ne parlons pas de ça. Ça me rend tellement triste et je ne veux pas que toi, tu le sois. Laisse-moi plutôt te raconter New York à cette époque de l'année. Il y fait un froid de gueux depuis bientôt un mois et avant-hier, il est tombé pas loin de vingt centimètres de neige. J'ai même dû dégager ma table à Washington Square pour pouvoir t'écrire ! D'ailleurs, ne fais pas trop attention à mon écriture, j'ai gardé mes gants à cause de la température qui doit être passée au-dessous de zéro.

Si tu voyais comme la ville est magnifique sous ce manteau blanc. Ça gêne la circulation dans les rues mais au fond, les New-Yorkais sont habitués et ils ont l'air tellement heureux. Il y en a même qui font du ski de fond dans Central Park. Katelyn a voulu qu'on essaie dimanche dernier, mais je suis tombé si souvent que j'ai renoncé. Pas elle ! Elle est incroyable. C'est comme à la patinoire, devant le Rockefeller Center, où Katelyn m'entraîne presque tous les hivers depuis 1936. Depuis le temps, j'arrive à tenir debout mais il faut croire que je ne suis pas doué ! On s'amuse bien pourtant. C'est dans ces moments que tu me manques le plus. Ces moments magiques où j'ai l'impression que la vie est belle malgré tout.

Il y a une semaine, Katelyn, Jeannette et moi, on est allés acheter un sapin de Noël pour l'installer dans la salle du restaurant. Il touche presque le plafond et il a fallu prendre un escabeau pour le décorer. John-Paul et Jack étaient émerveillés. Ils tournaient autour en courant et en battant des mains. C'est tellement émouvant de voir leurs yeux briller, de voir leur joie si sincère et si communicative. John-Paul a l'âge que tu avais quand je suis revenu à Ercé pour te chercher. Et je ne peux pas m'empêcher de penser à toi quand je le regarde. Lui, je le vois grandir chaque jour un peu plus et Jack aussi, qui a seulement un an de moins. Je n'ai rien vécu de tout ça avec toi et je ne sais rien de toi. Juste que tu es médecin. Je sais que je ne t'en ai jamais parlé (et tu vas sans doute trouver ça étrange), mais après la guerre, j'avais écrit à Tine pour qu'elle me rassure, pour qu'elle me dise si on t'avait envoyé au front, si tu avais été fait prisonnier, où tu étais, si tu étais vivant, pas comme ce pauvre Paul. Et elle l'a fait. C'est la seule lettre que j'aie jamais reçue d'elle. Je lui en suis tellement reconnaissant, tu sais. Oh, elle ne m'a pas dit grand-chose, juste que tu étais en vie et que tu faisais ta médecine à Paris. Tu ne peux pas imaginer à quel point j'ai été soulagé et heureux. Et fier aussi ! Médecine ! Ne me demande pas pourquoi je te raconte ça aujourd'hui. Je ne le sais pas moi-même… Tu as trente-quatre ans maintenant, je suppose que tu as fini tes études depuis un moment et que tu es devenu docteur. Tu es sans doute resté à Paris. À moins que tu ne sois rentré au pays. Ou à Toulouse. Tu es probablement marié maintenant, tu as peut-être même des enfants. Ont-ils les yeux bleus et des taches de rousseur ? Ce serait bien.

Parfois, je me dis que je devrais essayer de te retrouver. Revenir en France et te chercher. Tu es forcément quelque part. Mais tu vois, même ça, je n'ose pas. Regarder dans l'annuaire français. Katelyn m'aiderait à en trouver un, j'en suis persuadé, elle arrive toujours à obtenir ce qu'elle veut. Mais non, je n'ose pas. Je sais que c'est trop tard. J'aurais trop peur de ta réaction, que tu ne veuilles pas me parler. J'ai tellement écrit sans jamais recevoir de réponse. Qu'est-ce qu'on t'a dit de moi ? Sans doute que j'étais un brigand. C'est ce que pensait Mado, alors elle a dû faire en sorte que tu le penses aussi. Pourtant, Dieu m'est témoin que je ne le suis pas, que je ne l'ai jamais été, que j'ai essayé de vivre comme un honnête homme, en travaillant avec ardeur, et que ce que j'ai réussi à construire, je ne le dois qu'à moi. Et à Jean. Mon si cher frère qui nous manque tant aujourd'hui. Il y aura bientôt un an qu'il est parti, tu sais. Chaque jour, je pense à lui. Et j'espère que ce premier Noël sans lui ne sera pas trop douloureux pour Jeannette. Il y a tellement de morts autour de nous...

Mais je ne voulais pas sombrer dans la mélancolie, t'écrire des choses tristes. Je me l'étais promis en venant à Washington Square aujourd'hui. Je voulais juste te parler de New York, des milliers de gens dans les rues qui traînent de grands sapins derrière eux, des illuminations, de la poésie et de la joie qui règnent partout ici. Et surtout, te souhaiter un merveilleux Noël.

Ce que je fais en t'embrassant, mon si cher fils,

Ton père affectionné

Zélie observait le visage de son père qui buvait son café sans dire un mot, les yeux fermés. Il avait l'air d'un vieux chiffon et n'avait visiblement pas fermé l'œil de la nuit. Comment aurait-il pu en être autrement, après ce que Zélie lui avait raconté et toutes ces lettres qu'elle lui avait données ? Quand elle avait soulevé le couvercle des boîtes en carton, Michel était tombé à genoux, livide. Il était resté là, des minutes entières, immobile, les bras ballants, les yeux rivés sur les quatre grandes boîtes rouge délavé. Comme un automate, il avait pris une première lettre dans ses doigts fébriles, puis une deuxième, et une troisième, sans comprendre ce que tout ça signifiait ni de qui ces lettres provenaient. Son regard, qui s'était brouillé, l'empêchait de voir distinctement son nom, Michel Cathala, et en dessous l'adresse d'Ercé, écrits à l'encre noire d'une écriture appliquée et déliée. Et au dos de l'enveloppe, celui de son père, Baptiste Cathala, et son adresse, 34 St Marks Place, Manhattan, New York.

Zélie s'était agenouillée près de Michel, lui avait entouré les épaules puis lui avait parlé doucement, absolument bouleversée par ce petit garçon de sept ans qui n'arrivait plus à retenir ses larmes, qui semblait anéanti par ce qu'il découvrait, par ce qu'il comprenait, cet enfant qui s'était cru abandonné, à qui on avait tant menti et à qui il fallait maintenant expliquer qu'il avait été profondément aimé par l'homme qu'il avait tant cherché à oublier.

Au bout d'un moment, Michel se calma et Zélie, pelotonnée contre lui, put lui raconter sa découverte. Comment, en rangeant les affaires de Tine, elle était d'abord tombée sur la petite boîte en fer qui contenait quelques bijoux et l'alliance de sa grand-mère. Qu'elle avait décidé de donner les vêtements de Tine, qu'il lui fallait alors des cartons pour les emballer et qu'elle était montée au grenier pour en trouver. Puis la commode en merisier qu'elle aurait bien vue dans sa chambre. Et les tiroirs qu'elle avait ouverts. Et les boîtes en carton. Et les lettres. Toutes ces lettres. Michel l'écoutait, les yeux fermés, le souffle un peu court, toujours immobile. Si ce n'était sa main qui serrait par moments la sienne un peu plus fort, Zélie aurait pu le croire évanoui. Elle jugea inutile d'ajouter qu'elle les avait presque toutes lues et qu'elle savait, elle, avant lui (ce qu'elle trouvait une injustice de plus) que Baptiste était un homme bien et, quoi qu'on en pense, un père formidable. Quand elle sentit que Michel retrouvait peu à peu ses esprits, que l'immense émotion qui l'avait saisi quelques heures auparavant s'apaisait, Zélie se leva et gagna sa chambre. Elle savait que, maintenant, c'était à son père de faire le chemin vers Washington Square, vers ce passé qui lui appartenait en priorité. Elle savait aussi qu'il serait long avant d'atteindre Baptiste et de reconnaître en lui sinon un père, au moins celui qu'il avait essayé d'être, envers et contre tous. Et que ce chemin, Michel devait l'entreprendre seul.

Le lendemain matin, après le petit-déjeuner qu'il prit en silence, face à Zélie qui ne savait plus ni quoi dire ni quoi faire, Michel transporta les quatre boîtes en carton dans son bureau. Il n'en ressortit que plusieurs jours plus tard.

Confortablement installé dans le large fauteuil en velours vert anglais de son bureau, Michel avait fini par s'endormir. Autour de lui, des centaines de lettres étaient éparpillées, presque toutes ouvertes. Grâce au classement scrupuleux de Zélie, il avait commencé sa lecture par le début, découvrant au fur et à mesure qui était son père, les raisons de son départ, l'aveu de sa lâcheté et ses regrets, l'affection si poignante qu'il éprouvait pour lui, son fils, et l'absolue constance qu'il avait mise à lui écrire, pendant tant d'années. Petit à petit, l'univers de Baptiste devenait familier. Michel apprenait à connaître Jean, Marie, Rose et Marcel, Jeannette et Paul. Il fut extrêmement touché par le récit de la mort de son cousin pendant la guerre, lui qui, au même moment, se préparait à « monter » à Paris pour continuer ses études de médecine, après cinq années à peu se préoccuper de ce qui se passait dans le monde. Il en ressentit de la honte. Une honte adoucie par la joie de Baptiste lorsque Tine lui avait écrit que son fils était bien vivant. Comme Zélie, Michel s'était attaché à Katelyn. Il aurait pu craindre qu'elle n'ait pris la place de sa mère dans le cœur de Baptiste, mais rien dans les lettres de son père ne le lui fit croire et donc, il ne le crut pas. Au contraire. Il avait de la peine pour cette femme intelligente, douce et compréhensive, qui avait passé sa vie auprès d'un homme dont elle savait qu'elle ne l'atteindrait jamais vraiment, à tel point qu'elle n'avait pas réussi à avoir un enfant de lui. Michel n'avait ni frère ni sœur de l'autre côté de l'Océan et finalement, il ne savait pas s'il préférait ça.

Au bout de quarante-huit heures sans voir son père, Zélie décida de passer une tête dans son bureau. Elle le trouva dans son fauteuil, loupes sur le bout du nez et cigare à la main, plongé dans sa lecture, sourire aux lèvres. Elle respira.

« Papa, viens manger un morceau s'il te plaît... Tu n'as rien avalé depuis hier matin ! »

Michel leva les yeux et regarda sa fille.

« J'aime bien les Boldarino ! Surtout Luigi ! »

Zélie entra complètement dans la pièce et vint s'asseoir en tailleur devant lui, au milieu des lettres qui jonchaient le sol.

« Tu en es où ? demanda-t-elle.

— Dans les années soixante... Les Granges de Cominac viennent de déménager sur Broadway, avec 50 mètres carrés de surface supplémentaire et un jardin intérieur ; Jean n'est plus là pour voir ça et c'est regrettable, parce que c'est lui qui avait initié ce projet ; Ray vient d'avoir un fils, Adam, qui pèse 5,2 kg (beau poulet) ; Jeannette se remet peu à peu de son divorce qui ne semble pas trop l'affecter... Voilà, j'en suis là. »

Zélie lui sourit. Elle pensait le trouver sombre et renfrogné mais ce qu'elle voyait passer dans ses yeux et dans son sourire la rassurait. Baptiste avait réussi avec Michel ce qui avait fonctionné avec elle. La stupeur de leur découverte passée, il restait surtout une curiosité et une impatience grandissantes pour son histoire. Bien sûr, des sentiments contradictoires devaient agiter son père, bien plus qu'elle. Michel ne lui parlerait peut-être jamais de ce qu'il ressentait, de ce qui ressortirait de sa lecture, et elle le comprenait. Ce qui comptait maintenant, c'était qu'il sache, qu'il approche, qu'il apprenne, qu'il comprenne et, si la Providence de Baptiste le voulait bien, qu'il pardonne.

Zélie s'apprêtait à aller courir au jardin du Luxembourg quand Amélie téléphona rue de Tournon. Michel était toujours enfermé dans son bureau et n'en sortait que pour le dîner. Amélie s'en inquiéta mais sa fille la rassura immédiatement. Michel allait du mieux possible vu les circonstances. Pour quelqu'un qui se découvrait un père, absent depuis soixante-cinq ans, qu'on lui avait toujours décrit comme un Hérode Antipas, qui, depuis cinq jours, touchait du doigt le mensonge vertigineux que les deux femmes qui l'avaient élevé lui avaient servi toute sa vie, il allait même plutôt bien. Alors oui, il ne voulait pas qu'on le dérange, avait gentiment envoyé paître son ami Antoine qui était venu sonner chez eux la veille, ne prenait aucun appel, ne semblait plus se rappeler qu'il était chef de service à l'hôpital Cochin, mais quand Zélie le rejoignait le soir pour dîner, elle le trouvait calme, presque apaisé, presque heureux. Parfois, il lui parlait des lettres, parfois pas. Il avait même évoqué ses souvenirs à lui, comment il avait retrouvé la statuette en suivant la voix de Baptiste qui lui parlait de liberté et comment, au fur et à mesure qu'il avançait dans sa lecture, ses traits lui revenaient en mémoire. Une fois Michel reparti dans son bureau, Zélie appelait Antoine pour le rapport quotidien qu'il lui avait demandé de lui faire. Et parce qu'elle avait senti la sincérité de son inquiétude, elle le faisait chaque fois qu'elle le jugeait opportun. Les soirs où Michel ne parlait pas, elle n'appelait pas Antoine. Le code était entendu et le psychiatre ne s'en étonnait pas.

Tous fonctionnèrent de cette manière tout le temps dont eut besoin Michel pour aller jusqu'au bout des lettres de Washington Square. Antoine veillait. Amélie vint déjeuner avec sa fille, curieuse de connaître la suite de l'histoire, commencée à Ercé quelques semaines auparavant et abandonnée à contrecœur en rentrant à Paris. Songeuse, elle dit que si Michel avait su avant que son père lui avait écrit toute sa vie, peut-être aurait-il été un autre homme et peut-être ne l'aurait-elle pas quitté. Zélie avait protesté qu'elle n'aurait pas voulu un père différent du sien et conclu que, de toute façon, on ne referait pas l'histoire. Le mieux étant de s'adapter à ce qui leur était tombé sur la tête à tous à la mort de Tine.

Tine. Michel ouvrit son portefeuille et contempla le portrait d'elle qu'il conservait sur lui depuis toujours. Aux premières lettres de Baptiste, lui aussi avait éprouvé une colère toute-puissante vis-à-vis de sa tante, une rancœur venimeuse qui aurait pu le ronger s'il n'avait pas rapidement réalisé que c'était grâce à elle qu'il pouvait les lire aujourd'hui. Finalement, ce n'était pas elle qui avait le plus haï Baptiste.

Elle, elle n'avait fait que subir la tyrannie de sa mère, auprès de laquelle elle avait passé sa vie, sans s'autoriser le droit d'en vivre une autre. Parce que Mado ne pouvait pas envisager de perdre sa deuxième fille, elle avait exigé d'elle qu'elle reste à La Maïzoun. Non contente du sacrifice de Tine, elle l'avait entraînée dans son délire de haine et, avec elle, Émile et Michel. Il en avait le vertige tant la folie vengeresse de Mado lui paraissait dénuée de logique. C'était absolument irrationnel et il se demandait comment sa grand-mère avait pu à ce point se laisser envahir par cette folie jusqu'à se persuader qu'elle avait raison. Par on ne sait trop quel montage de son esprit torturé, elle avait fini par croire réellement que Baptiste avait tué sa fille et le lui faire payer était devenu sa raison de vivre. Mais pour ça, il fallait qu'elle garde Michel à tout prix. Et quel prix. Seule Tine avait évité, autant qu'elle le pouvait, quand ils étaient seuls tous les deux, de lui dire trop de mal de Baptiste. Les deux fois où Michel l'avait interrogée elle s'était tue. Non, Tine n'avait pas haï Baptiste et sans doute avait-elle fait ce qu'elle avait pu. Comme elle avait pu. Pourquoi elle et Mado avaient conservé les lettres de Washington Square, Michel ne le saurait probablement jamais, mais il ne croyait pas au hasard. Et Tine, d'où elle était à présent, avait sans doute voulu qu'il en soit ainsi.

Ercé, 15 juillet 1989

Baptiste,

Je t'écris cette lettre sans savoir si tu es vivant ou mort. À l'adresse indiquée au dos de tes lettres. Mais je vais bientôt mourir et je ne pouvais pas partir comme ça, sans me confesser en quelque sorte. Et je préfère que ce soit toi qui entendes ce que j'ai à dire plutôt que monsieur le curé. D'autant que je te dois bien ça, mon pauvre Baptiste.

La vie n'a pas été simple, tu sais. Oh ! Je sais ce que tu vas dire ! Que ce n'est pas pour nous qu'elle a été la plus compliquée. Tu as probablement raison, mais tu sais aussi que rien n'est tout blanc ou tout noir. Ma mère n'était pas aussi méchante que tu dois le penser, et moi non plus. Mais le chagrin, quand il est trop grand, ça rend mauvais. Et Mado a été immensément malheureuse quand Zélie est partie. De nous deux, elle était sa préférée. Ça ne m'a jamais dérangée parce que moi aussi, j'adorais ma sœur. En fait, je crois que je ne me suis aperçue de cette préférence qu'après sa mort, quand ma mère me regardait de travers, parce qu'elle voyait Zélie chaque fois qu'elle posait les yeux sur moi et qu'elle me le reprochait. Qu'y pouvais-je si on était jumelles et si on se ressemblait tant ! Ça m'a causé beaucoup de peine et ça s'est ajouté à celle que j'avais d'avoir perdu Zélie. Mais moi, je n'en voulais à personne. J'avais juste tellement de chagrin. Ma mère, elle, s'est mis dans l'idée que si Zélie était morte, c'était à cause de toi. Je ne pourrais pas t'expliquer pourquoi. C'est comme ça. Elle ne voulait déjà pas que Zélie t'épouse. Elle t'a haï encore plus, a commencé à dire les pires choses sur toi et quand tu as voulu partir en Amérique avec Michel, j'ai cru qu'elle allait te tuer. Baptiste, crois-moi, je la pensais capable d'en arriver là. Mais c'est à cause du petit. Toi, tu pouvais bien partir. Au contraire ! Mais pas avec le fils de Zélie. J'ai eu vraiment peur. Alors j'ai eu l'idée de te dire que Michel était trop petit encore pour partir avec toi si loin et qu'il valait mieux que tu nous le laisses jusqu'à ce que tu sois bien installé, que tu reviendrais le chercher.

Baptiste, tu dois me croire, je pensais sincèrement ce que je t'ai dit ce jour-là. Mais pas Mado. Elle, elle pensait déjà au moyen de t'enlever ton fils pour toujours et je savais qu'elle souhaitait que le bateau qui t'emportait loin d'Ercé coule et que tu disparaisses définitivement. Mais ça ne s'est pas passé comme ça et tu as commencé à écrire. Chaque semaine. Ma mère a dit que tu te lasserais puisque personne ne te répondait. Mais tu as continué. Pendant toutes ces années. Elle finissait par attendre le facteur pour que personne d'autre qu'elle ne voie tes lettres. Mais moi, je savais, parce que j'étais assez proche du facteur (oh ! rien d'inavouable je te rassure) et qu'il m'en avait parlé. Tu penses, des lettres de New York qui arrivaient à La Maïzoun, ça ne passait pas inaperçu à la poste. Je savais aussi où Mado cachait tes lettres, dans le grenier, derrière une vieille armoire, dans une boîte en carton qu'elle avait achetée à la foire. Une n'a pas suffi et elle a dû en acheter d'autres. Au début, j'ai pensé qu'elle les gardait pour les lire. Et puis, même pas. Elle n'en a jamais ouvert une. Elle se contentait de les cacher. Peut-être qu'elle pensait que le Seigneur la punirait si elle s'en débarrassait et que c'est pour ça qu'elle ne l'a jamais fait.

Et puis, tu es revenu. Tu voulais reprendre Michel mais ça, Mado ne l'aurait jamais permis. Elle n'a pas fait semblant d'avoir une attaque, tu sais. Elle est restée malade plusieurs semaines et ça a bien failli l'emporter. Elle en a fait une autre presque trente ans plus tard, et celle-là l'a tuée. Sur son lit de mort, elle m'a fait jurer de brûler tes lettres et toutes celles que tu enverrais encore. Comme si moi, Dieu ne pouvait pas me punir pour ça ! Mais ce n'est pas à cause de Dieu que je ne l'ai pas fait. Tant pis si je vais en enfer. Non, si je ne l'ai pas fait, c'est pour Michel. Et pour Zélie. Après tout, si elle t'avait tant aimé, c'est que tu n'étais pas un mauvais gars.

Alors, j'ai continué à les ranger dans les boîtes, au grenier. Mais je n'en ai jamais parlé à personne. Tu comprends, j'étais déjà parjure en ne les brûlant pas. J'aurais dû en parler à Michel mais je n'ai pas pu. Ou pas su. On parlait si peu de toi à La Maïzoun.

Et Michel ne m'a presque jamais interrogée sur toi. Sauf deux fois. La première, quand tu es revenu. Et une autre fois, à la mort de Mado. Mais même là, je n'ai pas su quoi lui dire et puis, je sentais le regard de Mado, toujours fixé sur moi. Alors, je me suis tue. Même aujourd'hui, alors que je sens que c'est bientôt la fin, je ne peux pas le dire. Mais elles sont au grenier et tu peux faire confiance à ta petite-fille pour tomber dessus un jour ou l'autre.

Oui, ta petite-fille. Elle s'appelle Zélie elle aussi, elle a vingt-trois ans et elle est belle comme un soleil. C'est Michel qui l'a baptisée ainsi. Et en plus, elle ressemble beaucoup à la nôtre, de Zélie. Les mêmes cheveux dorés, les mêmes boucles, les mêmes taches de rousseur. Mais elle a les yeux de Michel, ce bleu si particulier, celui des opalines. Le tien aussi. Elle est intelligente et futée comme son père. Frondeuse et rebelle comme sa mère, Amélie, une Parisienne. Michel et elle ont divorcé il y a huit ans. Les couples d'aujourd'hui, ça va ça vient, tu sais. Ce qui m'a le plus étonnée, c'est que Zélie choisisse de vivre avec son père et pas avec sa mère. Je ne cherche pas trop à comprendre, tout ça va bien trop vite pour moi. Mais grâce à ça, je les vois souvent tous les deux. Enfin Zélie plus que Michel, qui est très occupé à l'hôpital. C'est un grand médecin ton fils, tu sais. Un professeur ! Il est génicologue[1] *et un autre mot après qui veut dire qu'il met les enfants au monde. Il a toujours voulu faire ça, depuis tout petit. Un jour, je lui ai expliqué ce qui*

1. Tine n'avait jamais réussi à prononcer correctement le mot gynécologue.

avait emporté notre Zélie et après ça, il a toujours dit qu'il serait docteur et qu'il empêcherait les septicémies d'enlever les mères à leurs enfants. C'est ce qu'il a fait. À la Libération, il est parti à Paris terminer sa médecine, parce qu'il disait que c'était là-bas qu'il y avait les meilleurs hôpitaux. C'est là que tu m'as écrit pour me demander s'il était vivant. Je te demande pardon d'avoir mis si longtemps à te répondre. Moi, ça m'a bien peinée qu'il s'en aille aussi loin, mais pour rien au monde je ne l'aurais empêché d'aller là où il voulait. Et tu vois, j'ai eu raison je crois, puisqu'il est devenu le professeur Cathala et qu'il lutte pour éviter ce qui est arrivé à notre Zélie. Et puis, il a rencontré Amélie et ils ont eu la petite Zélie, ma petite perle fine.

Elle est à Ercé en ce moment. Je sens bien qu'elle est inquiète pour moi et qu'elle ne veut pas que je meure. Elle va être bien malheureuse mais c'est la vie. Le temps apaisera sa peine, comme il a dû apaiser la tienne. Je l'espère en tout cas.

Je sais que ce que nous avons fait ma mère et moi est mal. Que nous t'avons empêché de vivre avec ton fils et que nous l'avons empêché de vivre avec son père. Aujourd'hui que la vie me quitte et que je me prépare à rencontrer mon Créateur, je voudrais te demander pardon et te dire à quel point je regrette. Tu n'en auras peut-être que faire et tu trouveras peut-être facile que je t'avoue tout ça soixante ans après, mais je le fais quand même avec une grande sincérité. Je ne pourrais pas te mentir alors que je suis sur le seuil du purgatoire.

Si tu n'es pas déjà mort, tu dois être bien vieux toi aussi. Quand on est vieux, on est plus indulgent. Sois-le avec moi. Et si tu ne peux pas me pardonner, essaie au moins de ne pas trop m'en vouloir.

Un jour, on se retrouvera là-haut et on parlera de tout ça.

Adishatz Baptiste, que Diu te guarde,

Tine

Appuyés contre le bastingage du *Queen Mary 2*, sur le pont ouest, Michel et Zélie regardaient Manhattan qui se découpait au loin, éblouis par ce spectacle de verre et d'acier étincelants sous le ciel bleu azur. Le paquebot avança lentement dans la baie, signalant son arrivée imminente à grands coups de sirène. Ils passèrent le pont Verrazzano. À leur gauche, Lady Liberty approchait, théâtrale, impassible, magnifique, spectaculaire. Michel ferma les yeux et écouta. *« La liberté, mon fils, la liberté. Celle de partir ou de rester. Celle de bâtir ou de détruire. Celle de s'envoler ou de s'enterrer. Celle d'aimer ou de haïr... »*

Celle d'en vouloir ou de pardonner. Celle de renoncer ou d'espérer.

Les bâtiments rouges et blancs d'Ellis Island apparurent alors et, avec eux, les silhouettes multicolores des touristes qui venaient visiter la porte d'entrée du rêve américain. Michel et Zélie se serrèrent un peu plus l'un contre l'autre, impatients, un peu inquiets aussi. Baptiste avait sans doute rêvé d'une vie meilleure quand il était arrivé ici. Et il faut croire qu'il avait trouvé l'énergie nécessaire pour tout recommencer. La force de cette ville n'était pas celle des Pyrénées mais elle avait réussi, malgré tout, à lui donner le courage d'avancer. Peut-être n'y avait-il pas été complètement heureux mais cette ville était devenue la sienne.

Huit jours après son départ de Southampton, le *Queen Mary 2* entra dans le port de New York. Le 10 octobre 1989, à 9 heures du matin. Soixante-cinq ans après Baptiste.

Quand Michel était enfin sorti de son bureau, plus d'une semaine après s'y être enfermé, il avait dit à sa fille : « Je pars à New York, est-ce que tu m'accompagnes ? » Zélie l'avait observé, un peu stupéfaite. Il était venu s'asseoir en face d'elle, dans la cuisine où elle épluchait des pommes de terre pour le dîner. Il avait les cheveux hirsutes ; son visage était creusé de fatigue, ses yeux rougis d'avoir tant lu sans presque jamais s'interrompre. Il paraissait à la fois grave et apaisé, son corps détendu, mais sans doute était-ce la fatigue. Zélie l'observait sans rien dire. Elle attendait – façon Antoine –, comme si elle percevait le raffut que faisaient dans sa tête les pensées de Michel. Comment aurait-il pu en être autrement ? Combien d'informations avait-il ingurgitées depuis quasiment dix jours, combien d'allers et retours d'aujourd'hui à son enfance, de Paris à Ercé, de Goulos à New York avait-il effectués, combien de plongeons, combien d'ascensions ? Combien de larmes avait-il versées, combien de sourires, aussi, s'étaient-ils dessinés ? Zélie imaginait ce que devait ressentir son père aujourd'hui. Le désordre évidemment. Un immense chaos probablement. Des regrets, du ressentiment, de la colère, beaucoup d'amertume. Mais également, elle l'espérait, du soulagement, de la miséricorde, de la compassion. Un pas de plus vers la reconnaissance et la paix.

« Je ne pourrai jamais vraiment savoir, si je ne vais pas là-bas… Si je ne le retrouve pas…

— Il est sans doute mort, il aurait…, répondit doucement Zélie.

— Je sais, la coupa Michel. Mais je dois y aller quand même. S'il est mort, tant pis. J'irai sur sa tombe. Et s'il est vivant… S'il est vivant…

— S'il est vivant ?

— Alors il faudra qu'il le reste encore un peu », conclut Michel en souriant.

La jeune femme rousse qui travaillait à l'agence Wasteels du boulevard Saint-Michel ne cilla pas lorsque Michel lui demanda combien de temps durait la traversée jusqu'à New York depuis la France. Elle ne vendait pas des croisières transatlantiques tous les jours mais on lui avait appris à ne s'étonner de rien des demandes des clients. Elle se contenta de hocher la tête, expliqua qu'il existait deux façons de rejoindre New York par la mer, soit en cargo de marchandises – mais le nombre de cabines à bord était réduit (trois ou quatre au maximum) –, soit à bord d'un paquebot tel que le *Queen Mary 2*, mais pour cela il fallait partir de Southampton, et attendit patiemment que Michel se concerte avec Zélie. Ce serait le *Queen Mary 2*, et va pour un départ de Southampton.

Dès que l'idée de se rendre à New York avait commencé à germer dans son esprit, Michel avait décidé qu'il irait là-bas de la même manière que son père l'avait fait soixante-cinq ans auparavant. Il savait qu'il ne ressentirait rien de comparable, mais cette idée s'était imposée à lui comme une évidence. Maintenant qu'il se souvenait de presque tout et que les lettres de Baptiste avaient comblé les silences, il lui devait de prendre la même route que lui. Il ne partirait pas du Havre mais de Southampton, et la traversée ne durerait que huit jours au lieu de presque quinze, mais il ne s'agissait que de détails. Comme s'il entamait un voyage initiatique, Michel saisissait tout ce qui pouvait le rapprocher de ce père qui n'avait cessé de lui écrire durant toute sa vie, et ça commençait par arriver à New York comme il y était arrivé. S'il avait pu passer par Ellis Island, il l'aurait fait.

Zélie avait été folle de joie à l'idée de traverser l'Atlantique à bord du *Queen Mary 2* (elle détestait l'avion). Elle avait immédiatement appelé sa mère pour lui annoncer qu'elle et Michel partaient la semaine suivante aux États-Unis à la recherche de Baptiste et qu'ils y allaient en bateau. « Comme lui ! » Amélie, qui avait compris qu'ils étaient tous entrés depuis quelques semaines dans une sorte de dimension parallèle où la rationalité n'avait pas de place, ne s'en étonna pas et trouva même l'idée formidable. Sincèrement. Bertrand aussi. Antoine également, qui avait juste prévenu Michel qu'il devait se préparer à l'éventualité que son père soit mort.

Michel ne cessait d'y penser. Toute leur vie, ils s'étaient manqués, ça ne ferait qu'une fois de plus. Pourtant, il ne pouvait s'empêcher d'espérer. Sinon, pourquoi tout ça ? Pourquoi la mort de Tine et la découverte de Zélie ? Apprendre maintenant que son père n'était pas un salaud, qu'il ne l'avait pas oublié et le perdre une nouvelle fois ? Mais Antoine avait insisté. « Tes questions sont légitimes parce que c'est toi qui te les poses, toi, l'enfant de sept ans qui n'as jamais cessé d'attendre que ton père revienne te chercher. Mais la réalité est tout autre. Baptiste doit avoir plus de quatre-vingt-dix ans. Il y a donc une forte probabilité pour qu'il ne soit plus de ce monde. Même si, du fond du cœur, mon ami, je souhaite qu'il soit en vie. »

Michel n'avait pas voulu téléphoner aux Granges de Cominac. Il ne voulait pas prévenir. Même pas Jeannette. Grâce aux dernières lettres de Baptiste, il connaissait l'adresse du restaurant et savait qu'il avait obtenu sa première étoile au *Guide Michelin* deux ans auparavant, grâce à Sarah, la fille de Ray, qui en était devenue le chef à seulement vingt-trois ans. Baptiste avait accompli le rêve que Jean et lui avaient commencé à faire dans les cuisines du Waldorf Astoria, petit légumier et petit pâtissier venus du fin fond de la France, du fin fond des Pyrénées, du fin fond de l'Ariège, sans un sou en poche mais de l'audace plein la tête et de l'espoir plein le cœur. Ils avaient donné aux Cathala une belle lignée de cuisiniers et de sommeliers, ils avaient fait des Granges de Cominac un endroit renommé et recherché, où l'on se pressait. Aucun des enfants et des petits-enfants n'en était parti. Jack, le cadet de Jeannette, s'était formé à la pâtisserie, comme son grand-père Jean, et l'étoile si attendue devait beaucoup à ses croustades et à son millas. John-Paul, l'aîné, devenu sommelier, s'occupait des deux mille bouteilles de vin français qui faisaient de la cave des Granges l'une des plus prestigieuses de la côte Est. Quant au fils de Ray, Adam, il secondait sa sœur Sarah en cuisine.

Si, un jour de juin 1931, Mado ne s'était pas mise, une fois de plus, en travers de la route de Baptiste et si, ce jour-là, il était reparti à New York avec son fils comme il l'avait prévu, Michel serait-il devenu médecin ? Sa vocation d'enfant, née de la mort prématurée de sa mère, la mission dont il s'était investi si précocement auraient-elles résisté à l'impérieuse ascension des Cathala dans la gastronomie franco-new-yorkaise ? Entouré de cette grande famille solidaire et passionnée, unie dans la joie comme dans le malheur, Michel aurait-il eu le cœur de s'en émanciper ? Non, on ne refait jamais l'histoire, mais tous les doutes sont permis.

Le *Queen Mary 2* entra dans le port de croisière de New York, terminal de Brooklyn, au sud de Manhattan, face à Governors Island. Michel et Zélie, qui étaient restés sur le pont jusqu'aux manœuvres d'amarrage, sortirent parmi les derniers passagers et n'arrivèrent sur le quai que près d'une heure plus tard. On dit qu'à New York, il suffit de lever le bras pour que dix taxis s'arrêtent. Zélie tenta l'expérience, et en s'engouffrant avec son père trois minutes plus tard dans la berline jaune la plus rapide, elle confirma. Parce qu'il poursuivait son idée d'en apprendre le plus possible sur la vie de son père ici, Michel avait réservé deux chambres au Waldorf Astoria, désormais situé sur Park Avenue, où le chauffeur pakistanais les emmena bien plus vite qu'ils ne l'auraient souhaité (en conduisant comme un fou, donc). Le temps de découvrir leur chambre à la décoration ultra classique, les fameux lits king size dont Michel gardait un souvenir impérissable, la salle de bains en marbre saumon pour Zélie, en marbre gris pour Michel, le minibar bien garni, la vue depuis le quarante-cinquième étage, saisissante, et Michel et Zélie se retrouvèrent dans l'imposant hall du palace. Ils demandèrent à l'accueil s'il serait possible de visiter les cuisines, même plus tard, mais le réceptionniste leur répondit dans un français teinté d'accent québécois que c'était impossible, à moins d'avoir réservé une table au restaurant de l'hôtel, ce qui, confirma le Canadien après avoir regardé son registre, n'était pas le cas, au moins pour ce soir. Michel remercia poliment et garda pour lui, presque à regret (éprouver de la fierté vis-à-vis de son père lui avait été étranger si longtemps), qu'en matière de restauration, lui et sa fille avaient d'autres projets.

Ils descendirent Park Avenue vers le sud, bifurquèrent à droite sur la 42e, s'engouffrèrent dans le métro à Grand Central et prirent la ligne 5 direction Bowling Green. Le ferry pour Ellis Island et la statue de la Liberté partait un quart d'heure plus tard, ce qu'il leur fallait pour acheter leurs billets et monter s'installer sur le pont. Le temps était humide mais beau encore. Il n'était pas rare que l'été se prolonge jusqu'aux premiers jours d'octobre à New York, c'est ce que leur dit leur voisine californienne qui en était à sa douzième visite. Expliquant que, chaque fois, elle faisait un pèlerinage à Ellis Island en mémoire de tous ceux qui, comme ses parents, étaient passés par-là, première étape obligatoire pour avoir le droit d'apercevoir le rêve américain. Parce qu'elle ne la reverrait jamais, Zélie lui raconta qu'eux aussi faisaient une sorte de pèlerinage, sur les traces de son grand-père, arrivé à New York dans les années vingt et peut-être mort aujourd'hui.

« Vous ne le savez pas ? s'étonna la femme, immédiatement intriguée.

— En fait, non ! répondit Zélie en souriant. Mais nous devrions le savoir bientôt ! Ce soir, au plus tard…

— *This is amazing !* »

Michel sourit à son tour. Tout était toujours *amazing* pour les Américains, comme cette ville, comme toutes ces flèches pointées vers le ciel bleu azur de Manhattan, comme les tours jumelles, comme le bruit incessant, les lumières, comme la statue qui approchait, de plus en plus grande, de plus en plus impressionnante et pourtant amicale. Zélie prit la main de son père et se serra contre lui. Ellis Island se dressait devant eux, si claire, si accueillante sous le soleil qu'on avait du mal à imaginer ce que ses murs avaient absorbé d'angoisses, de fatigue, de découragement en même temps que d'espoirs. Ils allèrent d'abord voir le mur d'honneur, à l'extérieur du musée de l'immigration. Ils cherchèrent parmi les plus de sept cent mille noms inscrits celui des Cathala, mais ils ne le trouvèrent pas, en tout cas pas avec la bonne orthographe. Michel soupira, déçu. Mais aussi grand qu'il fût, il n'y aurait jamais assez de place sur ce mur pour y graver le nom des millions de migrants passés par ici un jour. C'est ce que lui souffla Zélie, déçue elle aussi. Ils pénétrèrent ensuite dans le musée, en se remémorant les lettres de Baptiste qui décrivaient son arrivée. Dans le grand hall du bâtiment principal, ils entendirent sa voix racontant les files d'attente interminables, les prévisites médicales, sans concession, les lettres qu'on leur inscrivait dans le dos et qui scellaient déjà leur sort, les interrogatoires, brutaux et, au bout, la liberté ou le désespoir. Il fallait que ce rêve-là en vaille la peine pour endurer tant d'humiliations. Mais c'était son prix. Seuls entraient ici les courageux, les opiniâtres, les bâtisseurs, les héros en quelque sorte. Michel comprit alors que son père en avait été un pour avoir réussi ce passage. Baptiste avait enduré et construit. Payé le prix fort. Il aurait voulu partager tout ça avec son fils mais là, la Providence en avait décidé autrement.

En regagnant Manhattan, Michel éprouva une profonde amertume. Lui qui, jamais, ne s'était interrogé sur le sens qu'il avait donné à sa vie, tant son destin lui était apparu évident depuis toujours, regretta pour la première fois d'être ce Michel-là.

Washington Square, NYC, 20 septembre 1987

Mon cher fils,

Ce matin, alors que le jour se levait à peine, Katelyn est partie. Dans mes bras. Dieu a voulu que je puisse la bercer jusqu'à la fin, la rassurer pour qu'elle n'ait pas peur. Je pensais qu'en la serrant fort contre moi, je pourrais lui donner encore un peu de vie, la faire passer de mes veines dans les siennes, même si je sentais qu'elle quittait son corps doucement.

Je lui ai dit à quel point je l'aimais. Parce que c'était vrai, Michel. Je l'aimais tellement. Et tu ne peux pas savoir comme je regrette de ne pas le lui avoir dit plus souvent, d'avoir attendu qu'elle soit mourante pour le lui répéter des centaines, des milliers de fois.

J'ai aimé deux femmes dans ma vie. Je les ai perdues toutes les deux. À Zélie, je n'ai pas eu le temps de dire combien je l'aimais parce que Dieu me l'a prise bien trop tôt. Et à Katelyn, parce que j'ai eu peur de trahir ta mère en avouant que je pouvais éprouver encore des sentiments aussi forts. Et peur que cette trahison ne se mette entre toi et moi. Comment ai-je pu imaginer une seule seconde que ta mère, de là où elle était, aurait pu participer à une telle absurdité ? Alors que c'était peut-être elle qui m'avait envoyé Katelyn.

Je crois qu'elle m'a aimé dès que nous nous sommes rencontrés, à la soupe populaire. En tout cas, c'est ce qu'elle affirmait, en éclatant de rire. Mais elle rougissait aussi en avouant ça, elle rougissait comme une collégienne, tu sais, et moi, je trouvais ça tellement attendrissant que je l'en aimais davantage. Je le dis aujourd'hui parce que aujourd'hui je le sais.

J'aurais tant voulu que tu la connaisses. Je suis sûr que tu l'aurais aimée aussi, même si elle n'était pas ta mère. Tu n'aurais pas pu faire autrement. Jeune, elle était pétillante, virevoltante, courageuse, énergique. Elle se serait battue pour toutes les causes perdues, et il y en avait, crois-moi. Elle avait une foi inébranlable en l'humanité. Elle croyait que tout était améliorable pour peu qu'on y mette de la ferveur et des sentiments. Elle était belle aussi, grande, très brune, ses cheveux étaient si soyeux, si doux. Elle avait les yeux verts très sombres d'une forêt de montagne, qu'elle plissait quand elle réfléchissait ou qu'elle était inquiète. Et sa bouche. Je n'ai jamais rien aimé autant qu'embrasser sa bouche. Je te dis ça à toi mon fils, parce que tu es un homme et que j'espère que tu as, toi aussi, une Katelyn dans ta vie qui te rend aussi heureux que la mienne l'a fait avec moi. Et qu'il faut le lui dire, le lui montrer, chaque jour que tu passes à ses côtés.

Avec le temps, elle s'est un peu assagie. À peine à vrai dire. Elle est devenue plus indulgente, un peu moins rebelle. Elle regardait le monde avec douceur, trouvait des excuses à tout et à tout le monde. C'est peut-être pour ça que l'âge n'a jamais eu de prise sur elle, même malade, même quand la douleur était intolérable, elle est restée aussi belle, aussi lumineuse qu'à vingt-cinq ans. Il n'y a jamais eu qu'une bonté infinie sur son visage. Et tellement d'acceptation.

Elle m'a tant donné Michel, tant donné. Tout ce qu'elle pouvait, tout ce qu'elle avait et je mesure, aujourd'hui qu'elle m'a quitté, à quel point j'ai eu de la chance de la rencontrer et de passer ma vie à ses côtés. À quel point aussi je ne lui ai pas rendu ce qu'elle m'a offert. Je n'ai même pas su lui donner un enfant. Pourtant, elle a fait de moi un homme meilleur. Et j'espère qu'elle est partie en comprenant qui j'étais, mais aussi en étant sûre de l'amour que j'ai eu pour elle. Qu'elle n'a pas douté de ça. Au fond, je crois qu'elle le savait. Et peut-être même plus que je ne le savais moi-même. C'est elle qui avait raison. Elle était celle qu'il me fallait.

Je ne sais pas comment je vais continuer sans elle. Elle était plus jeune que moi. Elle n'aurait pas dû partir avant moi. Et Dieu n'aurait pas dû me faire endurer cette souffrance, encore une, me laisser seul ainsi. Sans elle et sans toi, que puis-je attendre maintenant, sinon partir à mon tour, vite.

Washington Square est recouvert de feuilles mortes. Et il fait gris. C'est bien. Qu'il fasse beau aujourd'hui aurait été indécent.

Je t'embrasse, mon fils,

Ton père affectionné

Baptiste quitta Les Granges de Cominac comme à son habitude, vers 15 heures. Jeannette l'obligeait à prendre sa canne, il lui obéissait pour ne pas la contrarier, mais toujours à contrecœur. « Ça fait vieux ! » disait-il pour la faire rire. Et ça marchait à chaque fois. Jeannette riait mais au fond, elle ne pensait pas que Baptiste était vieux. Elle ne voulait pas le penser. Pas encore. Pourtant, il la préparait en évoquant souvent sa mort prochaine. « Tu sais bien que c'est inéluctable, ma chérie. À quatre-vingt-onze ans, je ne peux guère espérer autre chose… » Il lui parlait alors des Pyrénées et disait combien il aurait aimé les revoir avant de partir. Une dernière fois, en vrai et pas simplement sur la grande photo accrochée dans les cuisines du restaurant. Jeannette savait qu'il pensait à Michel aussi, et à sa femme Zélie. À ces deux êtres qui lui avaient tant manqué et sans lesquels il disait ne s'être pas totalement accompli. Malgré tout ce qu'il avait construit. Elle se demandait, en le regardant s'éloigner vers Washington Square, quel bilan il faisait de sa vie, s'il y trouvait quand même une vraie satisfaction ou si les regrets étaient les plus forts. Elle savait que Katelyn lui manquait terriblement. Que sans elle et sans son fils, rien ne valait plus à ses yeux la peine d'être vécu. Cela allait faire deux ans que Katelyn était morte. Elle avait succombé, après des mois de souffrance, à un cancer du sein décelé à un stade trop avancé pour qu'elle puisse en guérir. Toute la famille en avait été profondément affectée, Rose particulièrement. Mais Baptiste, lui, avait été anéanti, ce qui avait permis à Jeannette de comprendre à quel point il l'avait aimée. Elle le savait, bien sûr, on ne passe pas autant d'années auprès de quelqu'un sans l'aimer profondément, et Baptiste et Katelyn avaient partagé presque la totalité de leur existence. Ils avaient tous vécu beaucoup de deuils, Baptiste le premier. Ils s'étaient chaque fois relevés, grâce à la famille, dont Katelyn avait toujours fait partie. Mais cette fois, c'était différent. Comme si pour Baptiste, c'était la mort de trop, celle qui n'aurait jamais dû arriver, en tout cas, pas encore. Pas avant la sienne. Ses yeux d'opaline avaient perdu un peu plus de leur éclat et les ombres sur son visage étaient réapparues plus nombreuses qu'autrefois. Désormais, Baptiste attendait. Jeannette le savait, le cœur d'autant plus gros qu'elle n'y pouvait pas grand-chose. Elle savait pourtant qu'il avait reçu une lettre de France, trois mois auparavant ; elle le savait parce que c'était elle qui la lui avait remise. Elle avait observé longtemps la main tremblante de son oncle qui tournait et retournait l'enveloppe, dont le cachet indiquait qu'elle venait de Saint-Girons. Elle avait scruté son regard qui s'était subitement embrouillé, sa mâchoire serrée, son teint si pâle. Il avait alors relevé la tête et Jeannette avait vu passer dans ses yeux si clairs l'espoir en même temps que la peur. Il ne lui avait pourtant rien dit de l'expéditeur de cette lettre ni de ce qu'elle contenait. Il était parti à Washington Square sans un mot. À son retour, il s'était approché d'elle en souriant. Toujours en silence, il lui avait caressé doucement le visage, puis l'avait serrée contre lui et s'était mis à pleurer. Il avait juste murmuré : « Si seulement… » Si seulement quoi ? Jeannette ne le savait pas, parce que Baptiste n'avait rien ajouté. Mais ce n'était peut-être plus la mort qu'il attendait.

Elle en était là de ses réflexions quand John-Paul entra dans le bureau comme un boulet.

« Maman, je crois que tu devrais venir voir… ! »

Jeannette regarda son fils sans parvenir à déchiffrer le ton de sa voix, perchée dans des aigus qu'elle ne lui connaissait pas. Il s'avança vers elle et lui prit le bras, l'extirpa de derrière son bureau et l'entraîna dans son sillage sans lui laisser le temps de dire quoi que ce soit. Devant le long bar en bois des Granges se tenaient Jack, Sarah et Adam et deux personnes que Jeannette n'avait jamais vues. Quand elle arriva dans la grande salle du restaurant, encore calme à cette heure de la journée, tous se tournèrent vers elle, le visage grave mais illuminé d'une joie qu'elle ne comprit pas tout de suite. Elle s'approcha un peu plus et observa un long moment les yeux bleus d'opaline qui la fixaient avec une intensité presque gênante. Et elle comprit. Elle sourit alors à celui qui venait de lui prendre doucement les mains.

« Jeannette… Je suis Michel. Et voici Zélie, ma fille… »

Assis toujours à la même place de Washington Square, les deux bras posés sur la même table, Baptiste regardait défiler les passants qui traversaient le parc. Un écureuil vint se poster devant lui puis disparut instantanément dans les bosquets. Il fouilla dans sa poche et en sortit quelques cacahuètes qu'il posa à ses pieds et l'écureuil réapparut. Baptiste soupira. Il pensa à Matt, qu'il avait connu ici et avec qui il avait tant partagé pendant si longtemps. Son vieil ami lui manquait, tout comme le reste de la famille Boldarino, Luigi et Gina, disparus il y avait maintenant si longtemps. Et Abby, qui n'avait survécu que deux ans à son mari. Il ne restait plus que Lino, qui continuait à faire tourner le restaurant avec sa femme et ses quatre enfants, eux aussi restés à La fontana del Trevi comme les Cathala étaient restés aux Granges de Cominac. Sans doute l'exil se transporte-t-il dans les gènes et empêche la dispersion. En riant, Katelyn les traitait de secte clanique, dans laquelle il fallait montrer patte blanche pour pénétrer. Qu'elle lui manquait aussi, Katelyn ! À sa mort, une flopée d'héritiers sortis de nulle part avaient récupéré l'appartement de l'Upper East Side dans lequel Baptiste et elle avaient vécu plus de cinquante ans. Comme elle l'avait fait avec Rose quand Marcel avait commencé à perdre un peu la tête et que rester seul devenait imprudent, Jeannette avait alors convaincu Baptiste de venir s'installer avec eux dans l'immense appartement de Greenwich qu'elle avait gardé après son divorce et qui était bien assez grand pour y vivre à quatre. Baptiste avait accepté. De toute façon, rien n'avait plus vraiment d'importance, alors ici ou ailleurs. Et il n'aurait pas pu, pas su vivre dans l'appartement de Katelyn sans elle. Chez Jeannette, il serait plus près des Granges, de sa sœur, de Marcel et des enfants. Et de Washington Square.

L'écureuil remonta sur la table, impatient. Baptiste fouilla dans l'autre poche de sa veste et tendit une cacahuète à l'animal qui s'en saisit d'un geste vif avant de bondir à nouveau dans les fourrés. De cette poche encore, il sortit la lettre reçue trois mois auparavant, celle qu'il avait espérée si longtemps mais qu'il n'attendait plus, la lettre de Tine. Tine mourante et saisie par le remords. Combien de fois l'avait-il relue depuis qu'elle lui était parvenue ? Des centaines sans doute. Et il allait la relire encore. Pour s'imprégner de tout ce qu'elle lui racontait et nourrir à nouveau le secret espoir que Michel avait trouvé ses lettres et qu'enfin, il les avait lues. La Providence. Il était sûr que de là où ils étaient, tous ses morts le regardaient et souriaient. Il entendait même Katelyn lui murmurer qu'il était temps, maintenant, de faire quelque chose. Même si elle n'était plus là pour lui trouver un annuaire français. Tine ne lui avait pas seulement écrit pour se confesser. Cette lettre transportait un autre message, où l'espoir avait enfin une place. Baptiste ne pouvait plus se cacher derrière sa peur de voir cet espoir déçu encore une fois, celle de n'être pas à la hauteur, d'être rejeté. Faire la route dans l'autre sens, une dernière fois encore. Appeler Michel. Lui dire… ? Lui dire quoi ? Qu'importait après tout. Il trouverait bien. Oui, il trouverait. Et il demanderait à Jeannette, sa pauvre Jeannette qui aurait tant voulu savoir ce que contenait cette lettre, il lui demanderait de l'aider. Après, il pourrait mourir en paix.

Michel observait Baptiste de loin. Jeannette lui avait parfaitement détaillé l'endroit où il le trouverait, à la même place depuis des années. Il avait laissé Zélie aux Granges avec ses cousins. Il n'avait pas eu besoin de lui expliquer qu'il voulait être seul pour rejoindre son père. Son père. Toujours vivant. Michel et Zélie s'étaient serrés fort l'un contre l'autre et Michel était parti en empruntant le même chemin, étreint par une boule d'angoisse et d'impatience incontrôlables. Il était entré dans Washington Square le cœur battant la chamade, ses yeux cherchant celui que Jeannette lui avait décrit et qu'il vit aussitôt, assis sur un banc en bois, nourrissant des écureuils, souriant par instants, mais l'expression le plus souvent mélancolique et fatiguée. Puis Baptiste sortit une feuille de papier de sa poche et son visage s'éclaira. Michel s'approcha lentement. Baptiste le regarda s'installer devant lui sans que presque aucune surprise ne se lise sur son visage. Leurs yeux d'opaline se croisèrent. Dans ceux de Baptiste, qui brillaient d'un étrange éclat, une image passa.

Celle d'un petit garçon de sept ans au regard interrogateur, laissé, un jour ensoleillé de juin, devant l'école d'un village accroché aux Pyrénées et devenu depuis un grand médecin.

« Michel… Mon fils… Mon fils… »

Sur la table en fer forgé de Washington Square, où tant de lettres avaient été écrites, où tant d'espérance avait été nourrie, le petit garçon dont les taches de rousseur avaient oublié de vieillir déposa une statuette de la Liberté en métal poli. Il souriait.

Note de l'auteur

Dans la « vraie vie », mon grand-père Baptiste est rentré en France en 1930 définitivement. Il a épousé ma grand-mère Élise, et de cette union est né un fils, Jean, mon père.

Jean, le frère de mon grand-père, est, lui, resté à New York puis s'est installé avec sa femme dans le New Jersey. Il est mort en 1932 dans un accident de voiture, à l'âge de cinquante ans. Son fils a été tué en 1944 comme décrit dans ce roman. Sa fille s'est mariée avec un Américain et ils ont eu six enfants.

À la mort de Jean, les liens se sont rompus avec Baptiste. Mon grand-père s'est éteint en 1968 sans plus avoir jamais eu de nouvelles de sa famille « américaine ». Jusqu'à ce que je me lance dans l'écriture de ce roman et que je me plonge dans mon histoire familiale. J'ai alors effectué de nombreuses recherches pour retrouver les descendants de Jean, en me concentrant sur sa fille, puisque j'ai appris assez rapidement que son fils n'avait pas survécu à la Seconde Guerre mondiale. Et je les ai tous retrouvés. Ils vivent dans le New

Jersey et travaillent pour la plupart dans l'entreprise familiale, créée par le gendre de Jean.

Même si les contacts que j'ai réussi à établir avec l'une de ses arrière-petites-filles n'ont pas été très concluants, je leur dédie, à eux aussi, ces *Lettres de Washington Square*.

Qui sait quelle histoire aurait été la nôtre si, comme son frère, Baptiste était resté à New York…

Remerciements

Merci, toujours, tellement, à tous ceux qui ne cessent de m'inspirer, de me soutenir, de me porter, de m'encourager, de m'entourer…

Mes fées du ciel.

Maman. Tata Jeannette.

Françoise, ma si précieuse éditrice, ma si précieuse amie.

Jean-Louis, Claudine, Pauline, Marvin.

Juliette. Isa.

Gaëlle.

Iris, Amélie, Emmanuelle, Ihyza, Mathou, Élodie, Ludo, Laurent.

Paul, Blanche, Adam, Rose.

Séverine, Corentine, Violaine, Caroline et Brigitte, mon formidable Crew.

Christine et Gilles.

David. Florence. Magnifiques « accordeurs de corps et d'âme ».

Jessous. *Absolutely necessary.*

Un merci tout spécial à Jean-Louis et sa photo du Flatiron, à Nicolas et sa belle calligraphie pour leur participation à la couverture !

Composition et mise en pages
Nord Compo à Villeneuve-d'Ascq

Imprimé en Espagne par:
BLACK PRINT
en janvier 2021

Pocket - 92 avenue de France, 75013 Paris

S31379/01